U0565751

A Drifting Boat

熊生庆　著

逐水船

河南文艺出版社
·郑州·

图书在版编目（CIP）数据

逐水船／熊生庆著. -- 郑州:河南文艺出版社,2025.6.
-- ISBN 978-7-5559-1757-1

Ⅰ. I247.7

中国国家版本馆 CIP 数据核字第 2025XH6901 号

选题策划　　李建新
责任编辑　　李建新
责任校对　　梁　晓
责任印制　　陈少强
书籍设计　　刘婉君

出版发行　　河南文艺出版社
社　　址　　郑州市郑东新区祥盛街 27 号 C 座 5 楼
承印单位　　河南新华印刷集团有限公司
经销单位　　新华书店
开　　本　　889 毫米 × 1194 毫米　1/32
印　　张　　9.25
字　　数　　173 000
版　　次　　2025 年 6 月第 1 版
印　　次　　2025 年 6 月第 1 次印刷
定　　价　　58.00 元

印厂地址　郑州市经五路 12 号
邮政编码　450002　　　电话　0371-65957864

自序

二〇一九年年底，经过一段时间的挣扎考量，我决定放弃诗歌，全身心投入小说创作。那是我诗歌写作的第六个年头。我深知自己的局限，依旧热爱写诗，但不得不放弃。我用六年时间，来证明自己不适合干这事儿。

为什么转向小说，如今想来颇觉可笑。在一篇创作谈里，我曾说过，是为找到更适合自己的表达方式。坦白讲，对小说的喜欢是前提，此外还有个诱因：当时集中读了一批青年作家的小说，心想这活儿我也能干。写了两年，发现不是那么回事。好在也慢慢摸到些门道，于是暗下决心，先写个三五十万字，行不行，再说。从这个意义上讲，这本集子对我有特殊意义。我无比珍视她，尽管她有诸多不足。

本书收入的十篇小说，大多写于二〇二二年至二〇二三年，那是个特殊的时段，不用我赘述。加上那会儿我刚从县城调到贵阳，工作性质变了，突然有了大把的时间，之前没得到满足的表达欲，终于可以尽情释放。我边读边写，平均每周读一到两本书，最多的时候一天写了近四千字。那段时间写的东西，多半成了废稿，但废稿也是建立写作信心的一种途径。我写，故我在。

我五岁上学，天性调皮，经常被父亲收拾。每次犯了错，父亲都会罚我蹲马步，还让我边蹲马步边背书。要是背得好，可以少吃点苦头。一段时间后，我找到了应对父亲的方式。课文背不了几篇，没关系，自己编。父亲不识字，连他自己的名字都不认识。我只要编得勉强像那么回事，就能蒙混过去。我想，这应该是我虚构的开始。那时候，我还没学会"虚构"这个词，却实实在在地体会到了虚构带来的好处。原来它可以是我抗争的武器。

虚构是会上瘾的，这种东西像种子一样，给它合适的阳光、雨水和土壤，便会慢慢生根发芽。意识到这颗种子的存在，并有意识地呵护、培育它，是上大学以后的事，那时我想，命运一定对我另有安排。我告诉自己，要走该走的路，经受该经受的，让那颗种子长成一片内心的风景。就这么走过来了，直到现在。

现在，虚构是我认识和理解人、人的命运，以及这个世界的方式，是我打开一扇又一扇未知之门的钥匙，是我无比确信却羞于说出口的志业所在，是我在这尘世之中修持自身的法门。

现在，这本集子就要与大家见面了。写这篇短序之前，我又将书稿过了一遍，本打算谈谈创作缘起，以及自己对小说的理解，冷静想想，没有必要，小说写完，我就跟这些东西没关系了。一个写作者谈论自己的写作是尴尬的，作品就在那儿。那么，请允许我怀着忐忑与惶恐，对我的家人，对这一路走来给予我温暖和帮助的师友们和促成此书出版的老师们表示诚挚的谢意。文学的辉光必将一直照亮我们，也照亮恰好读到这本书的你。

二〇二四年八月

目　录

最后一刀

一

　　七月的一个傍晚，杨柳街突然闹起来。人们都说，十九回来了，带着一个苗族女人。女人身着盛装，满身银饰叮当作响，像是刚从电视机里走出来。

　　十九是我三叔，小时背乘法口诀总记成三六十九，得了这绰号。我飞快往家跑，打算告诉我爸。以往这时候，我爸通常在睡觉。他上晚班，晚八点到转天八点，下班去公园下棋，中午回家。

　　院子里挤满了人，气汹汹把我爸往院角逼。我妈一把将我揽入怀里，推进奶奶生前住的小屋，嘭一声关上门。奶奶过世还不满年，屋子里残留着中药味。我眼睛泛酸，有点想哭。院子里吵得很凶，我趴在窗台上往外看，认出了叶小欢的爸爸叶屠夫。他光着膀子，冲我爸说，熊秉明，赶紧交人。李洋洋的爸爸李大耳抓住我爸衣领，咆哮道，要么交人，要么还钱，你选。

我爸被逼到墙角，慌乱中，他抽出藏在衣服里的菜刀，指着人群：谁看见了，谁看见的？李大耳说，就是看见了。人们纷纷附和：肯定被你藏起来了。我爸将菜刀横在胸前，怒道，谁过来我劈谁，看谁敢。叶屠夫冷冷哼一声，抢近前，左拳虚晃，在我爸挥刀的瞬间右闪撤步，顺势勾住我爸脖子，把他摔倒在地，夺走了菜刀。

人群终于散去，我爸怒骂，尿货，有种回来别躲着。我拿出铅笔和作业本，趴在书桌上假装写作业。我爸把我拎起来，提着往外走，我妈跟在后头。到街口李叔家羊肉粉店，我爸喊，老李，大碗两个，小碗一个。我小声说，妈，我也想要大碗。我妈说，儿子，你快些长大吧。

十九失踪三年了。此前，他是厂里的过磅员。虽是临时工，但提到他，厂子里没人不知道。这主要归功于两样事。

先说头一样。那几年厂子里流行估重赌彩头，两伙人凑在一起，找个估重对象，说定要押的东西，一瓶酒、两包烟、几个罐头之类，双方各估个数，然后过秤，谁估的数最接近实际重量谁赢，反之则输。玩这个，地上跑的、天上飞的、水里游的，三叔只消瞅一瞅，报个数，跑不了。石头、砖块这类笨家伙，三叔搭手一掂，八九不离十。厂子里刚传出三叔名头时，有人不服气，专门在下班路上守他，跟他试手。结果可想而知。后来，人们再玩这把戏，谁也不让他参加了。

另一样是摇骰子。杨柳街人都说，我爸和三叔哥儿俩都痴，一个痴棋，一个痴骰子。我爸下棋有输有赢，赌注小，当个爱好消磨时间。三叔不一样，他摇骰子十有九输，那帮喜欢摇骰子的主，他输了个遍，人人跟前都欠的有钱。说来也是稀奇，三叔手准，按说摇骰子也该经常赢才对，可他在骰子上不仅尝不到甜头，还吃尽了苦头。赌注越下越大，三叔输了个底儿掉。我爸说，屡战屡败，有意思吗？三叔说，这叫屡败屡战。后来大概为躲债，他悄悄离开杨柳街，从此音讯全无。那时奶奶还在，她是个老中医，街面上做的有人情，人们不像现在这么猖狂，敢堵我家的门。

三叔到底欠下多少钱，这始终是个谜，恐怕连他自己也没算清楚。奶奶和我爸帮他还过些，见他越陷越深，便断了经济往来。三叔失踪，债主们咬牙切齿，扬言要活剐了他。现在，他竟然回来了。我妈说，肯定是有人故意使坏。我爸说，无风不起浪，既然有人看见，可能真回来了。

吃过早饭，叶小欢和李洋洋来找我，约我去滚铁环。路上，李洋洋指着一号冷却塔大声说，快看，有人。我们朝李洋洋指的方向看去，冷却塔不再冒烟，高高的塔身上吊着两个人，像两只灰色蜘蛛，缓慢向下移动。他们想偷塔，李洋洋说。李洋洋的话把我们逗笑了。叶小欢说，他们在检修高塔，有什么好看的。我趁机说，还不如去看你爸卖肉。

杨柳街十八家肉铺，每家都燃的有一炉煤火，烧猪皮用的。肉没卖完，炉火不会灭。闲时，叶小欢的爸爸会用竹签穿上精肉，撒点盐，架在火上烤。只消几分钟，精肉嗞嗞冒油，香气四溢。叶屠夫烤的肉好吃极了，可惜我和李洋洋每次只能吃到一两块，不像叶小欢，可以随便吃，把肚皮撑得滚圆。

叶屠夫忙着和人讨价还价，切肉过秤，收钱找零，我们像三只馋嘴的狗子，齐刷刷站在肉铺后头，盯着叶屠夫看。我突然想起来，昨晚是叶屠夫把我爸逼到院角，夺走他的菜刀。虽然烤肉好吃，但我绝不能接受敌人的施舍，我准备回家。这时，街面上人头攒动，接着传来清脆的当啷声，那声音由远及近，十分悦耳。正想看个究竟，叶屠夫一声断喝：站住！他操起案板上的砍刀，往街上一跃，横刀立马，截住来人。

来的不是别人，正是三叔。

他真的回来了，带着个满身银饰的女人。

街面上很快围得水泄不通，叶屠夫满脸涨红：你还敢回来。三叔顺手捉来张条凳，搭在街边，手一伸，伴随着清脆的当嘟声，女人稳稳坐到条凳上。她不说话，浅浅笑着。三叔身形一转，闪到叶屠夫跟前。他穿着白衬衣，袖子高高挽起，衣角扎在西裤里，脚上的皮鞋锃光黑亮。几年不见，没想到三叔变化这么大，如果不是有人叫他，如果不是他下巴上那颗肉痣，我已认不出他。

三叔两手一拱，朗声道，各位叔伯兄弟，之前是我的不是，这次回来，一定解决。他对着人群转一圈，接着说，大家高抬贵手，欠下的钱，我尽快还清。人群一阵躁动。叶屠夫把砍刀一横：不还钱，休想往前半步。三叔走到女人跟前，丁零，他扶起女人，一步步朝前走去。站住，叶屠夫又叫了一声。李大耳贴到叶屠夫身边，手里握着把油亮的尖刀。三叔摊手，女人会意，闪到一边。他往前递两步，拱手问，叶大哥，欠你多少？叶屠夫冷哼一声，看来需要我帮你回忆回忆。李大耳说，十九，我那钱……三叔对着叶屠夫竖起五个指头，转向李大耳，折起三根手指，是这个数吧？叶屠夫和李大耳同时点头。半年，三叔说，给我半年。李大耳盯叶屠夫一眼，玩我们呢，他吼。李大耳右手一抖，刀背横搭在屈起的左臂上，刀口正对天空，刀尖指向三叔，叶屠夫也拉开架势，两人扑向三叔。

一声惊叫，人们还没反应过来，三叔已蹿到两人身后，手上多了两把月牙短刀。李大耳摸摸脑袋，凉飕飕的，当啷，尖刀掉落在地，人跟着软下去。人群里一阵惊叹。三叔冷冷地说，能剃你们头发，就能摘你们脑袋。这时人们才看清，叶屠夫和李大耳同时被剃掉了撮头发。三叔是从两人中间蹿过去的，身形极快，出刀奇准，仿如闪电。

我妈来到我身后，一把将我逮出人群，磕磕巴巴说，快，去叫你爸。我朝公园飞奔而去。我爸和我回来时，叶屠夫还一动不动站在街上，像尊泥菩萨。

二

她叫阿蓝，三叔说。阿蓝点头，大方地笑了，露出两排珍珠般的白牙。三叔摸摸我脑袋说，叫三婶。我怯怯地叫一声，阿蓝笑得更开心了。她还不会说多少汉话，三叔说。阿蓝起身，从头上摘下一枚银簪，轻轻别在我妈头上。

后来，我妈坚持认为是阿蓝拿走了它，但我和我爸都清楚记得，阿蓝走后，我妈还戴过那银簪几次。其中一次是冬天，天上飘着星星点点的雪花，我们去火车站接三叔。从车站出来，雪花轻轻沾在我妈头顶的银簪上，煞是好看。雪很快融化，南方的雪就是这样，做做样子。但路灯下雪花落在银簪上的场景，很多年过去，我却一直记着。

那天晚上，我妈做了桌好菜，我爸从箱子里拿出瓶酒，倒出两碗，推一碗到三叔跟前。三叔拿过酒瓶，又倒了一碗说，她能喝酒。我妈拿过酒瓶，给自己滴了几滴。很久没吃这么丰盛的晚餐了，我狼吞虎咽，根本顾不得他们在说什么。晚饭过后，我妈撤下碗筷，泡了壶茶，我这才注意听我爸和三叔的对话。

三叔说，三年前，在西郊观音山上碰到采药的老嘎姆，打消了死的念头。

老嘎姆是谁？

阿蓝的父亲。

然后呢？

老嘎姆带我去山里，教给我套刀法。

为什么要教你？

到山里我还是戒不掉赌，有机会就溜到乡场上找人摇骰子。这套刀管住了我，学刀后，我一次也没赌过。

我爸问三叔，怎么管住了你？

三叔说，我每日挥刀四千下，挥完刀，便不想别的事，心思只在刀上。

那是套怎样的刀？我爸又问。

三叔说，老嘎姆叫它苗刀。

我爸来了兴致：这我知道，抗倭名将戚继光独创的戚家刀

嘛，也叫御林军刀，苗刀这称呼是民国年间才确定下来的。由
于闲时爱看点武侠小说，读些野史，我爸知道的掌故不少。

三叔摇头说，不是，老嘎姆教给我的苗刀，只是个笼统称
呼，这套刀法用的是短刀，与你说的苗刀没关系。

他们又喝了些酒。我爸问，在山里过得好吗？

很好，三叔说。

那怎么回来了？

三叔朝阿蓝努嘴，下巴上的肉痣微抖，轻声说，逃回来
的。在那个叫海塞的苗寨，还没有苗汉通婚的先例，老嘎姆死
活不同意三叔和阿蓝在一起。

我爸又问，还走吗？

不走了，三叔说。

第二天清晨，院子里传来一阵哼哈声。我撑开眼皮，趴到
窗台上往外看，三叔裸着上身，扎着马步，腰间系条白布带，
正在挥刀。刀很短，握在他掌中，朦胧的晨光里看不真切。我
翻身下床，猫到院子里看他。看了会儿，恍然大悟，这不就是
电视里的侠客吗？我高兴坏了，原本矮瘦黧黑的三叔立刻变得
威武起来。

挥完刀，三叔满脸涨红，汗出如浆。他说，铁蛋，吵醒你
了吗？我点头，又摇头。我问三叔，你会武功吗？三叔一愣，
拍拍我脑袋说，练练身体。三叔的回答让我非常失望。不过，

三叔说，如果有人欺负你，我可以帮忙。我用力点头，心想以后再也不用怕焦化山那帮小混混，再敢收我保护费，就让三叔宰了他们。

三叔请来师傅，给奶奶住的那间屋子刷上灰浆，房间焕然一新。三婶换下苗族服装，穿上我妈买的休闲服。穿休闲服的三婶也很好看。三叔拔掉后院菜地里的葱蒜，砌上围墙，弄成个大院子。他搬来口大铁锅，搭起灶台，把铁锅架上去。院子中间支个木架，上面挂着十几只铁钩，铁钩下是两张结实的条案。水桶、铁盆等用具也添置了不少，柴火码得整整齐齐，一溜儿堆在屋檐底下，乍看像个生产车间。

这天早晨，我正要出门上学，三叔把我叫到跟前，交给我一沓红纸信封，叮嘱说，把这些红包发了，每家肉铺一个，发完就走，如果退给你，千万不能接，记住了吗？我接过红包，郑重地点头，有种肩负重任的兴奋感。我问三叔，为啥给肉铺发红包？三叔说，告诉他们，熊十九要开杨柳街第十九家肉铺，按规矩送上拜礼。我打开其中一个红包，里面装着三张崭新的钞票，一张十元，两张一元。

三叔要开肉铺，我失望不已。我不喜欢屠夫，一个身怀绝技的侠客，怎么能去当屠夫呢？三叔以为我不敢去，问我，铁蛋，你行不行啊？这就去，我大声说。发完红包，有人追着要还我，有人当着我的面把红包扔在地上，还用脚踩。我失落了一整天。放学路上，路过叶屠夫肉铺时，一阵烤肉香味钻进我鼻孔，勾得我口水直流。这时我想，其实三叔当屠夫也有好处，以后，我就能像叶小欢那样敞开肚子吃烤肉了。

矿区学校放假晚，七月末，才盼来暑假。本想睡个懒觉，哪知天刚放亮三叔就把我从床上拎起，让我帮忙做事。我跟在他后头，睡眼惺忪往街口走。来到仓库前，"十九肉铺"四个大字高挂在油布棚子上，棚里有张方桌，桌上摆着两扇新鲜猪肉，一块薄薄的案板和几把形状不一的刀。三婶守在肉铺前，见到我，故意扮了个鬼脸。三叔对她说，你回去吧。三婶便笑盈盈往回走。三叔指着肉铺边的小火炉说，生火。见我不动，他又说，生火你会吗？火烧旺，我问三叔，你啥时候学会杀猪的？三叔笑说，小孩子为什么总有睡不完的觉呢？我说，我也不知道。

肉铺就这么开了起来，但要想顺利开下去，似乎还不行。刚收拾停当，买肉的顾客还没来，十八家肉铺老板就把三叔围了。冯大拿挑的头，他早年和人斗狠戳瞎了右眼，大家都叫他独眼龙。独眼龙往三叔肉案上一靠，指着自己左眼说，十九，你当我全瞎了？三叔摸出一包丹霞山，笨拙地撕开盒子，散烟给大伙儿抽。没有人接，一个也没有。三叔转向独眼龙，赔笑道，冯大哥，兄弟早年不懂事，欠下一屁股债，现如今入肉

行，找口饭吃，大伙多担待。独眼龙一声冷笑：我准了吗，你
当肉行都是软柿子？街面上又聚了堆人，独眼龙高声道，有人
眼睛长到脑袋顶上，看不见人了，欺负我们都是瞎子呢，大家
说是不是？屠夫们义愤填膺，大骂脏话。独眼龙抬手，人群静
下来，他抵到三叔跟前，横着眼说，你不是爱玩刀子吗？睁大
眼睛看看，肉行这帮老兄弟，哪一个不是跟刀子打交道的。三
叔说，冯大哥，给句话，怎么着我才能开肉铺？唰一声，独眼
龙从腰间抽出把明晃晃的剔刀，往三叔肉铺一指：赢了这把
刀，否则，你开不了。三叔说，我不想动刀子。稍稍一顿，他
说，但肉铺我是开定了。独眼龙怪笑：我看谁敢买。说罢扬长
而去。

　　一上午过去，果真没人来买肉。

　　晌午时分，李大耳来到肉铺前，似笑非笑地说，独眼龙让
我问你，到底敢不敢比刀？三叔说，不怕我伤了他？李大耳一
愣，说，你不知道肉行怎么比刀？三叔问他，怎么比？李大耳
摇头，钻进肉铺，在条凳上坐下来，给三叔讲比刀的事。

三

　　黄昏，黑云密布。

　　独眼龙一声吆喝，十八家肉铺早早收摊，集中到三叔肉铺
前。独眼龙走到三叔跟前，往他口袋里塞了几张票子，说：赢

了，这是入行开张红钱；输了，是打发你的盘缠，打哪儿来，回哪儿去。人群中掌声响亮。李大耳说，十九，这是肉行最高礼遇啦。三叔双手拱起，朗声说，讲究。李大耳朝肉铺努嘴，两个后生近前来，把铺子里的猪肉抬走。

也不知是哪朝哪代传下来的规矩，肉行比刀，是在猪白条上拼功夫，谁在最短的时间内漂漂亮亮解好猪白条，就算谁赢。此前独眼龙说比刀，三叔还以为要打架，因此有所顾忌，李大耳讲解后他才明白原来是解猪白条。我问三叔，你解过猪白条吗？三叔说，算不上。我说，那你还敢答应？三叔抬起他油乎乎的手，又想拍我的头，我赶紧躲开。

解猪白条有讲究，说的是"骨归骨，肉归肉，五脏六腑得钻透；一刀富，一刀穷，不砍不剁不沾油"。"骨归骨，肉归肉"，即肉和骨头要分开，考校剔骨头的功夫。"五脏六腑得钻透"，说的是切开猪白条后，猪肚子里的五脏六腑不仅要完整刨出来，还得把心肝肚肺肠等分门别类拆开，交给学徒或者伙计清理。"一刀富，一刀穷"，说的是切肉的本事。会切肉的人，一刀下去，干净利落、圆润饱满，没有半点余肉，客人能全买光；不会切肉，刀子拖泥带水，刀口横七竖八，顾客挑来拣去，最后留下一堆"烂肉"没人要。"不砍不剁"，是说解猪时全程不用刀剁，也不能硬砍，只能用刀拆。"不沾油"，是说猪板油要剔干净，不能残留在内脏及胸腔肉上，还有一层意思是说杀猪的人不沾油，要让屠夫看起来不像杀猪的。这有些玄乎。

四个汉子扛来两头鼓囊囊的猪白条，独眼龙挽起袖子，走到三叔跟前说，凑彩头吧。三叔一愣，没听明白。屠夫们哄堂大笑。李大耳凑到三叔身旁，快速解释一通，三叔这才掏出钱，塞到猪嘴巴里。原来，肉行比刀要先掏钱，猪白条的钱。比赢了，猪嘴巴里塞的钱和肉都是自己的；输了，不光钱拿不回，肉也得不到。

独眼龙那把明晃晃的剔刀已攥在手里，他用刀背轻拍猪屁股，幽幽地说，肉行比刀，都怕打头阵被人瞧走刀法，我不怕，让你一手，免得大伙笑我欺你手新。说罢，他朝人群中扫一眼：谁来计时？慢着，三叔说。他站到肉案子前，拱手道，冯大哥，我先来。独眼龙似笑非笑，你确定？三叔点头。

起风了。

凉风过处，卷起阵阵烟尘。

三叔弯腰，手里多了两把黑黝黝的鹰爪小刀，刀尖如刺，刀身极窄，只巴掌长短。那刀攥在手里，不细看，很难察觉。我离得近，看清了，正是削掉叶屠夫和李大耳头发的那两把刀。三叔缩手，连掌带刀退回袖子里，朝独眼龙侧身，低声说，见笑。"笑"字出口，他朝猪肚子闪电般挥出个"十"字，眨眼之间，他已收刀回袖，侧立一旁。

独眼龙眨巴着左眼，有些犯迷糊。他催促，动手啊。说话间，猪肚子上渗出两条细细的十字红线。独眼龙凑近看，淡红色的血水缓缓流出来。独眼龙伸出两根手指头，往十字红线交叉处轻轻一戳，露出白生生的肥肉。再一掰，猪肚子已顺着十字红线切开，连肚子里那层白色的油脂都切开了。独眼龙又掰了掰，大肠小肠现出来。刀口齐齐整整，深度恰好，内脏并未损伤分毫。

独眼龙张大嘴巴，盯着被剖开的猪肚子。良久，他抬头，傻愣愣看着三叔。三叔搓手说，来吧，我接着忙活。独眼龙站在肉案前，挪不动步。三叔靠过去，轻轻推他：冯大哥？这一声把独眼龙叫醒了。他挥手，将剔刀扔给身边人，一言不发，消失在街头。

闪电刺破黄昏，雷声滚过，轰隆不止。

人群聚得快，散得也快。空荡荡的街上只剩下我和三叔。他铁青着脸，不说话，双手颤抖不已。长大以后，当我又一次问及那次比刀，三叔说，铤而走险唬人罢了，要来真的，我必输无疑。说这话时，三叔的肉铺已歇了好些年。

出了风头，厂子里外都知道三叔回来了，肉铺一炮而红。三叔每天守在肉铺前，也不多话，割肉收钱，找零送客。赖着手上估斤两的本事，他的肉铺不怎么用秤，只消过手一掂，只多不少。为此，市电视台专门来杨柳街采访三叔，给他做了期节目。漂亮的女主持人拿三叔和庖丁做比较，说古有庖丁解牛，今有十九解猪，让三叔火了一阵。市中心有不少人专门来杨柳街买肉，就为看一眼三叔切肉，看他掂斤两。

甭管生意多火爆，三叔坚持每天只卖两头猪，多一斤也没有。伙计小吴不解，说，看看独眼龙，每天卖那么多。三叔摇头：肉行就一碗饭，得分着吃，吃独食容易噎着。三叔的话传出去，不少人竖大拇指，人们重新接纳了他。

当上屠夫，三叔不挥刀了，他请街东头甄铁匠打了两把笨重的剁肉刀，在后院柴堆旁支了块厚厚的老梨木墩子，每天早晨在上面剁肉末。每次五斤，剁得极细，半斤留家里吃，剩下四斤半给街脖子周三包子铺。周三为人老实，老婆跟人跑了后，一个人开包子铺供俩娃读书。用了三叔的肉末，原本冷清的包子铺红红火火，周三那张苦大仇深的皱皮脸上绽开笑容。

我问三叔，为啥每天剁五斤？三叔只是笑。后来，不光我问，我爸我妈以及杨柳街知道三叔剁肉末的人都在问。一天早晨，我起床尿尿，三叔突然叫住我说，想不想剁肉末？我走到三叔跟前，认真看了会儿，他剁得并不快，刀子剁在猪肉上，吃进案板里，拔出，举过眉头再剁，如此循环往复。我摇头说，不想，不好玩。三叔额角鼓起青筋，猛一挥手，双刀飞出，咔嚓，两把刀齐刷刷钉在院子中间的木架上。你不是想知道我为什么每天剁五斤肉末吗？三叔说。我被吓傻了。他说，每天四千下，不多也不少。说罢，他从木架上抽出刀子，自言自语道，没有肉末，只有刀。

四

在我妈的帮助下，三婶很快适应了杨柳街的生活。早晨，她和我们一道出门，我去学校，她和我妈去市场。午饭后，她们各自收拾些家务。我妈有午睡的习惯，三婶从不午睡，她爱做针线活，她好像总有做不完的针线活。她给我们每个人都做了鞋垫，鞋垫上绣着漂亮的兰花。她还缝了很多小孩穿的衣裳，色彩鲜艳，别致又喜庆。

傍晚，我妈一准要去体育馆门前跳广场舞。三婶不会跳，她说，她只会跳芦笙舞，在她的家乡每个人都会跳芦笙舞。说到兴奋处，她甚至想给我们跳上一段。我妈适时制止：身体要紧，得保护好肚子里的小家伙。我妈这么说，我才知道原来三婶肚子里已经有了小孩。

在我妈的指导下，三婶学会的汉话越来越多，她的肚子也越来越大，倒像是新学会的汉话把她肚子给撑大了。这天凌晨，剧烈的哭喊声将我从睡梦中惊醒。不多时，传来婴儿的啼哭声。我妈走进房间，笑盈盈说，铁蛋，你当哥哥啦。

有孩子后，三叔脾性变化不小。怎么说呢，有时肉没卖完，他就收摊回了家；有时早上迟迟不出门，伙计小吴等得不耐烦，故意在院子里大声咳嗽，三叔这才出来，和小吴一道往肉铺去。有段时间，连着五天三叔没剁肉末，周三等得不耐烦，找上门来，一个劲儿催促。三叔说，天大地大，我儿子的事最大，铁头感冒，得照顾他。这两年，周三的生意一日好过一日，三叔给的那点肉末早不够卖了，他悄悄买了绞肉机，自己绞肉末。说也奇怪，竟没人尝出来。一次三叔请周三喝酒，周三喝醉后把这事抖了出来，三叔说，以后你用绞肉机吧。周三情知不妙，赶忙求情，并发誓第二天就砸了绞肉机。没有三叔的肉末，包子铺开不下去。他问三叔，你儿子得个小感冒，至于大惊小怪吗？三叔说，你要是到我这年纪才有儿子，你就知道了。这话给我妈听见了，她喃喃道，是啊，十九都快四十啦。

三叔四十岁这年，我们家发生了三件大事。第一件是我爸和三叔凑钱把老平房掀掉，盖了栋三层小楼。三婶沿围墙辟出个长长的花池，种了很多草药。她说，多种一些总是好的。奶奶早年教我认过些常见的草药，三婶种的草药中，有芍药、天门冬、商陆、白芨等，品种很多。三婶说，她父亲是苗医，原打算教三叔学，可三叔从小在奶奶的药罐旁长大，对行医用药很抵触，没学。

第二件事跟三婶种的草药有关。铁头满两岁，三婶忙时，渐渐撒开手，院门一关，让他自己玩。好巧不巧，那天三婶正忙着做针线活，铁头竟翻进花池，看着商陆枝头密密麻麻的紫红色小果子，他伸出肉乎乎的手爪，摘下来往嘴里送。他噘起小嘴，嚼得津津有味，直到他发现自己的肚子咕咕叫，并疼起来，才丢下商陆果，哇一声哭出来。商陆果汁液呈血红色，听到铁头哭声的三婶从屋里冲出来，看到满嘴血红的铁头，还以为他在吐血，魂都吓丢了。待反应过来，三婶把手指头伸进铁头喉咙里搅动，铁头吐了一地。不多会儿，铁头开始拉肚子。我妈从三婶手里抱过铁头，急匆匆往医院跑。

说起来，铁头误食商陆果并不是什么大事。医生给他洗胃，输了两天液，很快恢复如初。可从医院回来，铁头每天半夜都会惊醒，随后啼哭不止。婴孩夜哭，起初大家都认为正常，时间一天天过去，铁头夜哭的毛病不但没好，还越来越严重。我妈和三婶只好又带他跑医院。

穆奶奶说，婴孩夜哭，是有人记挂他。只要见到那个人，夜哭的毛病自然会好。这话三婶不敢给三叔说，经由我妈传到三叔耳朵里，他愤愤说，哪有这么玄乎的事，穆老婆子瞎说。我妈说，就算穆奶奶说得不对，你带阿蓝再去一次海塞也不会掉块肉。这样，三叔三婶回海塞的事情再次提上日程。

三婶刚怀上铁头不久，三叔就专门雇了辆车，带她回过一次海塞。见到三叔和挺着肚子的三婶，她母亲眼泪一把鼻涕一把将两人往屋里迎。屁股还没坐热，老嘎姆采药回来，脸色一沉，骂道，滚出去。他们在家门前跪了很久，直到黄昏降临，天色暗淡，老嘎姆依然不为所动。阿蓝的弟弟阿雕心疼姐姐，几次来扶他们。那时阿雕已满十八岁，长成小伙子了。阿雕说，老嘎姆是个臭屁虫，又老又臭，继续跪是没用的，不如先回城，以后见机行事。他们听了阿雕的劝。阿雕把他们送到村口，黑暗中，阿雕无奈叹息：你们离开海塞后，老嘎姆经常在夜深人静时独自坐在家门前抽旱烟，有时还会掉眼泪。阿蓝问弟弟，你在家都做些什么？阿雕说，跟着老嘎姆学刀，学苗药。顿了顿，阿雕怏怏道，我不喜欢学这些，我想到城里打工挣钱，老嘎姆非逼着我学，哪儿也不让我去。回城后，三婶把自己关在屋里，哭了一整天。

我爸说，作为长兄，他早该带着我妈去看望三婶父母了。三婶坚持不让，她说，在苗族风俗里，没得到父母同意，不能带男方的亲人进家。我爸不好坚持，只得打消念头。

如果我爸去海塞，第三件事便不会发生了。那天早上我爸下班，去笔架山公园下棋路上，被候在巷子里的两个蒙面大汉截住。蒙面大汉搜遍我爸全身，只有二十块钱，见他拿的保温茶杯不错，也给抢走了。我爸以为这就完事了，在心里骂了几句，准备回家睡觉。这时，蒙面大汉折回来，一人拿刀抵住他腰窝子，一人逼他脱衣服。他们要那套七成新的蓝色工装。我爸恼了，脱掉衣服怎么回家？路上怎么见人？苦于腰窝子被刀抵住，动弹不得。脸上挨了一耳光，我爸迟疑着脱下上衣，递给身后拿刀那人，趁他伸手接衣服，我爸飞快闪身，对着劫匪下巴来了个飞肘。经年累月的钳工活使他练出两条树干似的手臂，飞肘上去，劫匪当场倒下，匕首啪嗒一声掉落在地。几乎同时，我爸大腿一热，被另一个劫匪捅了。伸手摸，匕首还插在大腿上，是当时最流行的牛角刀，也叫牛百叶，本地人叫"牛款"。这种刀，刀片薄而宽，刀身细长，刀腹呈弓形，异常锋利，拔刀时稍一用力就会带出个大豁口。劫匪来不及拔刀，扶起同伴溜了。

得知我爸被捅时，他已被治安巡逻队送到厂区医院，我妈眼窝浅，哭个不停。我攥紧拳头站在床边，脸上一阵火辣。医生说，刀尖刺破筋脉，出院后走路会受影响。我爸会变成瘸子吗？我问。医生说，那倒不会，只是康复的时间有些漫长。

消息很快传遍杨柳街，传遍厂子里外。有人愤愤不平，也有人幸灾乐祸，更多的是恐惧。厂区打架斗狠、小偷小摸的事情时有发生，但大白天公然抢劫，还把人捅了，近些年是头一回。派出所来过几次人，虽然搜集到不少证据，但那条小巷子非常偏僻，没人看清楚劫匪。那会儿监控还没普及，凶手逍遥法外，办案民警一筹莫展。

五

三叔回城后怒火中烧，他认为，捅我爸的劫匪是冲他来的。他会使刀早已尽人皆知，他觉着这是有人不服气，故意捅我爸。三叔问，刀呢？我爸说，什么刀？三叔说，捅你的刀。我爸说，警察收走了。那段日子，三叔不杀猪，也不卖肉，见天和我爸在厂区周围窜。我爸瘸着腿跟在三叔后头，样子十分滑稽。

三叔放话，谁提供凶手线索，他奖励三百元。为此，派出所老黎来找三叔谈话，说，都知道你会耍刀，如果你敢伤人，法律是不会放过你的。三叔瞪着老黎说，你不信任我。老黎说，之前你剃掉叶屠夫和李大耳的头发，还和独眼龙比刀，这些事谁不知道？三叔说，如果剃头也犯法，我可以帮你把杨柳街所有的剃头匠都抓起来。老黎说，胡扯。三叔说，如果屠夫比试杀猪的武艺也犯法，请问厂子里年年搞"大比武"算什么事？老黎愤愤地走了，撂下句话，你别落我手上。三叔说，有本事抓凶手去。

我爸和三叔找了一星期，凶手踪迹全无，只好暂且放下。我突然意识到铁头从海塞回来后，夜哭的毛病好了。我问三叔，老嘎姆原谅你们了？三叔点头。我心头一喜，又问，他愿意让你们进家门了？三叔继续点头。我接着问，铁头的病是老嘎姆治好的吗？三叔不说话。我说，那你和三婶怎么一副苦大仇深的样子？三叔站起来，不耐烦地说，屁话多。

三叔回屋睡觉后，我妈对我爸说，阿蓝的弟弟和人打架，失手伤人，被判刑四年。我爸哦一声，说，怪不得俩人愁眉苦脸。老嘎姆就一个儿子，我妈说。我爸说，老嘎姆愿意原谅他们，这是好事。我妈说，阿蓝讲海塞又有两个女孩和汉族小伙儿通婚，老人们才慢慢转变观念。我爸说，社会在进步，人的想法也在变。我妈说，阿蓝想跟老嘎姆学苗药，在杨柳街开个苗药铺子，你觉得能行吗？我爸摇头，苗药好是好，可现在人们都习惯进医院看西医，铁蛋奶奶的中药铺不就是最好的例子吗？我妈说，阿蓝着急，老嘎姆年纪越来越大，阿雕刀没学好，苗药也没学到，往后怕是要断。我爸不再说话。

小车库又发生一起抢劫案。被抢的还是钢厂工人，一个四十多岁的焊工。焊工比我爸惨，被捅了一刀后，身上的工装也被剥去。保安老秦发现焊工时，他躺在岗亭右侧百来米远的地方，由于失血过多，人已昏迷。

据焊工回忆，劫他的也是两个蒙面大汉，瘦的那个自始至终没说话，壮的那个声音发瓮。焊工那天早上去周三包子铺排队买包子，回家路上，劫匪突然从巷子里闪出来，用牛角刀一前一后抵住他，让他脱衣服。衣服脱下来，交到劫匪手上，焊工感觉大腿一热，被什么东西扯住似的，血很快喷出来，人跟着趴下去。劫匪用的是牛角刀，这次刀拔走了。焊工喊了几声，没人应，大清早的，上班的上班，上学的上学，家里头没人。他的喊声引起一条狗的注意，那狗大摇大摆走到焊工跟前，叼着包子走了。焊工往小车库方向爬，来叫保安老秦，还没爬到就昏迷了。

跟我爸被捅一样，大半天工夫，消息传遍了厂子。人们三五成群凑一起议论，都说劫匪是上次捅我爸那俩人，他们咬定水钢了。已经有五年没再给人算卦的彭二先生从病床上爬起来，对大家说，他卜了一卦，劫匪还会来，时间不超过半月，还会接着抢水钢工人。为此，派出所老黎专门去彭二先生家，警告他说，你这是造谣，蛊惑人心，要不是你病成残废，是要扭送派出所的。彭二先生不恼也不怒，对老黎说，残废好歹能算算卦，你要是抓不到凶手，连残废都不如。彭二先生的话很多人都听见了，气得老黎当场骂娘，发誓抓不到凶手他就不再当所长。

转天一早，厂里召开紧急会议，增加治安巡逻队人手，联合派出所和杨柳街居民成立治安联防队。三叔踊跃报名，加入联防队。我爸也报名，但他的腿伤没好利索，走路一瘸一拐，人家没要他。联防队五人一组，半小时巡逻一遍，三叔理所当然成为他们那一组的组长，白天要卖肉，便选在晚上巡逻，他那一队每晚巡逻三遍。晚上吃饭时，三叔说，干脆你也加入巡逻队，多个人多双眼睛，万一恰好瞅见劫匪呢。我爸想都没想马上答应，我妈将我薅到跟前，气哼哼说，熊十九，再打铁蛋主意我跟你急。我爸和三叔对看一眼，闭了嘴。

巡逻队成立那会儿，人们热情高涨，巴不得马上把劫匪逮出来。才过一星期，有人就泄气，说这样大张旗鼓地搞，劫匪根本不敢露面，得悄没声候着。这么想的人包括三叔那一队里的两个汽修工，三叔指着两人骂了一顿，一气之下，连他也不干了。三叔愤愤地说，联防队这帮孙子都是胆小鬼，谁也指望不上。我爸提醒他，劫匪在暗处，大伙儿在明处，多小心为好。三叔说，就怕劫匪跑路，不敢再来水钢。

六

这天放学，家里一个人也没有。我放下书包，跑到街上想看个究竟。李洋洋飞快跑来，喘着气说，你怎么还在这儿？我被他问蒙了。李洋洋拉住我往街口跑去。去哪儿？我边跑边问。独眼龙家，李洋洋说。我纳闷，去他家干吗？独眼龙的老婆被人那个了，你没听说吗？哪个了？我问。就是那个了，李洋洋说。我还是不明白，心想独眼龙老婆被人那个了关我什么事。我停下来，李洋洋回头看我一眼，摇摇头，继续往前跑。我突然想，我爸妈会不会也在独眼龙家？

　　独眼龙家大门紧闭，根本没人，我连李洋洋也没见着。我想我多半被李洋洋耍了，他跑那么快，弄不好正被他爹追着打呢。我感到肚子有些饿，便去李叔叔家羊肉粉店，用攒下的零花钱点了个大碗的羊肉粉。邻桌坐着三个年纪跟我妈差不多的女人，她们正喊喊喳喳说着什么。仔细一听，是独眼龙老婆的事。那个嘴角长痣的女人说，天杀的劫匪，无法无天，光天化日之下竟然敢那个。另一个女人说，听说独眼龙叫了不少人去派出所闹，指不定弄出多大事来。难怪独眼龙家关门闭户。李叔叔端粉来时，我本想问他那个了是怎么回事，想了想没开口。大碗的羊肉粉实在太多，我没吃完。

　　回到家天已黑尽。我妈虎着脸骂，兔崽子，成天瞎跑，遇上劫匪不把你给炖了。骂完我，他们继续聊天，说的也是独眼龙老婆。我问我妈，那个了是哪个了？我妈看看我爸，我爸看看我，三婶突然大笑，三叔也笑，边笑边说，就像你爸一样，被抢了。我爸瞪三叔一眼，说，你才被抢了。

　　人们想起了彭二先生，想起他算的那一卦。独眼龙老婆被抢这天，距上次事发正好半个月。好事的跑到彭二先生家，让他算卦，预测劫匪下次动手的时间。彭二先生眯着眼，故作高深道，天机不可泄露。他的老婆子、刚过完五十二岁生日的花伯娘骂道，老东西，赶紧算吧，万一下次我也被那个怎么办？彭二先生恶毒地说，我刚算了一卦，你这辈子都不会的。

老黎不由分说把彭二先生从床上架起来带走，我们一群小孩趴在派出所窗户下，听老黎审问彭二先生。老黎说，彭二蛋，你老实交代，否则没你好果子吃。彭二先生轻咳两声说，请注意你的措辞。老黎点了根烟说，好吧，彭二先生，说说，你怎么知道劫匪会在抢焊工后半个月行动？彭二先生说，我没这么说，我说的是不到半个月。老黎骂了句脏话，吼道，别耍花样。彭二先生说，我算错了。算错了什么？老黎问。彭二先生说，独眼龙的老婆不是工人。老黎和彭二先生你一言我一语，推磨似的。叶小欢说，真没意思，这么久不见动手。我们都以为，彭二先生会被老黎狠狠教训一顿。

叶小欢说，与其在这儿听他们瞎侃，还不如回家看《小李飞刀》。叶小欢弄到全套《小李飞刀》碟片，瞅准他爸妈不在我们就去他家看电视。那年《小李飞刀》刚出，走在大街上都能听到人们聊李寻欢，全世界的人都在看这部剧。那段时间，不管在学校还是在外面，叶小欢三句话不离《小李飞刀》。李洋洋问，你妈让看吗？叶小欢说，我妈比我还爱看，好几次我半夜醒来，她和我爸还在悄悄看电视呢，只不过他们更喜欢看两个人脱光衣服打仗那种碟片。两个人脱光衣服打仗的碟片我们没看过，但听到可以看《小李飞刀》，我们便丢下老黎和彭二先生，兴冲冲往叶小欢家走。

杨柳街再次陷入恐慌。独眼龙纠集肉行一帮弟兄，整日在街上窜。他放出话，谁能提供凶手线索，他奖励六百元。劫匪身价涨了一倍，六百元，那是我爸一个半月的工资啊。三叔同情独眼龙，每次巡逻，他都和独眼龙并排冲在前面。劫匪点燃了他们胸中的怒火。三叔说，连女人也抢，这样的人该死。三婶劝他，怕他像阿雕一样做蠢事。三叔说，你管好铁头就行，我有分寸。铁头身体不好，经常生病。巡逻的日子，三叔整日不着家，有时深夜回来，喝得醉醺醺的，跟他说话也不答应。应该就是从那时开始，三婶脸上慢慢爬上了阴云。

接连发生三起抢劫案，市局派来了刑侦队。不多久，杨柳街和小车库、焦化山一带都安装了摄像头。每次从摄像头下走过，我都有种莫名的恐惧感，总觉得有人在看我。没人见过刑侦队的人，听说，那些人穿着便衣，混迹在人群中悄悄保护大家。我爸已回厂上班，晚饭时，他对我妈说，别不信，指不定你出门就有个便衣在后头保护你呢。不过，我爸说，还是少出门，劫匪毕竟还没抓到。

七

这年冬天比较暖和。一个日光和煦的下午，我们家来了位特殊客人。当时我正在院子里帮我妈择菜，每个月我妈都要做酸菜，这次做的酸菜是要吃到第二年的，很快要过元旦了。电视上说，今年的元旦叫跨世纪，我没弄明白，只是感觉要比往年热闹，厂子里早早挂起灯笼，街上庆祝元旦的大红条幅也比往年更多。水城人爱吃酸，吃那种沤得黏哒哒、水汪汪的清汤酸菜，或是用番茄酵成红彤彤的红酸汤，把菜或肉下在里头煮着吃。做酸菜需要酸本，即把上次吃剩下的酸菜匀一钵出来，待新酸菜做好装坛，再将那钵酸菜淋在上面，以帮助新酸菜发酵。我妈舀了一大钵酸本放在方桌上，整个院子里弥漫着浓郁的酸味。一道修长的身影从大门里飘进来，我抬头，一个头戴狗皮大棉帽、身穿军绿色齐膝羊皮袄的汉子踏进来。那人奇高，手里提着条手腕粗的火棘棍子。汉子吸吸气，用手捂住鼻子，打了个响亮的喷嚏。他指着方桌上的酸本说，咋这么臭？汉子说的是普通话。我妈从屋里出来，上下打量汉子一番，问他，你找谁？熊十九，汉子说。我妈说，你是十九的朋友吧？汉子不说话，在花池边坐下来。十九一家进城买东西，得傍晚才回来，我妈说。汉子说，我等着。

我继续择菜，我妈把我爸从床上叫起来，我爸沏了壶茶，和汉子并排坐在花池边喝。汉子摘下头上的棉帽，一颗圆圆的大脑袋锃光瓦亮。我爸问他，你是外地人吧？汉子点头。我爸说，从哪儿来？北方。汉子的回答异常简洁。我妈把他们叫进屋，她已经焙好一海碗蛋炒饭，盛了钵素瓜豆，摆在我们家餐桌上。汉子憨笑，说声谢谢，埋头便刨。眨眼工夫，那碗饭就见了底。汉子喝完汤，问，还有吗？饭是没了，我妈又下了碗面条，外加两颗煎蛋。吃完，汉子满足地抹抹嘴，说，南方的面条。我爸说，南方面条怎么了？汉子说，没事儿。说完，倒在我们家沙发上闭眼就睡。我爸对我说，去，找你叔。

黄昏时分，三叔和北方汉子见面了。我和三叔回来时，汉子已经候在院里。汉子上下看了看三叔，说，你是熊十九？你是哪位？三叔问。原来他们并不相识。汉子走到院门前，轻轻关上门，转过身说，我走南闯北，啥也不爱，就爱玩个刀，听说你使刀利索，咱比画比画。汉子轻轻摩挲手掌，补充说，不耽搁时间，我看这儿挺好。三叔松了口气，嗔怪道，大白天你闯进我家来，我还寻思是不是得罪人了。说着，三叔走到院门边，打开院门。汉子说，听说你使苗刀。三叔说，你可以走了。汉子说，看不上我？三叔说，我只是个杀猪的。汉子朗声一笑，火棘棍子往前一戳，说，不斗狠，不伤人，分了输赢马上走。三叔说，你使长刀，一板一眼有个说法，我使的是巴掌大小的玩意儿，入不了眼，出了门，你就说我输给你了。汉子一愣，说，你不是使苗刀吗？此苗刀非彼苗刀，三叔说。汉子叹一声，收起拐杖。

本以为汉子第二天会离开，可早晨我起床，发现他已经在后院帮三叔干活了。他们用板车装好新鲜的猪肉，正出门往肉铺送。早饭时，我妈问我爸，要不要报警。我爸说，看样子那人没恶意。三婶说，报警干吗，如果想动手，大不了跟他干一仗。

汉子住了下来。他帮三叔杀猪卖肉，把这儿当自己家。每天清晨，他们并排走在杨柳街上，一高一矮的两个背影看起来十分滑稽。后来，彭二先生对杨柳街的人说，看到三叔和北方大汉一高一矮走在街面上，他就已经算到会发生什么。不过，彭二先生说，他从派出所出来后，身体垮了，整日躺在床上，没来得及告诉大家。花伯娘骂他，臭不要脸的东西，既然你终日躺在床上，是怎么看到人家在街上走的？

过了小年，年味越来越浓。这天晚饭时，三叔问北方大汉，你不回家过春节？汉子说，没家，老爹老娘走得早，有个哥哥，前些年进山给木材老板当保镖，进去便没出来。三叔夹了块肉，仔细嚼着，吃完那块肉，他说，你这意思，要长住？汉子放下碗筷，笑说，你啥时候跟我比刀，我啥时候走。三叔把碗一扔，说，刀法早忘了，你怎么不信呢？汉子笑，你让我怎么信？三叔说，你想怎样？汉子说，本来我快信了，见你家后院剁肉末那块老梨木案板，见你卖肉从不用秤，没法信。三叔说，你上街问问，我这估斤两的本事老早就会。汉子说，使刀讲究稳准狠快，你身子骨瘦小，速度快，卖肉不过秤，这是准；据我所知，你卖肉没几年时间，那块老梨木案板，正常情况十年以上才能砍那么深的凹痕，说明醉翁之意不在酒，你剁的不是肉末。三叔额头上渗出汗粒，痴痴盯着汉子。汉子说，还要我继续说吗?

当啷,我爸的饭碗掉到地上,碎了。啊呀,我爸说,只顾听你们聊天,碗都掉了。我妈赶紧找来扫帚,打扫地上的碎碗。三婶放下碗筷,把铁头叫回了屋。我爸对汉子说,你知道前段时间出的事吧?汉子摇头。我爸重新盛了碗饭,把连环抢劫案给汉子说了一遍。汉子怒目圆睁,有这种人渣?三叔咬牙切齿说,最好别落我手上,否则我非剐了这俩畜生。我爸放下碗筷,缓缓说道,你们练了一身武艺,依我看,比刀没趣,要能把这俩祸害逮出来,那才算本事。啪,汉子一掌拍在桌上,汤水四溅。

八

年关前夕,每家每户都要熏腊肉、做腊肠,正是猪肉旺销好时节。三叔终日魂不守舍,清早用板车把肉拉到肉铺,卖肉的活便交给伙计小吴,转眼就没了踪影。三婶嗔怪我爸,不该在这节骨眼上出这馊主意。我爸说,这是为十九好,北方大汉一看就是练家子,动起手来,伤到谁都不好。那些天,汉子神出鬼没,我们都摸不准他什么时候出门,什么时候回来。

除夕早上,吃过汤圆,我妈着手准备年夜饭,我爸带着我打扫卫生。收拾后院,我特意看了看那块梨木案板,中间凹下去俩拳头那么深,像个木盆。打扫完卫生,我爸带我上街,买了春联、灯笼、炮仗、香蜡纸烛，还买了两箱烟花，准备吃过年夜饭后放。到家后，我爸搅了糨糊，带着我贴春联，挂灯笼。三婶把洗衣机搬到院子里，把家里的脏衣服全收集起来堆在旁边，开始洗衣服。脏衣服堆得小山似的，铁头在衣服堆里打滚，乐得嘿嘿傻笑，边笑边流口水。

下午，街上刮起风。我爸说，春风吹，又一春。年还没过呢，我说。我妈说，铁蛋，你又长大一岁。我心里欢喜莫名，杨柳街的时间太漫长，我希望自己快些长大。三婶说，过不几年，铁蛋就要娶媳妇啦。我爸妈笑起来。我本想说到时也要娶个像三婶这么漂亮的媳妇，没好意思。从厨房里飘来血豆腐的香味，我正要冲进厨房，街面上传来高亢的欢呼声。

人群洪水般涌来，打头的是独眼龙和三叔，他们簇拥着北方大汉，汉子胸前戴着大红花，极不自然地笑着，朝我们家走来。叶屠夫和李大耳不知从哪儿弄来两面军鼓，捶得震天响。人群很快拥到门前，有人在院门上拉了条幅，上面写着八个大字："勇擒劫匪，为民除害。"不一会儿，厂领导和派出所老黎也来了。老黎激动地对北方大汉说，劫匪已解送市里，你耐心等待，争取为你开个表彰大会。汉子憋红了脸，他把胸前的红花摘下，顺手挂在院门上，凑到三叔耳边说了几句话。三叔接过李大耳手中的鼓棒，重敲几下，人群安静下来，他说，劫匪逮了，天也要黑了，各回各家，年夜饭我们家不管。

有消息传出来，说劫匪是一九九二年冬天私卖废铁被抓的那两个，这案件当年厂子内外尽人皆知，俩人被抓后，吃了几年牢饭，受了不少苦，出狱后怀恨在心，又没了饭碗，便铤而走险，盯着水钢作案。我爸问汉子，你是怎么找到劫匪的？汉子指着鼻子说，一个字——嗅。这事凑巧，通过周密工作，警察终于查到劫匪落脚处，选在那天中午动手抓人。俩劫匪力气大，挣脱警察夺路便逃。北方大汉捡了个便宜，堵住劫匪，和警察一道把人给逮了。

年夜饭已经备好，有猪肘子、辣子鸡、蒸鲈鱼、老水钢烤鸭子等，我数了两遍，一共十六道菜。我爸从柜子里摸出两瓶老酒，满满当当倒出四碗，又给我妈匀了几滴，屋子里溢满酒香。烧过纸钱，供过祖宗，正式开始吃年夜饭。老水钢的春节，数这顿年夜饭最隆重、最讲究。街面上陆陆续续响起炮仗声，年夜饭吃得早的人家，已经开始放烟花。人坐齐，北方大汉率先端起酒碗，朗声说，这碗酒敬你们。言罢，汉子一仰头，酒入喉咙，碗已见底。他站起身，退到一侧，两手一拱说，多有打扰，见谅，我这就告辞。三叔攥住他，嗔怪道，这是闹哪一出？汉子握住三叔手说，我一个浪荡子，不喜欢团聚。三叔坐下，悠悠说，你不是想看我的刀吗？汉子一愣，想，他说。

三叔正襟危坐，道出了刀法渊源。

清朝初年，平西王吴三桂征剿水西，水西宣慰使安坤节节败退，引兵据守水城阿扎屯。安坤凭借阿扎屯四周天险，紧扼山门要道，一夫当关，万夫莫开，平西王久攻不下，战事陷入胶着。

这一晚，三更时分，平西王近侍奢那沙接到密令，要他连夜启程，潜往乌撒卫寻找一个叫熊希野的私塾先生。此人熟谙水西地形，颇有谋略，且曾被安坤驱逐，或有破敌之策。奢那沙原是蜀人，练得一身好武艺，使一口威武的斩马刀，一刀在手，势大力沉，威风赫赫，虽百十人亦不能近身。哪知奢那沙行至阿佐，突然风雨大作，电闪雷鸣之际，马失前蹄，跌到深沟中，被安坤手下先前冲散的一股散兵抛网困住，抓了个现成。

探知安坤被困，那股散兵就近遁入深山，按兵不动，一连躲了五日。奢那沙暗自寻思，期限已过，就算找到熊希野，也免不了受罚，一旦平西王撤围，这股散兵势必去寻安坤，那时候，只怕性命不保。左右不是办法，他想到了第三条路——逃。趁守兵换防之际，他挣断绳索，连滚带爬梭①进密林之中。

---

① 梭，西南地区方言，意为溜、躲。

　　逃离险境的奢那沙找来本地土人服装穿上，扮作收药材的商人一路往北走。不知走了多久，在一个叫也里古的村子里，他终于听到人们说起那场战事的结局。不出所料，平西王大获全胜，安坤兵败被俘。这并不是什么好消息。如果安坤得胜，他大可逃回蜀中，重新开始生活，而今平西王扫平水西，固守西南、放马蜀中之势已成，中原也尽是其耳目，他无路可走了。奢那沙万般绝望之际，十万乌蒙大山张开无私怀抱，将这个无路可走的人藏进深山。

　　那个战乱频仍的年代，山里也不太平，匪盗四起，打家劫舍之事时有发生。为防暴露身份，大刀断然不能再使，奢那沙从山里人用的手镰得到启发，打造了两把鹰爪刀，采众家所长，糅合所学武艺，自创了一套攻守兼备的近身刀法，这便是这套刀的由来。

　　奢那沙娶了个当地女人，在山里成家立业、生儿育女，慢慢断了回蜀地的念想，后半生过得还算平稳。临死，他把两个徒弟叫到跟前，专门交代要把刀法传下去。他规定，每一代只传两人，传男不传女。念及当年逃亡时的艰难困苦，老人特意交代，对身逢绝境、天资聪颖的后辈，要优待一分，高看一眼。后人恪守奢那沙遗命，于十万大山之中，茂林掩映之下，秘密传承着这套独门刀法。到老嘎姆这里，已经是第九代。

　　奢那沙创刀之初，并未给刀法命名，传到第四代，因翁达老师祖是苗族人，后人方便起见，就把这套刀称作苗刀。到老嘎姆这一代，师兄染上暴疾，还未及传刀便英年早逝，因此，培养苗刀第十代传人的任务落到了老嘎姆头上。天可怜见，西郊观音山上，正在采药的老嘎姆遇到准备跳崖自尽的三叔。老嘎姆说，三叔手准，是学刀的好料子。另一个传人，是他的儿子阿雕。

这刀法创立之初，其意便不在攻，而在守，守护乱世中的生灵，守护妻儿老小，守护手里的饭碗，守护沉默的群山……

三叔眼中有泪光闪过，噼里啪啦的炮仗声陡然传来，喝完最后一碗酒，北方大汉起身告辞。他对三叔说，我的刀，和你不同。言罢微微欠身，消失在夜色中。

三叔跟了出去。夜渐深，细细的雪花稀稀疏疏洒落。

三叔直到午夜才回来。他掸掉身上的雪，问我爸要了根烟。那是我第一次见三叔吸烟。吸完烟，三叔说，北方的刀，霸道。说完他回屋睡了。

第二天，三叔告诉我们，汉子名叫宫延武，人称宫一刀，沈阳人。

九

春天像姑娘脸上的红云，几阵风吹过就没了。夏初，午夜玫瑰开业，请阮香儿献唱，大半个杨柳街的人都去了。水城集餐饮、住宿、棋牌、卡拉OK、舞厅等于一体的去处，午夜玫瑰是头一家。

听说有外地棋手来，我爸心痒痒，提前调休等着去看棋。厂子附近下棋，转来转去都是那拨人，偶尔有个生面孔岔进来，能高兴好几天。午夜玫瑰请了外地棋手，我爸和他那帮老兄弟断不会错失良机。在我的软磨硬泡下，我爸答应带我去溜一圈。我妈虽然爱跳广场舞，但对唱歌没啥兴趣，她觉得阮香儿唱歌也就那样，本地频道看看就行，她更愿意和三婶一起去逛市场。

我爸还是那身老工人行头，多年养成的毛病，不修边幅，不爱打理。三叔换了身笔挺的黑西装，皮鞋擦得油光锃亮，还喷了香水。他说香水可以盖住身上的猪肉味。午夜玫瑰门前，歌声婉转，欢呼声此起彼伏。阮香儿已经开唱。我仔细数了数，大楼有十二层，最顶上用彩灯拼出"午夜玫瑰"四个大字，从高往低拉满大红条幅，写着开业大吉之类的祝词。一楼入口处，是个巨大的旋转玻璃门，镶着金黄色包边，院子左侧是篮球场，搭成临时舞台给阮香儿唱歌，已人满为患。

看过指示牌，我爸把我交给三叔，上楼去看棋。我跟在三叔后头，进楼坐上了电梯。那是我人生中第一次坐电梯，激动得直冒汗。三叔带我慢悠悠地转，我们参观了豪华的卡拉OK

包厢，听陌生男女们吼了一阵，又去二楼的餐厅领取免费晚餐。到餐厅才知道免费吃喝都是骗人的，所谓免费吃喝，是购买快捷套餐后，米饭和高橙可以免费。

回到院子里，三叔带我挤进人群，听阮香儿唱歌。刚站住脚，人群一阵惊呼，有人喊，打人啦，打人啦……三叔拉住我迅速后退，台上歌声停了，人们围成一个圆，中间躺着个呻吟的男人。那人双手抱头，头上血流如注。男人身后，一个身材魁梧、满面黧黑的大汉扣住一个面如死灰的女人。大汉左手箍住女人脖子，右手拿刀，一把黑亮狭长的尖刀死死抵在女人脖子上。汉子挟持着女人慢慢后退，退到墙角，他厉声大吼，滚，都给我滚。有人小声议论，汉子劫持的女人是他老婆，他老婆和地上的男人有问题，方才汉子逮住俩人手拉手听阮香儿唱歌，一怒之下动了手。

地上那位很快被人抬走。警笛声响起，汉子惊恐莫名，用手里的尖刀指着人群大吼，谁敢过来我宰了她。警笛声由远及近，汉子狂叫一声，骂道，横竖一死，不如先宰了你。紧急关头，三叔一声断喝：慢着。他慢慢走向汉子说，兄弟，放过她，你还能重新开始。站住，汉子吼，声音在颤抖。

警察到了，将人群疏散到院子外，把三叔和那俩人围起来。一个戴眼镜的警察拿起喇叭，一边让三叔退出来，一边疏导汉子，要他放下手里的刀。汉子愈发暴躁，刀尖已刺进女人脖子。我想坏了，电视里出现类似情况，一定有狙击手埋伏在周围，他们会开枪打死他的。

三叔对警察说，他是我兄弟，让我劝劝他。汉子骂，滚开，谁是你兄弟。三叔说，我是熊十九。人群里发出声长长的"哦"。他说，前些年我们一起喝过酒，一起摇过骰子，你忘了？汉子的手抖了下，说，知道你，但没见过你。三叔说，兄弟，你这么健忘？汉子皱着眉，努力回忆。三叔在慢慢向汉子靠近，每说一句话，他就往前挪一小步，现在，他和汉子之间只有几步距离。汉子突然大喊，站住！他好像意识到了什么，把尖刀从女人脖子上撤下，直直指向三叔。三叔似乎早料到他会这么做，趁他撤刀，闪身贴过去。

谁也没看清三叔是怎么动手的。总之，人们反应过来时，那把黑亮狭长的尖刀已攥在三叔手中，汉子被他制伏，反卷手臂交到警察手里。人群中响起热烈的掌声，有人还吹起了口哨。汉子骂声不绝：熊十九，我不会放过你。一个黑脸警察骂他，不知好歹的东西，人家救了你一条命。

十

夺刀救人不久，午夜玫瑰的老板，一个虎头大耳的山西人带着厚礼登门拜访三叔。那人来时三叔不在家，他在医院。夏季溽热，铁头吃坏了肚子，腹泻不停，并伴有高烧。到医院检查，发现患有脑膜炎，必须及时治疗。脑膜炎治疗费高昂，把家里所有钱凑出来，也还有不小缺口。三叔正为这事发愁。

山西老板让我带路，径直去医院找三叔。医院离我们家不是很远，坐上老板的小轿车，很快就到了。进了病房，他把礼物放在床头柜上，也不客气，对三叔说，我来请你帮忙，助我一臂之力。

去午夜玫瑰工作的事，从一开始大家就反对。我爸说，那可不是什么好地方。三叔说，知道，我心里有数。三婶说，那老板一看就不是什么好人。三叔说，知道，我心里有数。我妈说，在那种地方上班，时间长了人会变坏。三叔说，知道，我心里有数。三婶说，你不准去。三叔说，你们说得都对，可上哪儿凑钱给铁头治病？这话把大家打哑了。

这天晚上，三婶和三叔吵了起来。三婶性格刚烈，指着三叔一通臭骂，骂得鸡飞狗跳。到底是三叔服软，气咻咻说，午夜玫瑰有什么风吹草动，警察早一窝端了，哪还能开下去？既然能开下去，说明是合法合规的，我去当个保安队长，有什么问题？我妈生拉活拽把三婶劝回屋，三叔愤愤道，人家不过是想借我的名头镇镇场子，都二十一世纪了，哪还有那么多打打杀杀的事？三叔说的似乎挺有道理。那一年，全国第三次严打全面铺开，八月初警方剿灭盘踞水城多年、作恶多端的"青龙帮"，一时各大媒体争相报道，消息震惊全国，人人拍手称快。

明枪易躲，暗箭难防，事实证明，三叔看错了人。

三叔将肉铺关了。他和山西老板约法三章，一是不干违法乱纪的事，二是不掺和公司具体业务，三是工资按时月结。山西老板爽快答应，他开的薪酬，一个月顶三叔卖半年猪肉。三叔整日西装革履，人虽瘦小，看起来也威风凛凛。明面上人家叫他熊队，私底下都叫十九哥。很快，十九哥这名号就叫响了。铁头出院那天，三叔给我们俩换了身新衣服，给三婶和我妈各买了一部诺基亚8250。8250那年刚上市，价格奇高，杨柳街的女人们眼馋得不行。

时间一天天过去，三叔的变化越来越明显。他经常莫名其妙发火，动不动喝醉，回家的时间也越来越晚。一次大醉醒来，我爸语重心长地说，十九，打住吧，你知道自己喝醉时什么样吗？铁蛋这么大的孩子就能撂翻你。三叔点了根烟。到午夜玫瑰上班后，他正式抽起了烟。他说，两年，给我两年，我一定收手。我爸摇头说，钱是挣不完的。

那阵子，经常有陌生人来我们家，拎着烟酒，来找三叔学刀。三婶气冲冲把人轰走了。次数渐多，她给院门上了锁，再有人拎东西来，干脆不再开门。自打三叔到午夜玫瑰工作，我再没见他剁肉末，也没见他挥刀。

大雨夜，三叔三婶又吵了起来。我裹着衣服摸黑上楼，啪的一声，三叔挨了一记耳光。我想完了，万一三叔出手，如何是好。三婶痛骂，你是什么东西，也知道勾女人。我爸我妈对视一眼，齐齐转向三叔。三叔迟疑着开口，说，没有的事，听风就是雨，净信别人瞎说。三婶骂得越来越难听，我爸把我赶回屋，关上了门。

转天放学，不见了三婶和铁头。我妈说，他们去铁头外婆家了。我问去干吗，我妈说，小孩子少管大人闲事。三婶和铁头去海塞那些天，三叔一次也没回来。我爸愤愤地说，他是把午夜玫瑰当自己家了。

十几天后，三婶给我妈来电话，急吼吼地说，老嘎姆不行了，联系不上三叔。我妈赶紧叫我爸，我爸揉着惺忪的睡眼从床上爬起来，拿出他新买的摩托罗拉给三叔打电话。打了几次，没人接。我爸换上衣服，急匆匆出门。他回到家已是半夜，进屋就骂。找到三叔时，他醉得一塌糊涂。我爸本想把他扛回来，可三叔死活不愿意，他说，老嘎姆身体好着呢，我才不会上当。

我爸决定亲自去趟海塞。他就是这样，一直想当然地把自己当作这个家的主人。

接到我爸从海塞打来的电话，三叔沉默半晌，问，真走了？真走了，我爸说。怎么就走了呢？三叔说。我爸说，赶紧回家等我，商量祭奠的事。三叔说，我马上回。

我爸的意思，我们家得按当地风俗，备好纸钱纸马纸船纸

人，备好山羊公鸡和五色杂粮，再请两台唢呐，邀一帮亲朋好
友，去祭奠老嘎姆。电话里，我妈坚决反对，她说，这些事该
让十九定夺。我爸从海塞回到家是下午，一直等到黄昏，三叔
仍没回来。天擦黑时，老黎来到我们家，虎着脸说，十九犯
事，被逮进去了。

最终，我妈按我爸先头提的，一样不落将东西备齐。我爸
请到了两台唢呐，邀了帮棋友和亲戚，拢共二十多人，浩浩荡
荡朝海塞进发。中巴上，我问我妈，之前你不是不愿来吗？我
妈说，谁知道我心里的苦。我心头一紧，问她，你苦什么？我
妈说，还不是为了这个家。我问她，三婶和铁头以后怎么办？
她没有回答。

阿雕还在狱中，三婶形销骨立，状如薄纸。老嘎姆，这个
伴随我从一个儿童长成少年的名字，这个曾给我无限遐想的名
字，被一具黑漆棺材接纳，尘归尘，土归土。料理完后事，三
婶说，家里只剩老母亲一人，她不回杨柳街了。我妈说，我们
先把铁头带回去。三婶盯着我妈，说，铁头是我儿子，得跟
我。我爸问她，什么时候回杨柳街？三婶说，十九什么时候回
家？还不知道，我爸说。那再说吧，三婶说。关于三叔，三婶
知道的一定比我们多。

十一

三叔判了三年半。

那天接到我爸电话，三叔急吼吼地回家。电梯到一楼大厅，门口骂声震天，南门会所涂老大带着十几号人把午夜玫瑰围了。眼见不妙，三叔退回电梯，准备上楼叫人。对方有人认得他，大喊着扑过来。

因聚众斗殴，午夜玫瑰和南门会所两边拢共被警察逮了三十余人，另有十余人受伤进医院。有个叫小马的，左手残废，三叔伤的。探监时我爸问他，使刀这么多年，怎么连轻重都拿不准？隔着厚厚的玻璃墙，三叔一个劲儿摇头，说慌乱之中，我都没发现伤到人。

有消息传出来，说南门会所和午夜玫瑰火拼，其实是有人故意做局。山西老板涉黄，警方早盯上了。午夜玫瑰起得快，倒得也快，从开业到关门不到一年。南门会所也没了，被一个煤老板盘下，改成迎宾馆。之后，沾染黄赌毒的会所纷纷倒闭，人们真真切切被新世纪的风吹醒。

没有三叔，杨柳街冷清不少。他刚入狱时，人们经常提起他，碰到我们家人，都会顺口问问情况。时间一长，人们也就不再提。杨柳街就是这样，什么事情到了这儿，都能消化得干干净净。三婶和铁头没有回来，我妈说，他们大概不会回来了。

一天下午，我们家来了个陌生女人，背着孩子。她坚称孩子是三叔的，并说三叔欠她笔钱。我爸茫然不知所以，我妈对女人说，你来得正好，既然孩子是十九的，想必你们是夫妻吧？十九入狱前，从我家借走两万块，夫债妻还，天经地义，你得把钱还我们。女人狠狠剜我妈一眼，摔门而去。女人走后，我妈眼睛一红，掉下泪来。谁容易啊，她说。

三叔入狱第二年，因设备老化、管理失当等诸多原因，水钢亏损愈发严重，不得已开始裁员。我爸年纪偏大，又受过伤，头一批就进了名单，一次性买断工龄。退下来后，他棋也不下，整日闷在家里，琢磨如何赚钱。我妈愁得头都大了，她把三叔家的家具搬到一楼，将二楼、三楼的房子租了出去。房租少得可怜，不顶事。我爸去找当初三叔杀猪时的伙计小吴，问他，你看我能吃肉行的饭吗？小吴说，你还是做点别的吧。小吴那时已在城东双水新城区找了铺面单干。最终，我妈东拼西凑，盘下街口李叔叔家羊肉粉店旁的门面，开了个小超市。

人们都说，考上二中，等于半只脚跨进了重点高中的大门。但我妈反复叮嘱，你那是拉肚子碰上茅坑——运气好，要是敢放松，指定上不了重点高中。我赌气说，李洋洋和叶小欢连水钢中学都没考上呢，你怎么不说说他们？我妈说，我要有那么混账的儿子，早被气死了。

二中管理十分严格，加上城西离家也远，我便搬到学校住，回家的次数渐渐少了。家里的事情我一股脑抛在身后，巴不得连周末都在学校过，和室友们一块儿打球。我喜欢上了篮球，奔跑在球场上，连风都是甜的。因为篮球打得不错，上初二后我被选进校队，每周六下午有专业老师带我们练球，周日早上通常会有一场比赛。这样一来，回家的次数更少。

一个飘着小雨的周六下午，我们正在体育馆练球，指导老师突然喊我的名字，让我到校门口去。学校管得紧，没有老师允许，家长连校门也进不去，平时探望孩子，只能在大门口保安处等着。我兴冲冲往大门口跑，三叔穿着身崭新的运动服，站在门口向学校里张望。我高兴极了，跑过去抱起三叔，转了好几圈。三叔边笑边骂，小兔崽子，放我下来。几年不见，三叔好像更矮更瘦了。

我们一家在荷城别院吃了顿团圆饭。三叔倒满酒，郑重地敬了我爸我妈。我妈浅浅抿一口，轻声说，大家都在盼着你出来。三叔问，那个小马，后来怎样了？我们都答不上来，我们连小马长什么样都不知道。三叔逼着我陪他喝了一小盅，酒入喉咙，火烧般难受，但我还是鼓着劲儿喝了下去。三叔让我跟他去海塞接三婶和铁头，我有球赛要打，没答应他。

十九肉铺重新开张。不过，另外十八家肉铺已歇了五家，三叔的肉铺名字没变，杨柳街却再没有十九家肉铺。时间的指针好像被谁拨快了，在我爸之后，不少工人陆续被裁，下岗潮一波接着一波。开始有人搬离杨柳街，到市中心，或者外省，甚至乡下去。夕阳的余晖下，厂子渐渐有了萧瑟迹象。

见到三叔，三婶说，等你三年，想再等三个月。

三叔跑到老嘎姆坟前，长跪不起。

从海塞回来，三叔消失了一周。一周后回来，三叔蔫头耷脑，像只被霜打过的茄子。问他去了哪儿，他说，剪尾巴。这话让我妈很不高兴，睨他一眼，骂道，男人，没一个好东西。我妈说这话时我爸正在系鞋带，他要出门买菜，假装没听到我妈的话。

歇了半个月，三叔说，他要北上，短则一星期，长则半个月，回来就再不出去了。临行前一晚，我爸对他说，十九，世道变了，做事要拿捏分寸。三叔说，有些事必须做，否则过不去。

三叔和山西老板之间到底有怎样的恩怨，他去午夜玫瑰上班后发生了什么，这一切像暗藏在时间深处的谜，直至今日，我仍常常想起，反复猜测谜底，终归一无所获。三叔守口如瓶，半个字也不肯吐。那次北上，他将近一个月后才回到杨柳街，回来后受了伤，去小车库老何家诊所挂了半个月的水，才慢慢缓过气来。我们都渴望从三叔嘴里抠出点消息，关于他的北上，关于他受的伤，关于背后的一切。被我爸问烦了，三叔说，交了手，他身边有人。

三婶和铁头回来了。铁头长高不少，三婶胖了一圈，她不再像以前那么爱笑了，总是郁郁的。肉铺重新开业那天，三婶陪三叔去了趟街口。人们故作热情地招呼，你们可算回来啦。是啊，三婶说，难道不能回来吗？

靠前些年攒下的名声，三叔的肉铺能开下去，不过，人们对他的态度和以前不一样了。街面上不再有人叫他十九哥，人们说，喂，来点精肉。三叔抬眼看看来人，手起刀落，割肉收钱，也不搭话。

初三课业繁重，我依了我妈，退出球队，将大部分时间用来备考。终于熬到初中毕业，我成功拿到了实验二中录取通知书。我语文考了全年级第一，老师们赞赏有加。

这个漫长的假期，我又回到了杨柳街。李洋洋报名参军，去了川西。叶小欢的爸爸给他选了一家烹饪职校，逼着他学厨师。叶小欢赌咒发誓说他生来就是当演员的料，要他爸爸送他上艺专，并拍着胸脯保证不成为下一个周星驰绝不回杨柳街。叶屠夫给了他一巴掌，骂道，猪脑子。李叔叔得了肾病，把羊肉粉店盘出去，回乡下老家养病去了。接羊肉粉店的小夫妻是从南郊过来的，人勤快，手脚利索，但没了李叔叔的羊肉粉店，味道就变了。小夫妻心里头亮堂，把粉店改成小菜馆，生意也还过得去。彭二先生终于过完了他屈辱的一生，临到头来，花伯娘找了个老姘头，终日不着家，他死了两天才被发现。老黎还是那样，没事时喜欢背着手，在街上走来走去。他也老了。他逢人就说，一年，只差一年我就退休啦，就回家抱孙子啦。但不知为什么，有人说他没有孩子，抱孙子什么的都是骗人的，也不知是真是假。对了，那年独眼龙的老婆出事后便没了踪影，不知道去了什么地方。独眼龙和焦化山沈寡妇搞到一起，居然又生了个胖小子。这事儿成了杨柳街的大新闻，人们揶揄他说，看吧，塞翁失马，焉知非福。人们这么说时，独眼龙满脸堆笑，那张老脸上尽是欢喜。他给胖儿子起了个让人忍俊不禁的名字——冯小拿。他说，大拿小拿，好记，天生就是对父子名字。听过他这番高论的人无不笑得前仰后合。如果独眼龙的前妻看到他现在的样子，不知道该欢喜还是难过。

十二

这年冬天格外冷。进入冬月，冷雨时断时续，高处索性结上冰。腊月初，凝冻愈发厉害，学校水电都停了，只好提前放假。

回到家，我妈一惊一乍问我，你都听说了吧？我一头雾水。原来，城南南门桥一带出了扒手，已连续作案多起，闹得人心惶惶。

吃过午饭，我套上大衣出门，准备去三叔的肉铺看看。周三包子铺前，一伙人聊得正起劲，我近前细听，矮个子装卸工绘声绘色说，那人像一阵风，打从你跟前过去都看不分明。买酱油路过的邱叔叔说，有些人被偷了几天才发现呢。周三从包子铺里钻出来，细着嗓子说，给我们家老大说过几次，得早点抓住小偷才安生呢。周三的大儿子去年大学毕业，考到城北当了警察。大伙儿都知道扒手作案那一带不归城北管，周三这么说，不过是想炫耀炫耀。这时候，出门扔垃圾的冯四喜哭丧着脸号道，冯家招惹谁了，偏偏倒血霉。这话一出，大伙儿将他团团围住，要问个究竟。

冯四喜的老婆头一晚在官厅小姑子家吃过晚饭，回家路上着了扒手的道，到家掏钥匙开门，才发现崭新的皮包被划了个拇指长的口子，包里的两百多块钱不翼而飞。有人说，官厅到杨柳街，不就四个站吗？有人说，小偷不是在城南吗，难不成盯上水钢了？看冯四喜那模样，不像是假话，我悻悻走开，心想但愿早些抓住扒手，免得祸害大家。

三叔肉铺前，也有几个人围在火炉旁，聊冯四喜老婆被偷的事。他们给我挪了个位置，让我凑到火炉旁烤火。过了会儿，三叔冷不丁问，能不能把四喜老婆的包拿来我看看。大伙儿齐刷刷看向三叔，麻子叔问他，十九，你是想看四喜老婆呢，还是想看他老婆的包，得说清楚。大伙儿爆笑。那天下午，冯四喜真把他老婆被划破的包拿出来，挨着递给大家看。

那包递到三叔手上，三叔眯着眼，用右手食指沿着齐整的口子轻轻摩挲一遍，突然停住说，不简单。

小偷当真盯上了水钢。冯四喜老婆被偷一周后，街尾巴夏家姐姐也中了招。夏家姐姐没什么钱，出门买菜，也没带包，但一件新买的羽绒服给划坏了，夏家姐姐气得眉毛发焦。人们想起了几年前的连环抢劫案。有人提议，组建巡逻队，集中力量把小偷逮住。提议没多少人响应，连我妈都说，对付个扒手就要组建巡逻队，至于吗？我爸喝了些酒，雄赳赳地说，小崽子，我让十九收拾他。我爸这么一说，大家如梦初醒般道，对啊，十九不是会耍刀嘛，让他去抓小偷啊，连个小偷都抓不住，算什么本事。这话传到三叔耳朵里，他没当回事，该卖肉卖肉，该回家回家。不过，我发现人们提到小偷时，他的耳朵始终竖着。

临近年关，买肉的人多起来，三叔愈发忙碌。恰在这当口，三婶得了肺炎，整宿咳嗽发热。我妈只好让我爸守店，腾出手照顾三婶。铁头归了我，好在他已不是那个病恹恹的小家伙，现在，他已经是个小学生了。

矿区医院离我们家走路二十多分钟，我妈早上做好吃的带去病房，管两顿，下午回家做晚饭，再送过去给三婶，晚上九点多从医院回家。这天晚上，过了十点仍不见我妈回来，打电话，竟然关机。十一点，还是没回来，我们即刻出门，沿路往水钢医院找。找到病房，三婶已经睡着。三叔叫醒她，她说，不是早回去了吗？坏了，我脑袋一热，心想出事了。这时，我爸手机响了，老黎打来的。

事情很简单，老黎说，回家路上遇到扒手，反应快，扒手没走出几步她就发现被偷了。老黎接过我爸递上的香烟，接着说，偷就偷了呗，非要追人家，边追边打电话，一不小心摔了个四脚朝天，手机摔到扒手脚下，人家捡起来拍拍屁股走了。我气不打一处来，一拳砸在墙上，把白墙砸出道凹痕。三叔什么话也没说，侧身推门，一头扎进寒风中。

小偷并未收手，又作了两次案。街面上贴出悬赏告示，紧要路口装了摄像头，治安队也加派了人手。即便如此，还是连小偷的影子也没找着。

冯四喜来我们家店里买东西，故意对我爸说，秉明，你不是说让十九收拾小偷吗，找着了吧？我爸回说，你以为扒手是大街上的阿猫阿狗，见天叫着让你逮呢？冯四喜鼻子一哼，转身走了。一些闲得蛋疼的街坊问三叔，北方大汉在哪儿呢？把他找回来吧，让他逮小偷，安生过个年。三叔不耐烦地说，你咋不让北方大汉把饭也嚼碎了喂你？人不服气，回说，不是仰仗他功夫了得，能抓坏人吗？人家可不是花架子。这下把三叔激怒了，他愤愤道，把你的狗眼珠子擦亮等着。

那个寒风呼啸的夜晚，三叔挤上 7 路车，拣靠窗位置站定，像只等待老鼠的猫，屏气凝神，悄悄注意着车上人的一举一动。场坝站，一个身穿黑衣、戴连衣帽的消瘦青年上了车。这人原本并没引起三叔注意，车驶到斜坡转弯处，他一个不经意的动作引起了三叔的怀疑。桃林路弯急坡大，公交车驶到这儿，往往要猛地往左晃，然后向右甩，这才恢复正常行驶。车身晃动，站着的人得紧紧抓住扶手或座椅，以防被甩倒。可转弯时，黑衣人好像根本没感觉到车身摇晃，左手插裤兜里，右手拿手机，若无其事的样子。三叔眼睛一亮，黑衣人拿手机那只手皮肤粗糙，大拇指上有一层厚厚的茧子。他心中暗喜。

八冶站，黑衣人下车，三叔远远跟在身后。那人脚步极轻，时快时慢，折向烧结菜场，又从菜场穿出，绕回垃圾站，再往防疫站走。黑衣人快，三叔便快，黑衣人慢，三叔便慢，一路跟着，死死咬住。那人发现被跟踪，在厂区绕了几圈，闪过瑞安巷，拔腿飞跑，不一会儿便奔到笔架山半山腰。眼见黑衣人上了笔架山，三叔稍稍定神，不急不慢跟上去。

爬到山顶，黑衣人已候在亭子里。

你到底是谁？黑衣人问。

三叔摸出根烟，啪嗒，他点着烟，慢慢走到亭子里，坐下来。

为何死死咬住我不放？

三叔在黑暗中吐了个烟圈。

黑衣人啐道，真有不怕死的。

三叔冷冷道，跟谁学的刀？

黑衣人一愣，你怎么知道？

三叔的手本能地抖了两下，又一次问，跟谁学的刀？

那人冷笑，身形一闪，猛贴上来，掌中带刀，直取三叔面门。三叔气一沉，左腿外蹬，侧身避开，吐出两个字：很好。连躲三招，那人招招发狠，眼看避不过，三叔心一横，掣刀在手，一个老猿回首，左刀扎进黑衣人膀子。那人一声惨叫，不顾疼痛挥刀直刺三叔心脏。三叔一声猛喝，果断迎招，寒光过处，只听得当啷一声，黑衣人的刀震落在地。

十三

出乎意料，小青年倒有几分骨气。

僵持了一会儿，三叔不再犹豫，钳住他伤口。他的嘴被钻心的疼痛撬开了。他说了两个字：阿雕。三叔身子一震，放开青年，瘫坐在地。

风声呼啸，如绝望的哭声。不知坐了多久，三叔木然起身，领着小青年朝山下走。三叔把他带去诊所，给他包扎伤口。从诊所出来，他们去了大脚烧烤店，点了堆烧烤。小青年几次开口，三叔没理。烧烤上来，三叔要了两瓶啤酒，他们开始吃烧烤。主要是小青年在吃，三叔茫然地坐着，不停抽烟。

你不吃吗？小青年问。三叔这才小心翼翼地把啤酒倒进一次性纸杯，吹掉浮沫，小口小口喝起来。他喝得很慢，一瓶酒喝完，小青年已吃得满嘴抹油。还要吗？三叔问。不要了，小青年说。但三叔又要了瓶啤酒，这瓶酒，他喝得更慢。

时间早已磨过午夜，老板娘靠在收银台后，一会儿一个哈欠。她大概已经猜到，这是两个不同寻常的客人。那小子耐不住了，猛地站起身，对三叔说，你到底想怎么着，来个痛快的。三叔像是从漫长的睡眠中苏醒过来，缓缓起身，结过账，叹口冷气，说，去找他。话音落下，小青年眼中闪过凉意，双脚发抖。你知道你逃不掉，三叔说。

他们来到城郊接合部那条散发着恶臭的巷子深处，鸡已叫过第二遍。三叔心想，再有一会儿，天就该亮了。天亮以前，他得把事情做完。他只能这么做。他挣扎了很久，两个不同的声音在他胸中争吵，撕扯，扭打。他好几次想放弃，就当什么也没发生，他告诉自己。最终，他还是来了，来到这条他从未光顾过，甚至从未听说过的肮脏的巷子。

到那栋三层小楼最边上那道门前，小青年推开门，领着三叔走进去。咔嗒，灯开了。一阵咒骂和急促的忙碌，很快，房间里重归于静。据三叔后来说，当时的情况，要真动手，他讨不到什么好处，除了小青年和阿雕，房间里还有四个人，四个二十出头的小伙子。但他们没动手，他们还没来得及动手，阿雕就认出了三叔，然后把房间里的人都叫了出去。

听三叔耐心讲完他那套提前酝酿好的说辞，阿雕说，你这套冠冕堂皇的大道理，不过是畏首畏尾、苟且偷生的托词。三叔怒骂，你不配学刀，更不配用刀。阿雕冷笑，你刀用得那么好，不也只是个杀猪匠吗？三叔说，我靠自己本事挣钱，走的是正道。阿雕说，你本事确实不小，拐走我姐姐，害我爹落下心疾，是你的本事；伤人入狱，丢下孩子和我姐姐，也是你的本事；人面兽心，在外面养私生子，也是你的本事；现在，又用你那套老掉牙的规矩来要求我，来教育我，站在道德制高点上审判我，这就是你的本事？

你什么都知道，三叔说。

对，我什么都知道，这就是我出来后不想再见到你的原因。

他们交手的时间并不长，从开始到结束，还不到一根烟工夫。门开了，阿雕双手反卷在背后，被一截废电线绑住。三叔的脸阴沉着，把阿雕交到警察手中时，他的腮帮快速抖了几下，弹出两线泪花。

伤了人，三叔也被带进号子，拘留十五天，并处罚金七百元。

从号子里出来，三婶红肿着眼问他，我爹娘就这么个儿子，我就这么个弟弟，我们家欠你什么，你要亲手把他送进监狱? 三叔垂头,潸然泪下。

第二天早上,三婶收拾好行李,带着铁头郑重地跟我们道别。

只有我妈苦苦挽留,三叔、我爸和我都没说话。我们知道三婶,她想走,没谁留得住。我妈哀哀地看着三叔,带着哭腔说,你就不能说句话吗? 三叔真的说了句话,真的只说了一句,他说,铁头,留下来跟我好吗? 铁头回答得很干脆:不好。

那天之后,我们再没见过三婶和铁头。

三叔像一株风暴中的树,一夜之间迅速衰朽。他陷入深深的痛苦中,终日借酒浇愁。每次喝醉,他都要把老嘎姆传给他的那两把鹰爪刀摸出来,在灯下反复擦拭,反复抚摸。我爸不忍心看他痛苦的样子,宽慰他说,你做了正确的选择,你没错。三叔面如死灰,低声哽咽,我背叛了老嘎姆,我对不起他。我爸说,不,老嘎姆会为你高兴的。三叔不住摇头,我爸的话,他听不进去。

苦苦支撑两月,三叔把肉铺关了。他的屠夫生涯彻底结束。

一个夜黑如墨的深夜,三叔又一次大醉回家。我妈听烦了他的酒话,回屋睡了。我和我爸一边烤火,一边陪三叔坐着醒酒。他醉酒后有倒床吐的习惯,得等酒意醒了六七分睡下才不会吐。三叔照例摸出那两把锃亮锋利的鹰爪刀，一边仔细摩挲擦拭，一边和刀说话。我爸和我各自想着事情，并未注意他的举动。

嚓，一声清响，三叔切掉了右手大拇指。

他举起鲜血飞溅的手，出门，将鹰爪刀扔进无边暗夜。

那一刀，是三叔挥出的最后一刀，也是苗刀的最后一刀。

三叔开始频繁出门，每次都是十天半月。他说，要把阿蓝和铁头找回来。我们都以为，不用多久他便会死心。哪知道在他往后的岁月中，寻找三婶和铁头成了最要紧的事。

近两年，他的身体越来越糟，但他依旧经常出门，除了找三婶和铁头，他也找宫延武。他说，有几句话，要当面问问宫延武。他拖着病体，把沈阳周边的城市找了个遍，一无所获。三叔要当面问宫延武的话，我早猜到了，事实上，我爸已告诉过他答案。看着三叔日渐衰朽的样子，我们都不忍心再拦他。有时候，我甚至想，如果有一天他在寻找的路上倒下，或许也是不错的归宿。

这个世界太大了——这是三叔多年寻找给我的感觉，也是大学毕业那会儿我最真切的感受。像很多从小地方走出去的青年一样，毕业以后，我还是选择回到家乡，当了名警察。

一个秋风惨淡的下午，接到我妈电话，让我回家看三叔。

彼时三叔已神志模糊。我凑到床前，叫了声叔。他睁开混浊的眼睛，伸出残手，握住我。傍晚，三叔精神好了些，我把他扶靠在床头，他说，你当警察，可别学老黎啊。我不禁一笑，一阵甜蜜的酸楚涌上心头。他握住我的手说，你知道吗，我本来想把苗刀传给你的。知道，怎么能不知道呢，我说。三叔长叹，苗刀毁在我手上，从此没有了。我胸中潮水翻涌。

一切都太晚了。

这些天，三叔病情日益加重，看起来是不成了。他一直不肯闭眼，隔一会儿问一遍，阿蓝来了吗？铁头呢？宫延武来了吧？三叔每问一遍，我爸便大声回答一遍，来了，都来了，阿蓝、铁头、宫延武，他们全都来了，都守着你呢。我爸这么说时，我感觉他们好像从来没有离开过。

这一晚，凌晨三点我才回屋睡觉。尖利的火车汽笛声敲打着耳膜，仿佛大地的震颤。我枕着隆隆车声睡去，年轻的三叔牵着身穿盛装的三婶陡然出现在杨柳街口，他们踢着碎步缓缓走在街上，沿街尾慢慢走去。他们没有犹豫，也没有回头，就那么一直走着，走向老街尽头。最后，他们走远，看不见了，在我父亲母亲苍老的凝视中，杨柳街倾塌殆尽，消失在无边回忆中。

西陵渡

一

　　三叔是新水库建成那年冬天回来的。

　　老西陵水库建于二十世纪六十年代中叶，深达一百三十余米。九十年代末，牂柯江暴发洪水，老水库堤决坝溃，只剩下七八米高的坝基。一晃十年，也就是我爹当上镇长那年，才在堤坝原址上筑新水库，最深处一百七十余米。

　　当年水库溃坝不久，三叔就失踪了。我爹和大伯四处找，一度以为他已不在人世。失踪第三年，三叔给家里来信，说他在云南帮人开车，已经成家，过得很好，不用挂念。我爹照着地址去信数次，却没有回复。第八年，又收到他的信，说他在边境做生意，赚了些钱，但离婚了，也许会考虑回乡发展。我那时才知道，当初三叔失踪，是因为跟我爹吵架，负气出走。但他们争吵的原因，跟西陵渡的许多事情一样，始终是个谜。我唯一知道的是，那次争吵一直是我爹的心结。无数次酒醉，我爹一遍遍说，我对不起老三，我欠他的。

三叔回来后买了条大货船运煤。江水上游一个叫鲁嘎的村子盛产无烟煤，西陵渡的石灰厂煤炭需求量大，运来的煤一部分供应石灰厂，一部分散卖给机关食堂、学校和镇上住户。新水库建成前江水浅，大家都用小船运煤，那些小船没法跟三叔的货船比，他成了西陵渡的名人。我们上学的路要沿码头往上游走一段，常常看到三叔在清晨昂首阔步走上货船，有时还会朝我们挥手，威风无比。

然而没多久，三叔就把货船交给了大伯。此前大伯一直开小船捕鱼，和他儿子四清一样，大伯脑子不大灵光，这我们是知道的。我们不知道的是，三叔回来后，竟悄悄资助大伯，还帮他拿到了货船驾驶证。那个清晨，当大伯换上崭新的卡其布工作服，满面红光走向货船，人们羡慕不已。可他刚踏上船板，脚底打滑，便摔了一跤。岸边十几双眼睛盯着他。他爬起来，像只肥胖的乌龟，慌忙梭进驾驶舱。

三叔把货船交给大伯，是因为他有别的事要做。把船交给

大伯前，他频繁来家里找我爹长谈。每次见到三叔我都很兴
奋，我已经问过他很多次，三叔，你这些年去哪儿啦，都干了
些什么？三叔轻轻一笑，并不回答。我爹说，小孩子家，不要
多管闲事。我说，爹，我已经十五岁，不是小孩啦。

三叔要做的事是当老板。把船交给大伯不久，西陵渡唯
一一家旅游服务公司成立了，地点在码头边那栋叫"瞭望塔"
的白楼。三叔招了十几个人，有负责开车的，有坐在办公室敲
电脑的，还有些啥也不干，估计就是为混份工资。我对这样的
人充满鄙夷。

公司成立两个月，码头上突然冒出来一艘豪华游船。人们
的热情再一次被点燃。我敢打赌，在我们西陵渡，见过这么豪
华的游船的人，不超过三个。一个是我爹，作为镇长，他当然
见多识广。另一个是三叔，我爹说，三叔现在是青年企业家、
致富带头人。最后一个是我们的校长兼历史老师老杨，尽管他
比较啰唆，我们都不怎么喜欢他的课，可任何人都无法否认，
他是西陵渡最有文化的人。

与此同时，一个戴眼镜、络腮胡的瘦高个儿走进西陵渡人
的视野。三叔逢人便介绍，这是邹总。私底下他叫邹总财神
爷。有一天我爹对我妈说，老三之前在云南就是帮邹总开车，
邹总也是咱们鹤城人。我发现无论三叔还是我爹，都对邹总毕
恭毕敬，很敬重他的样子。好在邹总不常来，来也不会待太

久。

每天放学后，我们做的第一件事就是跑到码头看游船。想象中，当马达轰然响起，江水便会如练一般被船身撕开，高傲的游船挺直胸脯，乘风破浪，畅行无阻。可是，时间一天天过去，我们期待的这一幕并没发生。游船就那么泊在码头边，一动不动，睡着了似的。

那天，当我们再次来到江边，看着一动不动的游船，四清突然说，我想当船长。你说什么？我问。我想当船长，他重复了一遍。我们哈哈大笑，笑得快岔了气。四清疑惑地看着我们说，很好笑吗？我问他，你想当什么样的船长？四清指指游船，嗯，就这个，游船停了这么久，显然是缺一名优秀的船长，否则早开到江上去啦。当时，我们谁也没把四清的话放在心上。因为他刚说完这句话，江面上便传来一阵急促的呼喊声，船翻了，船翻了，裴家的船翻了。

二

那是第一次翻船。大伯躺在黎家兄弟的船里，面色如漆，狰狞可怖。苏醒后，他惊叫，水怪，有水怪。我爹骂他，别胡说，光天化日，哪里来的水怪。大伯喊，水怪，有水怪。

起初人们将信将疑，有人甚至笑出了声。大伯一遍遍喊着，人群渐渐安静，大家都不说话，看看大伯，又看看江面，莫名的凉意袭来，让人不寒而栗。

我爹让卫生院的护士把大伯拖走，站到船上说，都回家吧，这里没事了。几个打算下水捞船的汉子穿上衣服，看样子是不敢去了。我爹拿起喇叭，大声说，我哥脑子不太好使，大家都知道的，我可以负责地告诉大家，西陵渡没有水怪，全中国全世界都没有水怪。

消防队赶到现场才驱散围观群众。这时，我发现一直跟在身后的四清不见了。我径直往家走，他们家门锁着，四清不在。我准备去卫生院看看。要是我爹发现四清不见了就坏了。很小的时候，我爹就告诫我，不准欺负四清，他是你哥，跟他爹是我哥一个样。长大些，我反驳他，四清的爹是你亲哥，但四清不是我亲哥，我不要这样的傻子当哥。爹怒了，他说，裴四明我告诉你，堂哥也是哥，你不光不能欺负他，还得保护他，否则老子揍死你。

我爹和三叔都在大伯病房里。大伯睡着了，脸色已经好些。我爹问，四清呢？我不答。三叔说，刚才还在这儿，大概回家了。

直到深夜大伯才醒来。我爹让三叔反锁门，把看热闹的人挡在门外，压低声音说，大哥，水怪这种事，可不能瞎说，到底怎么回事？大伯嘴唇翕动，颤抖着说，我开着船，匀速行驶在江上，平静的水面忽然泛起波涛，一条黑龙一样的东西突然从水里蹿出来，眨眼之间就把船掀翻了。然后呢？我爹问。大伯说，然后我就掉进水里，什么也不知道了。我爹接着问，你不是会游泳吗？你为什么不游起来？大伯拍拍脑门，说，是啊，我会游泳的啊，可是我为什么没游起来？

我爹没好气地骂了一声，转过头，对三叔说，要是江里有水怪的消息传出去，谁还敢来西陵渡？到那时，别说你的旅游公司搞不下去，就是我这个镇长，只怕也不好当。三叔紧咬嘴唇，连忙点头。

我爹在房间里来回走动，一根接一根抽烟，地上扔满烟屁股。大伯的话让我陷入了恐惧。在码头边时，我将信将疑，就像我爹说的，大伯脑子不好使，牂柯江怎么会有水怪呢？一定是他看错了。听了刚才的话，我感觉也许真有水怪。大伯可不像四清，他从不说胡话的。电视里关于水怪的场景在我脑海中一幕幕闪过，我希望这不是真的。可好奇心让我无端亢奋起来，隐隐中又希望是真的。水怪，想想都刺激啊。

我爹凑到床边，问大伯，那水怪长什么样？你说仔细点。

大伯想了想，说，很长，像条黑龙。

我爹骂，狗屁，你见过黑龙？

三叔说，大哥，你的意思是，水怪是黑色的，很长，对吧？

大伯点头，对对，就是。

据你估计，有几米长？

六七米，也可能更长，大伯说。他边说边打冷摆子。那水怪脑袋长什么样，尾巴长什么样，有没有鳞、鳍等，大伯说不上来，他说没看清。

我爹让人连夜把黎家兄弟带到病房。大伯翻船时，他们正在不远处的江面上撒网捕鱼，是他们发现及时，把大伯救上来的。我爹左问右问，问得黎家兄弟都发火了，还是一无所获。他们坚称，根本没看见水怪。我爹哈哈笑道，这就对啦，没看见就对啦。他派车把黎家兄弟送回家里，每人给了两条烟。

我回家时，四清家灯亮着，推开门，四清背对着我，端起水瓢咕嘟咕嘟往肚子里灌水。我问他，你去哪儿啦？四清喘着粗气说，找水怪。我心里一紧，说，不能乱跑，水怪会吃掉你的。四清握紧拳头，恨恨道，我会抓住水怪。

四清比我大一岁。我五岁那年，一个炎热的傍晚，我们正在码头边的空地上滚铁环，我妈急匆匆跑来，叫我和四清回家。随后听到大人们说，伯母跑了。我问我妈，跑了是什么意思？我妈一手拉住我，一手拉住四清，出神地望着晚霞映照的江面，轻声说，被江里的水怪带走了，你们不能去江边玩，否则水怪会吃掉你们的。我朝四清努嘴，说，喂，你妈被水怪拖走啦，你没有妈啦。四清看看我，又转身看向金光灿灿的江面，哇的一声哭出来，直哭到天黑。那以后，四清逮住机会就往江边跑。他记住了我妈的话，不敢靠近江水，只是远远站在岸边，呆呆望着涌动的江水出神。有时一站就是几个钟头。

长大些我才听人说，伯母是跟一条逐水船跑掉的。那时候江上常常漂来陌生的小船，售卖布匹、毛线、雪花膏等各色杂货，悄无声息地来，停留几天，又悄无声息地逐水而去。带走伯母的那条船在西陵渡泊了四天。前三天，像其他船主那样，逐水船的船主——一个满脸堆笑的男人在码头上摆起货摊，大声叫卖他带来的杂货。据说，男人的声音十分好听，宛如夜莺歌唱，西陵渡的人们都跑来买他的杂货。第四天晌午，有人远远看见伯母踏上那条小船，船主快速收起货摊，驾船遁入江中。人们赶到江边时，小船已无踪迹。

我把这消息告诉四清，他突然掐住我的脖子，大声吼道，不，不准任何人说我妈，我妈是给水怪抓走的，是水怪，我爹说过，没有逐水船，根本没有什么见鬼的逐水船。四清松开手，我眼前一黑，险些晕倒在地，从此再不敢在他面前提这事。

三

黎家兄弟声称没看见水怪，但人们更愿意相信大伯，相信真的有水怪。消息不胫而走，一个可怕的传言悄悄在西陵渡散播开，闹得人心惶惶。

　　传言要从西陵渡的来源说起。清朝中叶，鄂尔泰任云贵总督期间，在西南地区大力实施"改土归流"，兴修水利，发展经济。为方便官宦商旅往来、管理周边军民事务，鄂尔泰新开滇黔驿道，在牂柯江一带置都田、茶亭、纳坝、花贡等驿，以便利交通。驿道开通后，鄂尔泰将牂柯渡口改为官渡，用其姓氏"西林觉罗"命名，简称西林渡。至民国初年，西林渡改称西陵渡，沿用至今。

　　据说鄂尔泰新开驿道之初，牂柯江水患频仍，闹得百姓食不果腹，妻离子散。鄂总督先后派出多名官员赴牂柯治水，均无济于事。一筹莫展之际，一位江湖道士毛遂自荐，称有治水秘法。道士说，牂柯水患的根由，是江中有一条黑龙兴风作浪，只要收服黑龙，水患自然消停。鄂尔泰大喜，便命道士收服黑龙。那道士来到牂柯江畔，支起炼铁炉，耗时七七四十九天，铸成一柄锋利无比的玄铁宝剑。一个月黑风高的夜晚，趁那黑龙酣睡之际，道士作法飞剑，将黑龙死死钉于江底。从此，牂柯江一带风调雨顺，百姓安居乐业。

　　传说流传至今，西陵渡上点年纪的人都知道。大伯翻船后，惊惧之余，老人们猛然想起，会不会是黑龙又出来兴风作浪了？那么大条船呢，他们边比画边说，风吹不倒，浪也打不翻的，不是黑龙掀翻的还能是什么？有人质疑，说即便真有黑龙，不是被道士钉在水底了吗？老人们打断质疑者，神神道道地说，从清朝鄂总督那时候到现在，多少年过去了，再锋利的宝剑，也该锈蚀干净啦。宝剑锈蚀殆尽，还能钉住黑龙吗？一传十，十传百，不少将信将疑的年轻人，也听从老人们"宁信其有，不信其无"的告诫，纷纷停船关张，原本热闹的江面上迅速冷清，一条船也看不到了。

消息传到县上，鹤城电视台的记者来了，我爹好说歹说，才把人给打发回去。那天晚上，他到家已是深夜，前脚进家，三叔后脚就跟了来。我爹忧心忡忡地说，有个事你得帮我。和水怪有关吧？三叔说。什么水怪，我爹嗔怪道，你们一个个都着魔了吗？三句话不离水怪。抽上烟，我爹换种语气说，都怪大哥，现在大家都不敢动船，江面上闹鬼似的，再这么下去要出乱子。三叔说，我那船煤，全打水漂了。我爹说，消防队帮你把船拖出来就不错了，难不成还要给你捞煤？沉吟半晌，三叔说，二哥你开口吧，要我帮你做什么。我爹说，你先放下手里的事，自己开船运煤，以证明江里没有水怪，更没有什么黑龙。

三叔一拍胸脯，斩钉截铁道，二哥，这事交给我吧，在外闯荡这么多年，这点胆子还是有的。再说，我损失了一船煤，真有水怪，我也得找它算账。听了三叔的话，我爹皱着的眉头才慢慢舒展开。

四

第二次翻船，我们班最先听到消息的是四清。

那是个闷热的下午，老杨唾沫横飞地讲着慈禧专政这段历史，边讲边提醒我们，请注意，这是考点，赶紧画线。我们的课本早画满了，如果将那些线连起来，说不定够绕地球一圈。老杨讲得有多投入，我们就有多难受。这不怪我们，只能怪这该死的天气，六月的西陵渡实在太热啦。

四清最先听到消息，因为他坐在门边上。准确说，是教室最后一排的门边上，而后门整个夏天一直开着。这个位置，四清已经坐了快三年。当初大伯找老杨，要把四清送来西陵渡中学时，老杨说，应该送到特殊学校，而不是西陵渡中学，就算四明的爹来了也是这个话。大伯说，四清不聋不哑也不残疾，凭什么送去特殊学校？老杨说，这个问题除了你和你儿子，整个西陵渡的人都知道答案。这时候四清开口了，他说，杨老师，西陵渡小学是不是特殊学校？老杨一愣，不是。四清说，为什么我能上西陵渡小学，不能上西陵渡中学？老杨想了一下，笑起来，摸着四清的脑袋对大伯说，这孩子我收下啦。

四清说，翻船了。像是自语，又像是在告知教室里的人，但没人在意他的话。他单独坐一张桌子，平时说惯胡话的。上初中后，四清又一次和我成为同学，让我很不高兴，小学六年，我每天都要喊他上学，放学还要把他领回家，早就烦透了。可我必须这么做，因为这是我爹的命令。

在我们西陵渡，你可以不听别人的话，我爹的话不能不听，因为他不光是西陵渡的镇长，还是西陵渡桥的桥长。不听镇长的话，他也不能把你怎么样，可不听桥长的话，那就是和自己过不去。西陵渡桥是本镇通往外界的要道。大桥修通前，人们往来全靠溜索和渡船，极其不便。修桥过程中，我爹以个人名义拉到赞助，补足资金缺口，才把桥给修成。他顺理成章当上了桥长。如果不听桥长的话，还好意思过桥吗？别人是这样，我也不例外。

四清又说一遍，船翻了。这回大多数人都听到了，有几个同学扭头看看四清，又很快转身，竭力赶走困意继续听课。距离中考只有半个月了，这是最后一轮复习。老杨没听到四清的话，他抑扬顿挫地讲，革命爆发了，溥仪退位，大清亡了。考点，这是考点，赶紧画线。前排的同学小声抗议，杨老师，我们的课本已经画满啦，再画就要飞出来啦。如果要在我们班找一本画线最多的历史书，那一定是四清的。所有科目中，他只喜欢历史，他的历史课本上，每一句话都画了线。我们经常问他，四清，你是傻子吗？他总回答，是，是。每次他这么说，我们都笑弯了腰。我心想，四清，你完啦，你这辈子完蛋啦。

但四清也有聪明的时候。初二下学期一堂课上，老杨出了道题：罗马法史上第一部官方法典《狄奥多西法典》颁布于哪一年？整个班没人答得上来。在老杨快绝望时，四清突然说，438。同学们哄堂大笑。老杨半是疑惑半是气恼地走到四清座位前，问他，你说什么？四清说，杨老师，438，那道题的答案。老杨抓起四清桌上的草稿纸，摘下眼镜认真看。大概过了半分钟，老杨放下草稿纸，拿过四清的课本，逐页逐页翻看。

老杨突然抹起了眼泪。他把四清从座位上拉起来，说，四清，你不是傻子，你不是。四清被吓住了，他挣开老杨，低声说，不，我是傻子。老杨回到讲台上，让四清把他的课本传给我们看。他的课本每一页都画满了线，空白处写满密密麻麻的小字，有些是老杨讲的拓展知识，有些我们从来没听过。下课时，老杨当着全班同学的面说，四清，你记住，你不是傻子，老师很喜欢你。可四清说，杨老师，我不喜欢你。老杨笑着说，为什么？四清莫名其妙地答了一句，我已经不是一个小学生啦。后来，有人问老杨，怎么初二才发现四清喜欢历史？老杨说，很简单呀，他从来没交过作业，不信问其他老师，所有科目的作业都没交过。老杨降低声音，又补了一句，当然也没人让他交。

四清大喊一声，水怪又把船掀翻啦！这回所有人都听到了。老杨说，谁的船被掀翻了？四清说，我爹的船。老杨问他，你不是在说胡话吧，你不是在说上次的事吧？不是，四清肯定地说。老杨大叫一声，你怎么不早说！四清猛地起身，风一般冲出教室。

头一次翻船，三叔从外面请来修船工，三天就把船修好了，然后他驾着船，大摇大摆地在江上穿行。起初几天，人们都在观望，不敢贸然跟风。时间一天天过去，果然像我爹预想的那样，见三叔和他的船没事，传言渐渐被抛在脑后，江面上恢复了热闹。

老杨是精明人，他知道冬天煤炭都会涨价，总在夏天买煤。这个夏天学校没有钱，他去找三叔，三叔爽快地答应可以赊给学校一船煤，老杨十分高兴。听到翻船的消息，老杨之所以心急如焚，我想，一方面是那天运的恰好是赊给学校的煤，另一方面，可能跟我们一样，他想到了水怪。

五

两次翻船仅隔了半个月。码头周围已经拉上警戒线，派出所老朱带着一群警察在现场维持秩序，气氛很紧张。但没看到三叔，也没看到我爹。我急忙往家跑，家里坐着大伯。我问他，你怎么在我家？大伯说，你妈让我等你和四清，她和你爹去县城了。去县城干吗？我问。大伯说，送你三叔去抢救。

我放下书包，坐在沙发上喘气。大伯问，四清呢？

对啊，四清呢？我说。

你有没有搞错，大伯说，是我在问你。

我和大伯沿江寻找四清，我们边走边喊，逢人便问。江边没有四清，没有任何人看见四清。我又跑回学校找了一遍，连厕所都找了，还是没找到。我又累又饿，便丢下大伯独自回家了。天黑后，大伯满身臭汗回到家，那会儿我刚吃完饭，他喘着粗气问我，要不要给你爹打电话？不用，我说。

四清半夜才回来，浑身湿漉漉的。我问他，你去哪儿了？四清傻笑，边笑边摇头。大伯拍了他一掌，他还是傻笑。我把他拉到一边，悄悄问，你到底去哪儿了，大晚上不回家？四清摇头。我骂他，四清，你个傻子，江里有水怪你知不知道？当心水怪吃了你。四清这才说，我知道，有水怪，我知道。那你去哪儿了？我接着问。找东西，四清说。之后，他再也不开口。

街面上突然传来一股呛人的烟火味。我循着烟火味往外跑，跑出老街，远远看到沿江一带火光四起。我心里咚咚直跳，仔细看，原来是在烧冥纸。大半个西陵渡的人都跑到江边烧冥纸来了，比中元节还要热闹。我往前走了几步，大伯拎着提篮追上我，等等，他说。你这是干吗？我问。火光映在他脸上，明灭不定。他抓住我的手，压低声音说，陪我去烧纸吧。为什么要烧纸？你这孩子，大伯嗔怪道，江里的黑龙又出来了，大家都在烧纸祭拜龙王老爷，祈求它别再作恶。

那天夜里，窗外狂风呼啸，烟火味钻进我的房间，钻进我的鼻孔，钻进了我的梦。我真的梦到了黑龙。黑龙从江心腾空而起，嘶吼着，咆哮着，天上电闪雷鸣，风雨交加，翻腾的江水很快淹没西陵渡。

转天一早，我被街上的吵闹声惊醒。来了十几台车，全是记者。街坊邻居大门紧闭，一种特别的气息笼罩着镇子。那天的课上得心神不定，我心里老想着水怪。课间总有同学问我，开始我一直摇头，他们一个个失望地走开了。中午，其他班的同学也来问，我不能再让大家失望，肯定地说，水怪，有水怪。这么说时，四清直勾勾盯着我，盯得我心里发怵。但他什么也没说。

三叔抢救过来了。我妈细着嗓子对邻居们说，老三虽然胆子大，但这事他心里也没底，大哥出过事后，老三开船时随身带着相机，翻船前他拍到了水怪，录了段一分半钟的视频。视频在哪儿？邻居们迫不及待地问。我妈阴阳怪气地说，明天，最迟明天你们就会看到的，鹤城所有电视、报纸都会报道水怪。

报纸传到我手中时，已不知经过多少人的手，揉得皱巴巴的，像团手纸。乍一看，照片只是团黑影，我第一反应是，这根本不是什么水怪，倒像条大鱼。之后看到视频，再一次印证了我的想法。大鱼浑身黝黑，三分之二的身体沉在水里，只露出弓形背部，可以清晰看到两翼。

恐怖像瘟疫一样弥漫在西陵渡。镇上年纪最大的裴五爷拄着拐杖，在他孙子的搀扶下颤颤巍巍地走到我家门前，来找我爹。裴五爷还未开口，全身便筛糠般抖起来，抖了一会儿，才结结巴巴说，老二，你是镇长，得拿个主意啊，让大家搬走吧，先搬出去，避避风头。

我爹忙得焦头烂额，全拜该死的水怪所赐。听了裴五爷的话，他再也按捺不住，高声说，谁都不准散布谣言，哪里来的水怪，我可以负责地告诉大家，西陵渡没有水怪，全中国全世界都没有水怪。

裴五爷气得直跺脚，他用拐杖指着我爹，骂道，老三拍下来了，报纸、电视都在报道，你还想抵赖吗？

我爹不耐烦地说，你别多管闲事，那不是水怪，不过是条大鱼。

裴五爷喊道，天哪，再不搬走就来不及啦。

我爹当着一众围观邻居给老朱打电话，让派出所安排人手去江边维持秩序，任何人不准再烧冥纸。同时，他让办公室主任通知所有村干部，村干部通知所有村民小组长，小组长通知到每家每户，任何人不准散布水怪谣言，传谣者一经查实，严惩不贷。打完电话，我爹气哼哼往镇政府走了。

　　我爹低估了事态的严重性。人们当着他的面不提，只要背开他，包括他的同事，就讨论个不停。面对蜂拥而至的新闻记者和县里、市里来的考察队、水生物专家们，我爹妥协了，他不得不收起情绪，配合调查水怪真相。

　　入院第三天，三叔不顾医生反对，毅然出院回到西陵渡。他说，西陵渡现在离不开他。他还说，他目前最该做的事情，是告诉所有人，包括新闻媒体，关于水怪的真实情况。他接着说，掉进江里时他觉得自己完蛋了，尽管如此，还是紧紧抱住相机，留下了关于水怪的证据。三叔的相机当然坏掉了，但存储卡没事，我们这才有机会看到他拍下的图片和视频。

　　水怪到底有多大呢？据三叔描述，有六七米长，腰身水缸粗细。三叔说，那天看到水怪后，他便迅速掏出相机拍照，可还是晚了一步，水怪一个扑腾沉入水底，只拍到局部。江面上风平浪静，货船又行驶了十来分钟，船到江心时，水底突然激起巨浪，他还没反应过来是怎么回事，船就翻了。

　　这段话三叔每天都要说很多遍，跟县里、市里来的工作人员说，跟不同的媒体记者说，跟来调查的专家们说，跟好奇看热闹的人们说。水怪的影响逐渐扩大，三叔成了名人。

　　报纸传到四清手上，他反复观察那张图，边看边在草稿本上写画。中午放学，他不知给了刺头什么好处，刺头破例将他的摩托罗拉手机——也是我们班唯一的手机借给四清，观看水怪的视频。视频早在网上传开了，四清是我们班最后一个看到视频的。整个下午，他一直趴在桌上忙活，不停写着什么。放学后，他宣称，水怪至少有十米长。十米，他重复了一遍。

我问四清，你怎么知道水怪有十米？四清说，算出来的。我诧异，你是怎么算的？说了你也不懂，四清说。这话让我很不高兴，我是班里的学习委员、数学课代表，数学成绩一直名列前茅，而四清，他的数学从没及格过，竟敢这样对我说话。我愤愤地说，你算得这么厉害，怎么每次考试都不及格？

四清突然瞪直眼睛，莫名其妙地说，我是你哥。

我撇下他，径自走了。

六

调查进展很快见报。

对于三叔拍下的照片和视频，报纸上写道："经专家鉴定，照片和视频系真实拍摄，排除造假的可能。"为了确定水怪到底有多大，水生物专家们专门召开会议进行研究，通过对比岸边的参照物，经过缜密的计算得出结论，这头神秘的水怪足有十二米长。

看到这里，我的心猛跳，这和四清的说法基本吻合。难道他见过水怪吗？我妈惊得张大嘴巴，一迭声叫道，我的妈呀。她掰着指头自语，咱们家房子层高二米六，也就是说，那怪物足有四层半平房那么高。说着她闭上了眼睛，她被自己算出的结果吓呆了。

三叔更忙了。他盘下"瞭望塔"旁边的一栋四层民居，将一楼改成饭馆，二楼以上改成宾馆，然后组织周边的货车司机，成立运输队，绕道运煤，保障西陵渡用煤需求。江面上是见不到船了，可西陵渡人要吃鱼，外面的商户也等着要鱼，这时候，大家才想起来，三叔刚回西陵渡时，做的第一件事其实不是买船，而是承包码头右侧回水湾周家老鱼塘。当时，那条货船以及稍晚一些的游船太扎眼，所以大家都没把鱼塘当回事。现在，他的鱼塘派上用场了。

来西陵渡的人一天比一天多，我爹已经好多天没回家了。与他的预判相反，媒体报道水怪后，人们不仅没躲开西陵渡，反而争相拥来看热闹，这让我爹很是疑惑。好在县里、市里都没有责怪镇政府的意思，他终于放下心来。

这件事在教师群体中也引起了热烈讨论，我负责收发作业，听到了部分对话。物理老师说，这么大的怪物，难怪能掀翻货船。音乐老师轻蔑一笑，这有什么稀奇，不就十二米嘛，大海里随便一条鲸鱼就有二三十米。生物老师说，西陵渡谁见过大海啊，你见过大海吗老杨？老杨被问住了。生物老师接着说，牂柯江不是大海，里面生存的都是淡水鱼。我上网查过，世界上有明确记录的最大淡水鱼，是在泰国湄公河捕获的巨型鲇鱼，也不过三米多长，江里的水怪长达十二米，我只能说，水怪也许完全超出我们的认知。

我爹的同事们也在议论。那天晚上，他带着几个同事来家里吃饭，酒足饭饱，一个戴眼镜的胖子说，有没有可能照片和视频都是假的，水怪完全是子虚乌有的杜撰？我爹一拍桌子，大声说，绝无可能，市里的专家鉴定过，照片和视频都是正常拍摄，难道你连专家的话都不信？胖子唯唯诺诺，没再说什么。类似的质疑传到三叔耳朵里，他说，我死里逃生，福大命大，得珍惜这条命，多做点事，才不算辜负致富带头人这称号。听到这些话，我感觉三叔越来越陌生。

报纸、电视上关于水怪的讨论如火如荼，西陵渡第一次上电视竟是因为水怪。专家推断，新水库才建成一年多，在此之前，残留的堤坝水深不过七八米，最深也不超过十米，如果新水库建成之前水怪就已经存在，这么长的怪物随便扑腾两下，翻个身子，就会暴露无遗，不可能不被发现。因此，水怪只能是新水库建好之后出现的。但是，从生物链的角度看，一年多时间，已知的淡水生物要长到十二米长，根本不可能。所以，专家进一步推断，水怪是外来居民，很可能是从其他地方游到牂柯江的。可问题又来了，西陵水库上接与它同时建成的岔河水库，下抵马鞍山与梯子岩之间的堤坝，两头大堤高差均在百米以上，除非水怪会飞，否则无论顺流而下还是逆流而上，都不可能穿越重重障碍来到西陵渡。

　　牂牁江水怪一跃成为热门话题。为了彻底弄明白水怪身份，越来越多的专家加入讨论。有人推测，水怪可能并不是单个生物个体，而是一群鱼聚集在一起形成的鱼群。这种猜测很快招致另一批专家反对，他们表示，鱼群在游动过程中，阵形随时都在变化，而水怪的形状始终是保持一致的。

　　一筹莫展之际，一位省城水生物专家提出，当务之急是找到能够长到十二米的淡水生物，只要找到这样的生物，水怪身份自然水落石出。经过逐一排查，专家们锁定素有"远古活化石"之称的中华鲟。据现有资料记载，最大的中华鲟能长到十米长，单从长度上说，已经最大限度接近水怪。这个猜测结论也很快被推翻，因为视频中的水怪是靠双翼游动的，中华鲟游动时依靠的是鱼鳍和鱼尾的摆动，两者相比较生物特征根本不吻合。

　　又有人提出，水怪或许是条大蟒蛇。贵州山高谷深，蟒蛇十分常见，三至五米长的蟒蛇比比皆是，已知蟒蛇种类中有记载的最长近十米。西陵渡气候炎热、四面环山、草深林茂，特别适合蟒蛇生长，很有可能水怪就是蟒蛇。图像专家放大照片观察，这一结论也被推翻了。从放大的图片上能够清楚地看到水怪两翼，而蟒蛇是没有四肢的，只能通过扭动身体向前游动，游动时呈 S 形。视频中的水怪直来直往，这一推断根本站不住脚。

通过观察水怪两翼，又有人猜测，也许是只巨型老龟。但很快有人指出，世界上最大的海龟也仅五米左右，且体形不一致，乌龟是有壳的，水怪没有龟壳的痕迹。

网友们纷纷加入讨论，恐龙发烧友提出，水怪也许是一只恐龙。可是恐龙早已灭绝，怎么突然起死回生，出现在牂柯江呢？鹤城文史馆一个研究员公开表示，据他掌握的考古资料，贵州关岭县曾经发现过恐龙化石，学名叫贵州龙，属于鱼龙的后代，常年生活在水里，以鱼虾为食。最重要的是，贵州龙长着双翼，且在关岭县发现的贵州龙化石长度达到了十余米，无论从哪个方面看，水怪都和贵州龙十分相似。这个论断一经提出，就收获了众多支持。西陵渡人沸腾了，因为研究员的推断，恰好解释了几百年来流传在西陵渡的"黑龙事件"。裴五爷的孙子将这个消息告诉他后，老爷子痛心疾首道，终于可以瞑目啦。那一晚睡下，老爷子果真没再醒来。据说，他走得很安详，脸上挂着平静的笑容。

然而反对者认为，如果水怪真是恐龙，是从哪儿来的呢？天上不会平白无故掉下条恐龙来，水里也不会无端冒出恐龙来吧？面对质疑，那位研究员提出一个惊人的推论，恐龙就是从牂柯江底下钻出来的。话里话外，他的意思直指"黑龙传说"，只是出于某些方面的考虑，不敢公开表态。

贵州属于典型的喀斯特地貌，这种地貌的特征就是石灰岩体内有无数溶洞暗河。研究员说，贵州龙之前就生活在牂柯江周围的溶洞暗河中，随着新水库建成，水位直线上升，周围的溶洞暗河被淹没，生活在其中的贵州龙不得已才游出水面，进入人类视野。

鹤城师范学院古生物研究专家指出，关于贵州龙的设想纯属无稽之谈，缺乏必要的科学论证和具体实例作为支撑。他们表示，早在二十世纪六十年代中期，牂柯江水库深度就已达到一百三十多米，如果周围的溶洞暗河中真有贵州龙，那么，从六十年代中期到九十年代末这三十多年时间里，不可能一点蛛丝马迹都没发现。

争论至此，水怪的身份之谜不仅没能揭开，反而愈发扑朔迷离。

七

关于水怪的论争还在继续，在邹总的主导下，一个新项目在老王山上不声不响地启动了。

老王山方圆七十余里，主峰正面是数百米高的峭壁，壁间有一个天然石洞，叫月亮洞。西陵渡世代流传着这样一个故事，说夜郎王的母亲捏卡年幼丧母，一直居住在月亮洞里。一天，捏卡在牂柯江边洗衣，上游突然漂来一只竹船，船中有一个小孩，于是捏卡便把孩子抱回洞中抚养。孩子是乘竹船漂来的，因此以竹为姓；长大后，相貌长得越来越像捏卡，便被捏卡取名多同。竹多同聪明伶俐，学得一身好武艺，成年后作战勇敢，颇有才智，领兵征服了周围其他部落，建都老王山脚下，被拥戴为夜郎王。捏卡去世前对多同说，你生在江边，长于月亮洞，为了保住你的基业，守住你的江山，你生要以月亮洞为根基，死也要长守月亮洞。夜郎王死后，手下遵照国母遗训，将他葬于月亮洞中。自此，月亮洞中的古坟便称为夜郎王坟，有山民世代供奉。

邹总顺水推舟，大力宣传月亮洞传说，着手在老王山建夜郎王宫。有一天我去镇政府找我爹，在他办公桌上看到了规划图。王宫分正殿、塔楼、广场三个部分，周围有夜郎文化陈列馆、夜郎精舍酒店、玻璃栈道等，看上去气势恢宏、豪华气派，让人浮想联翩。

然而中考的时间马上到了，我不得不放下别的事，全身心投入复习。这期间，家里发生了一件事，弄得大家很不高兴。我爹的意思是，让我妈带我和四清进城住下，陪我们考试。可一向顺从的四清一反常态说，我不去，我不参加中考。

大伯无可无不可，可我爹不答应，他说，你为什么不参加？

四清说，我还有别的事要做。

我爹冷笑，什么事比中考还重要？

四清说，反正我也考不上高中。

我爹想了想，觉得他说的也有道理，便说，你至少可以考个职校，职校二百五十分就可以上。

我心想，四清也许二百五也考不了，但我没说出来。我爹把三叔叫来开导四清，三叔对这事儿根本没兴趣，他说，二哥，要不算了吧，就算四清历史考一百分，其他科目上不去也白搭，他不愿去就随他吧。

我妈问四清，你有什么事情要做？

四清脱口而出——我想当船长。

我恍然大悟，原来四清真是这么想的。这个镇上从来没人敢这么明目张胆地反对我爹的安排，他又气又怒，训斥四清，你爹当船长，你三叔当船长，现在你也想当船长，水怪还没吓死你吗？见我爹发怒，四清吓得直哆嗦，可他就是不改口。他说，非要让我参加中考，我就跳进江里，让水怪吃掉算了。我爹缓和语气，问他，是不是之前参加竞赛给你留下了阴影？四清紧咬嘴唇，不再回答。

老杨发现四清喜欢历史，带他到县里参加过两次竞赛。如果能在全县的比赛中拿奖，不光中考能加分，有的高中还会考虑破格录取。第一次，四清吃坏了肚子，竞赛时反复跑厕所，连复赛都没进。第二次，跟他一道参加竞赛的刺头要抄答案，四清不敢不从，被监考老师逮个正着，把他俩从考场轰了出去，全县通报批评，勒令二人永远不得参赛。当时这件事闹得很大，作为西陵渡中学的校长，老杨向教育局做了检讨，回来后大发雷霆，把四清和刺头骂得狗血淋头，吓得四清三天没敢去学校。

三叔劝他，四清，这是正规考试，每个人都要经历的，无论结果如何，你应该参加。四清哇的一声哭出来，边哭边扯自己头发。大伯见状，拦腰抱住四清，把他扛回了家。第二天，在三叔的耐心开导下，四清终于答应跟我一起参加中考，条件是等他满十八岁，三叔帮他实现船长梦。

黑色六月终于在一场冰凉的阴雨中走近尾声。离开考场，一种说不出的轻松感遍布全身。三年来，我爹不知说了多少次，考不上三中，我就没你这个儿子。三中是鹤城最好的高中，是我的噩梦。考完试，我知道，也许三中不再是梦了。

四清是最后一个走出考场的。我妈问他，怎么这么晚？四清说，睡着了。我妈无奈地摇头。我心里又一次想，四清，你完蛋啦，你这辈子完蛋啦。

进城前，我妈就和我爸商量好，考完试带我和四清去昭通外婆家住段时间。我妈已经两年没去外婆家了。回到酒店，四清说，我不去。我问四清，为什么？四清说，我回西陵渡，还有事要做。我妈说，你着什么急，未满十八岁办不了执照，办

不了执照就不能当船长。四清摇头，不是这个，他说。那你还
有什么事？我问他。四清摇头。第二天醒来，房间里已经没有
四清踪影，他留了张纸条，上面写着四个字：回西陵渡。

　　我们从外婆家回到西陵渡是半个月后。中考成绩出来了。
查到成绩，我妈激动得流下了眼泪。我爸那天破例下了个早
班，给我做了锅椒麻鱼。那是我最爱吃的菜。出乎意料的是，
四清不仅其他科目没考好，历史也只考了七十一分，总分是二
百三十八。我爸问他，四清你是不是没认真答题？四清说，我
早说过考不上，你们不信嘛。

　　吃完饭，我溜出家门，打算去江边透透气。四清跟出来，
神神秘秘地说，给你看个东西。我摆手说，改天吧，别跟着
我，我想自己待一会儿。

　　路过"瞭望塔"，三叔正和一群人站在门口说话，他一把
抓住我，高兴地，小子你可以啊，考得好。他从兜里抽出几
张红钱，塞到我手里说，拿着，过两天带你坐游船。我收下钱
往江边走，才半个月，码头一带变了个样，江上一改先前的冷
清，变得热闹非凡。江边新开了排烧烤店，有很多陌生游客在
吃烧烤，边喝啤酒边大声说话。最打眼的是刚刚驶回码头的游
船——三叔的那条船。船上灯火通明，一群人正有说有笑地从
船上走下来。游船终于开动了。它已经停了太长时间，现在终
于开动。遗憾的是，我没能亲眼看到游船启动时振奋人心的

一刻。

疑问涌上心头，水怪呢？难道水怪被抓住了吗？

我抄小路往家里走，路过老街，发现粮油站那一片已被夷为平地，打桩机轰隆作响。问了正在指挥施工的黎家兄弟，才知道要建酒店。他们兄弟俩被三叔招进他的公司，脱下工作服，穿上了帅气的西装。黎大得意扬扬地说，十二层呢，建成后就是咱们西陵渡最高的楼房。建这么大，给谁住啊？我随口说。当然是游客啊，黎二说，你没看到最近来了多少游客。水怪呢？我问。兄弟俩同时惊道，水怪又出来了吗？我说，水怪抓住了吗？我们哪儿知道，黎大说，这家伙可别再出来，把客人吓走就坏事啦。

回到家，我问我爹，水怪呢？我爹一惊，水怪怎么了？水怪抓住了吗？我说。我爹突然站起身说，谁抓住的？在哪儿？我不耐烦地说，之前大家不都害怕水怪，不敢动船吗？江面上怎么又热闹起来，连三叔的游船都开动了。我爹坐回沙发，哈哈笑道，这你就不懂了吧，西陵渡现在出名了，那么多游客来玩，总不能让人在码头看一眼就走啊。稍稍停顿，我爹眯着眼，似笑非笑道，水怪当然在水里，可日子还得过呀。

八

四清给我看他的"秘密档案"，一个厚厚的浅蓝色笔记本，扉页上用红色中性笔写着四个大字：水怪大全。

我问四清，哪儿弄来的？四清得意地说，上网搜集的。你会上网？我问。四清羞涩地挠挠头，小声说，别告诉他们，千万不能让他们知道我进网吧。四清几次说他有事要做，原来是这个。笔记本上的字迹歪歪扭扭，但每一笔都写得很认真，厚厚的本子全写满了。我按照四清的排列顺序将内容简要概括如下：

第一水怪：苏格兰尼斯湖怪兽

具体情况：自公元六世纪起被发现，根据不同目击者描述，水怪为黑色、灰黑色、咖啡色或柚木色，脖子细长，脑袋呈三角形，从水下看类似巨型青蛙，背上有 2~3 个驼峰，颈长 1~2.7 米，身长 6~30 米。

推测结论：蛇颈龙、鱼群、水獭群、大型百岁鳗鱼、地震引起的波涛幻象、人为制造的模型。

第二水怪：美国尚普兰湖水怪

具体情况：自一六〇九年被发现，根据不同目击者描述，水怪为黑色、灰色、褐色、苔绿色或红铜色，小脑袋，长脖子，背部有肉峰，头上长着角和鬃毛，其颚与短吻鳄的类似，身长 3~23 米。

推测结论：蛇颈龙、浮木、长颈鸟、鱼群、水獭群、大型鳍鱼。

第三水怪：长白山天池怪兽

具体情况：自一九八〇年被发现，根据不同目击者描述，水怪为黑色、灰黑色、纯白色、蛋黄色或棕黑色，两只耳朵，扁方形脸，脖子细长呈白色，没有鳞，长尾巴，长着一对长长的鳍，身长 2~5 米。

推测结论：蛇颈龙、新物种、冷水鱼、鱼群、水獭群、湖水折射阳光后造成的视觉误差。

第四水怪：加拿大欧哥波哥水怪

具体情况：自一八六〇年被发现，根据不同目击者描述，水怪为暗灰色、黑色、深绿色或深棕色，背部有肉峰，尾巴呈叉状且平坦，类似鲸鱼尾巴，没有脖子，身体像蛇一般弯曲游动，有少量鳞片，身长 12~20 米。

推测结论：海蛇、鲸鱼、古生物"祖格罗顿"变种。

第五水怪：新疆喀纳斯湖怪

具体情况：自一九八〇年被发现，根据不同目击者描述，水怪为红色、灰色或白色，长着鸭子般的身形，尾巴类似叉子，有鱼鳍，身长 8~10 米。

推测结论：蛇颈龙、哲罗鲑淡水鱼（俗称大红鱼）、某种长寿鱼。

除了以上五大水怪，笔记本上还记录了一些海中怪兽尸体被发现的事例。其中包括一八〇八年奥克尼群岛"斯特龙塞怪兽"，一九七七年日本"瑞弹丸"号远洋捕鱼船发现的巨型怪兽，一九九〇年苏格兰某小岛"格罗巴斯塔怪兽"，最近的一条记录是二〇〇八年纽约长岛"蒙托克怪兽"。

看完笔记，我陷入了沉思。四清记录的水怪，有一些我在电视上看到过，过后就忘了。我从没认真想过这些离奇的水怪是什么，从哪里来，更未想到四清会对水怪这样上心。这个世界上，能让他上心的事情太少了。

我问四清，你的结论是什么？四清摇头，无奈地说，你也看到啦，全世界最有名的五大水怪，至今仍没调查出结果。我说，那你研究这么久，岂不是白费力气？四清说，通过这段时间的研究，至少我明白了，牂柯江水怪不会那么快有结论。不过，他说，我不会放弃的。我把笔记本交还给他，问他，你就这么想知道答案，知道了又怎样呢？四清说，难道你不想知道吗？想是想，我说，但我还有其他事要做。

我们又来到江边。江上船行如织，水面泛着粼粼波光，像无数块镜子拼成的墙。岸边碧绿的苇草疯长，江风过处，摆荡的草叶和浅滩浮游的水藻相互映衬，如同雏鸟羽毛，柔软光滑。往来的游客手持相机，咔嚓咔嚓拍个不停，偶尔从水草间探出脑袋的水鸟置若罔闻，打一个照面，又钻进草丛，消失不见。不时有运输建材的卡车驶过，卷起浓浓烟尘。我想，西陵渡很快会变成真正意义上的景区。

四清若有所思地说，其实，要想揭开水怪的秘密，有个很便捷的办法，但实施起来太难。什么办法？我问。四清笃定地说，用卫星导航技术，向水里发射足够多的声呐射线，通过探测器接收畸变信号，有了畸变信号，就能找到水怪，进而准确抓住它。我吃惊，问他，你怎么知道？四清说，在你回来前，我把"秘密档案"拿给老杨看过，老杨告诉我的。我说，那还等什么，咱们去找三叔。四清摇头说，没用的，我找过了，没有人相信我说的话。我问四清，老杨为什么不去找他们？四清打断我说，老杨反复叮嘱，不准告诉任何人这是他说的，说了他也不会承认。

我拉上四清朝"瞭望塔"跑去。我爹和三叔都在，他们正在陪邹总吃午饭。我和四清守在门口，听到我爹说，以前不少人喜欢叫我桥长，以后，桥长这个称号应该给邹总才对。邹总说话的声音很小，但我还是听清了。他说，叫桥长，有什么讲究吗？我爹夸张地笑起来，他说，西陵渡在您的关心下才有今天，是您打通了我们镇的经济命脉，搭建起西陵渡旅游发展的桥梁，您当然是桥长啦。

午饭在欢笑声中结束，送走邹总，我赶忙凑过去。听完我的话，我爹冷笑道，小孩子家懂什么，这不是你们操心的事，回家去。我看向三叔，三叔不紧不慢地说，这倒是个办法，但你们也知道，西陵渡谁也不会这种技术，也没有这种设备。我接着说，难道你们不想知道水怪的真相吗？没有技术和设备，可以向外面的专家求助，那么多人关注水怪，肯定有人愿意帮忙。三叔点头说，这需要时间，你们回家等着吧，有消息告诉你们。

西陵渡上空机器轰鸣声昼夜不停，打桩机、推土机、货运大卡的噪声此起彼伏，码头上崭新的游客集散中心拔地而起，左右两边各建了一排长长的铺面。我爹和三叔形影不离，回家的次数更少了。我妈盘下一间铺面，专门卖渔具，外面来的客人总喜欢钓鱼，她也忙了起来。整个西陵渡就剩下我和四清两个闲人，我们终日在江边游荡，无所事事地看着蜂拥而至的车辆和陌生的人们。人们的脸上总挂着兴奋的笑容。

七月将尽的一天，我妈告诉我，儿子，你爹进步啦。我问她，进步是什么意思？我妈得意地说，从今往后，大家不能再叫你爹裴镇长了，得叫裴书记。自年初前任书记调走后，那个位置一直空着，当时我想过也许我爹会接任，但没过几天就忘记了。

九

四清再次失踪是八月八日傍晚，那天正好是我生日。

中旬就要开学，我将离开西陵渡，开始全新的生活。我忍不住想，以后四清怎么办呢？他的分数连职校也没法进。我妈停业半天，给我做了桌菜。菜刚上桌，大伯急匆匆跑来说，四清不见了。开始我们都没在意，三叔说，这么大的人，走不丢。我妈说，之前不也失踪过吗？他会自己回来的。吃完晚饭，切过蛋糕，四清还是没回来。

夜深了。我爹接到老朱打来的电话，街上两家渔具店被盗。挂断电话，我爹嘀咕，这个老朱，年纪越大胆子越小，成天大惊小怪。我妈啊呀一声，起身往外走，边走边说，我回家时忘锁店铺门了。我们只好跟出去。果然，我妈的店铺也被盗了。离谱的是，被盗的三家店铺，丢的都是渔网和鱼食。更值钱的比如鱼竿、帐篷等，包括抽屉里的现金，一概不少。这就奇怪了，我爹说，小偷拿这些东西干吗？

四清突然冒出来。我爹问他，你去哪儿了？大晚上不回家。四清说，听说有小偷，我来看看。我爹继续问，你今晚去哪儿了？四清说，在江边玩嘛，回家也没事。后来每次想到那个夜晚，悔恨就会蚂蚁一般啮咬我。我早该想到四清去了哪儿，也该想到是谁偷走了渔网鱼食，但习惯让我忽略了四清，或者说，我们从来没真正在乎过四清。

看完"秘密档案"几天后的一个晚上，四清来家里找我，让我跟他上街买东西。我正准备睡觉，便说，你自己去吧。四清坐了会儿，突然问我，你知道九指道人吗？不知道，我说。四清说，其实要制服水怪，办法有很多。我打了个哈欠，心想这家伙又说胡话。见我不作声，四清推推我，接着说，九指道人就是清朝时期来牂柯江铸剑钉龙的那位高人，他原本是有十根指头的。你怎么知道？我不屑地说。四清说，他的一根指头，铸剑时不小心敲碎了。困意阵阵袭来，我躺到床上，随口说，关你什么事？四清说，据说九指道人的血有剧毒，所以，那根指头，也许是他故意敲碎铸到剑里的。好吧，我说，那条龙是他的血毒死的，现在你可以回家了吧？四清默默起身，推门离去。

出事后我才知道，原来四清说的九指道人并非空穴来风，而是邹总聘请的研究团队"挖掘史料"得出的阶段性成果。那帮神秘的研究员，不仅详细考证了夜郎古国历史，还认真梳理了牂柯江、西陵渡的来龙去脉，包括长期流传在西陵渡的各种神秘故事。四清不知在哪儿看到研究资料，受那根有剧毒的指头启发，他不动声色地买光了西陵渡的老鼠药。老鼠药最后连一只老鼠也没毒死，却让江里的鱼遭了殃。

渔具店被盗的第二天早晨，我还在睡梦中，猛然听见我爹气急败坏地叫道，完了完了，出事了。我翻身下床，跟在我爹后头往江边跑。码头上已经围了一大群人，我爹拨开人群，一块刺眼的白布单出现在我眼前。我爹蹲下身子，揭开白布单，只一眼，我再不敢看下去。大伯血肉模糊的面容，我一生都不会忘记。四清浑身湿淋淋地站在大伯的尸体旁，铁青着脸，既不说话，也不动，像一根冰冷的铁柱。

那天凌晨，异想天开的四清偷偷发动三叔的游船，歪歪扭扭将船开到江心，将事先准备好的老鼠药拌入鱼食，一袋袋倒入江中，然后开始组装从大伯的货船上卸下来的滑轮，借助滑轮三脚架撑开他精心缝制好的渔网，等待水怪出现。

谁也不知道四清是怎样把那么多鱼食搬上游船的，还有那张由无数张渔网缝合在一起的大网，以及那个沉重的三脚架。更让人费解的是，他竟然搞到游船钥匙，成功把船开到了江心。我如梦初醒，四清一次次失踪，原来捕捞水怪的计划他早想好了。

四清倒了一袋又一袋鱼食，终于全部倒完。他独立船头，眼巴巴等着，盼着，始终不见水怪踪影。他睡着了。天蒙蒙亮，早起出船的大伯发现船上卸货的滑轮三脚架不见了，抬头一看，三叔的游船也不翼而飞。他着了急，一边通知三叔，一边开着船往江上跑。游船不会凭空消失，他相信一定在江上的某个地方。

睡意蒙眬中，四清听到一阵轰鸣声。他站起身，那声音消失了，透过江面上浓重的雾气，他看见一个巨大的黑影停驻在游船面前。水怪，他大叫一声，随即扳开滑轮开关，大网迅捷地朝"水怪"罩去。悲剧就发生在那一刻，三脚架的一根撑杆没上紧，被渔网拖了出去。而这根撑杆，不偏不倚，正好砸在大伯头上。

天色逐渐放亮，四清终于看清货船，看清货船上的大伯。鲜红的血迹染红了四清眼眶，他跳进江里，想撕开那张大网。随后赶到的船只将四清救了起来。那时候，大伯已没有呼吸。

江面上笼罩着死亡的气息，翻着白肚的鱼一群群浮出水面。水波浮动，将死鱼缓缓推向岸边，远远看去就像只巨型水怪。

十

大伯的葬礼上，人们议论纷纷。有人说，大伯其实是被水怪抓走的，他的魂魄早被水怪勾走了。四清跳到桌上，声嘶力竭吼道，没有水怪，根本没有水怪，骗子，你们都是骗子。三叔把他拖下桌子，拉回里屋，锁上了门。三叔说，他是个傻子。所有人都知道四清是个傻子。

三叔请来西陵渡最有名的风水师，在江水上游一个叫黄龙岭的地方给大伯选了块地。风水师说，那块地前砂清秀，后龙挺拔，预示人丁兴旺、富贵双全。大伯下葬那天，我爹坐在坟头，哽咽着说，大哥，这是西陵渡最好的地了，你安息吧。

在一个下着小雨的清晨，我离开了西陵渡。

我爹在学校旁边买了套房，节假日及周末，他们会进城来看我。高中课业繁重，我回西陵渡的次数越来越少。我有了人生中第一部手机，偶尔，我妈会给我发些西陵渡的照片，照片上的西陵渡越来越陌生，只有那条古老的江仍旧日夜流淌。没有谁再提水怪的事，热闹劲儿慢慢过去，闹得沸沸扬扬的水怪风波，仿佛从未发生过。

有段时间，听我妈说三叔准备让四清学汽车修理。可过了段日子，我妈又说，四清才学几天，死活不肯再去。过了一阵儿，又听说我爹把四清带去邻镇的奶牛养殖场，让他学养殖，可我爹刚离开养殖场，这家伙就悄悄溜掉了。此外，三叔还让四清学过养鱼，学过厨师、广告装潢等，全都半途而废。他经常把自己锁在家里，整天不出门，谁也不知道他在干什么。

电话里，我妈说，这孩子，也不知道他到底想干吗。

想了想，我说，其实他早说过，他想当船长。

嗨，我妈说，出了那么大的事，谁还敢让他碰船。

高三那个寒假，我回到了西陵渡。三叔买了西陵渡第一辆奔驰车，见到我，他说，怎么样，这车还行吧？带你兜风去。

我拒绝了。对于三叔，我总觉得哪儿不对劲。四清跑过来，抓住我的胳膊说，你怎么这么久不回来，你不在，我无聊死啦。我得上学啊，我说，又不像你，成天无所事事。话出口我才意识到不妥，好在四清也不在乎，他说，杨老师来找我啦。我没当真。回家后我妈说，老杨真来找过四清。

老杨调来西陵渡前带的一个学生拿了全省围棋冠军，在省城开了家棋馆，老杨出差到省城，饭局上提到四清的情况，那边表示，四清这样的人，说不定有别才，让春节后带去棋馆看看。回到西陵渡，老杨兴冲冲来找四清，跟我爹说了这件事。我爹也很高兴，当即表态只要四清学得好，所有费用由他承担。那段时间我恰巧在读《棋王》，仔细一想，四清还真有那么点棋王王一生的影子。初中历史课上，老杨总说，每个人都有每个人的宿命。我想，也许这就是四清的宿命吧。

我问四清，你会下围棋吗？

不会。四清回答得很干脆。

对去学棋的事你是怎么想的？

四清说，先去看看呗，也许很好玩呢。

我被他逗笑了，试探着问，你现在还想当船长吗？

四清脸色一沉，不再说话。

大年初一，鹤城旅游产业发展大会在西陵渡拉开序幕。大会的主题是"西陵渡戏水·老王山悟道"。夜郎王宫已经建成，高耸的塔楼和夜郎王塑像傲慢地俯瞰着西陵渡，和码头上游客集散中心巨大的龙形门头遥相呼应，远比规划图气派壮观。开幕式上，县里来的一位领导做了热情洋溢的讲话，对西陵渡景区建设给予高度评价。我爹代表西陵渡致欢迎词，遗憾的是他不会说普通话，欢迎词读得不太顺畅。文艺会演环节，夜郎王宫广场上人山人海，一曲百人合唱的《夜郎古歌》将气氛推向了高潮，观众的呐喊声、欢呼声响彻云霄。从各地赶来的嘉宾远超预期，西陵渡所有酒店、旅馆全部爆满，街道上堵得水泄不通，随处可见媒体记者采访拍照，报纸、电视上关于盛会的报道铺天盖地。

闭幕那天，我爹站在台上朗声道，西陵渡戏水，老王山悟道，神秘的牂柯文化在召唤，多彩的夜郎文明在召唤，这是西陵渡的春天，是所有来宾的春天。以后的每一个春节我们都将举办盛会，西陵渡永远敞开大门，用最神秘的传说、最秀丽的风景、最美味的佳肴欢迎八方宾客。

那个春节，是我在西陵渡过的最后一个春节，也是迄今我的人生中最热闹的春节。

高考填志愿，我爹坚持让我选行政管理专业，理由是将来好就业，发展前景好。我妈不懂这些，却也一个劲儿附和。三叔很认真地问我，四明，你觉得在社会上生存，最重要的是什么？我仔细想了想，回答说，有一技之长最重要，自己吃饭的本事，谁也拿不走。三叔摇头，似有些失望，他说，四明你记住，这个社会上，一直且永远最重要的是人脉，人脉，你懂吗？不懂，我直截了当地回答。三叔接着说，你本事再大，没有人欣赏你、提携你，就没有用武之地，无法施展抱负、实现理想，你明白吗？我抬起头，看着越来越陌生的三叔，冷冷地说，我只想做自己。我郑重地在专业选择一栏写下两个字：数学。数学一直是我的强项，没有比数学更适合我的了。

为什么？我爹问。

我平静地说，数学虽然复杂，但最后总有个答案，其他的事，就不一定了。

那时候，我还太年轻。后来我常常想，如果重新给我一次选择的机会，我会怎么填？我不知道。好在时光不会倒流，我不会再有选择的机会，也就没必要再为这件事纠结。

四清学棋不成，回到了西陵渡。据老杨说，刚开始学得挺好，可过了段时间，他不仅不用心学，还老爱到处跑，只好打发回来。我爹对四清说，以后我们没法管你了，你好自为之吧。四清说，二叔，我不用你们管啊。也不知四清是怎么想的，他回到家后，把初中留下的历史课本，包括他那本"秘密档案"一把火烧掉了。我妈说，他边烧边哭，哭得特别伤心。令人费解的是，大伯辞世时，他连一滴眼泪都没掉过。

那年初秋，一则爆炸性新闻传遍鹤城。鹤城原县长、刚调任市文旅局局长三个月的邹某因贪污受贿、钱权交易等罪行被查办。西陵渡最大的投资商,那位络腮胡邹总随即倒台。三叔因行贿、非法集资等罪行锒铛入狱,公司所有财产,包括他新买的奔驰,全部被查封。

我妈店也不开了,收拾东西进城住下,终日魂不守舍。开学的日子到了,离别的车站,我问我妈,爹是不是有问题?她深深叹了口气,说,你爹的话,我也不知道哪句是真,哪句是假。

一个寒风凛冽的早晨,我在大学操场上晨跑途中接到我妈打来的视频电话,她说,处理意见下来了,你爹降为普通科员,调到县文史馆工作。我紧绷的神经终于放松下来,还好,我说,没有想象的那么糟。我妈说,我们这一家子,都得感谢你三叔。北方的冬天寒冷刺骨,我哆嗦着说,你的意思是,大伯,还有四清,都得感谢三叔吗?我妈不说话,良久,流下两行混浊的眼泪。

十一

今年夏天,我接到高中同学卫明电话,他通知我,因新修观光公路,大伯的坟要搬迁。我诧异道,西陵渡修路,关你什么事?卫明爽朗一笑,原来他调任西陵渡党委书记,已上马月余。这哥们儿早年间写得一手好诗,高中时代就是鹤城小有名气的诗人，毕业后疏于联系，不想竟当了领导。

迁坟的事，其实我爹已经提过好几次。他退休后迷上了《易经》。他说，大伯那块地当初没选好，才导致我们家遭遇变故。我反驳他，当年你不是说，那是西陵渡最好的地吗？我爹说，当初不懂，被忽悠了。我一再拒绝迁坟，没想到要修观光公路，如了我爹的愿。

我爹从鹤城请来风水大师，给大伯选了两块地。大师说，一块是富贵地，一块是平安地，用哪一块，你们决定。当然是富贵地，我爹说。这次我妈站在我这边，她说，平安是福，比什么都重要。我爹拗不过，只好妥协。

我提前三天回到西陵渡，准备迁坟的事情。如今的西陵渡已升级为 5A 级景区，镇中心区按照原来的布局，建了"三街十二坊"，好不热闹繁华。遗憾的是，夜郎王宫在某个月黑风高的夜晚，被一把火烧得干干净净。当年我家住的那条街现在是美食城，我站在熙熙攘攘的人群中，试图寻找老家的位置，重复数遍，终究没有找到。

老杨也退休了，在学校门口开了间小超市。卫明要向老杨讨教西陵渡历史，让我陪同去看老杨，我们聊了一个下午。临走时，我问老杨，这个世界上真的有水怪吗？老杨眼睛一亮，幽幽地说，这么多年过去，你还记着这事。是的，我说，有些事，过去就过去了，但有些事不该忘记。老杨笑，轻声说，你看那江水，一刻不停地滔滔流淌，那些陈年旧事，谁在乎呢？

卫明接过话头说，杨老师，虽然时移世易，但以我的理解，无论时代怎样变化，有些东西是不会变的。过程也许很曲折，但我们都在努力让西陵渡变得更好，且会尽最大努力顾及那些被遮蔽的个体，那些被遗忘的部分。听完卫明的话，老杨眼中有泪光闪动，他说，传闻卫书记是个诗人，果然不一样。卫明赶紧摆手说，杨老师别笑话我啦，那都是多少年前的事了。

大伯憨厚的面容又一次浮上心头。我暗想，当年我爹要是能这么想，也许很多事就不一样了。

老杨送我们出门，他紧紧握住我的手，一字一句说，这个世界上到处都是水怪，从人类诞生之初起，水怪就一直存在着，你，我，我们每一个人，都是水怪。

我沉默。

在漫长的少年时代，我从未料到自己也会成为一名教师。不知道在未来的从教生涯中，会不会遇到四清那样的学生。

老杨背过身，低声说，去吧，去看看四清。

这些年，四清一直漂荡在江上，靠着拆迁款盘下的一艘小船捕鱼过活，实现了他少年时代的梦想。

辞别卫明，我独自等在码头，直到落日西沉才等到四清。我确信他第一眼就认出我了，但跟我一样，不敢相认。我们之间隔着一段长长的江堤。等我终于走到他跟前，四清松开紧咬的下唇，嗫嚅着，叫了声：哥。

我的心口像被重锤砸中，瞬间震荡起来。

空旷的码头上，江风呼啸不停。风吹走我的泪水，吹走了一切。

逐水船

是时候停下来了。

十八岁离开鹅镇，到现在，整三十年。她每天都会想一遍鹅镇，想一遍几乎断送她性命的丑陋男婴。不出意外，他该三十岁了。会出什么意外呢？凭她对这条江的了解，至少有一百种可能，比如疟疾，比如热病，比如每年都会发生的山洪，山洪过后不知从哪儿冒出来的野狗。这些都不算，最大的危险，来自人。准确地说，是男婴那差点自绝于世的外公和疑心病发作到不可救药的父亲。这也是她离开鹅镇的原因。

她想过带男婴走。就像离开鹅镇十二年后，当她又一次踏上逐水船，把女儿紧紧搂在怀中那样。可当时容不得她细想。事后，她宽慰自己，一个在岸上，一个在江中，也许是最正确的决定。运气再差，至少能活一个。这个最正确的决定，折磨了她三十年。

推门声响起，接着是长筒水靴敲击地板的声音。军绿色雨衣会挂到门后衣架上，卫生间的门和灯会被打开，沐浴花洒将喷出温热的水，然后是男人的咳嗽。他总是咳嗽。这些声音，每天都会在相同时间响起。女儿说她没听到过。睡得沉，是好事。十八岁，是睡好觉的年纪。只是每个人的十八岁不一样。为此她感到满足。她也是近来才听得如此清晰。失眠，是春节后的事。

男人洗完澡，天就该亮了。如果时间倒退两年，男人会轻手轻脚摸到床边，揭开蛋壳似的被子，用他粗糙的大手揉搓她，直到她醒来，带着梦呓和习惯性的喘息。男人会一遍遍喊她名字。她有个好听的名字。有时她甚至觉得，那些匆匆闯入她生命又抽身离去的男人，某种程度上，只是因她有个好听的名字。如果说，她对独自将她抚养成人的父亲还存有感激，也全因他起了这么个名字：南苇。

时间当然不会回到两年前。男人钻进被窝，鼾声很快响起。到底上了年纪。这样也好，反倒踏实。踏实让她产生小小的依赖，日日滋长，有了停下来的想法。只在少数时候，另一种不安袭来，惊坐起，冲到镜子前，细细端详镜中面容。一叹，又一叹。嫌恶，转身。她不得不转身。天亮了，等着上手的事还很多。

男人向江水讨生活。黄昏出船，遁入夜色，返航是凌晨。把船开到码头，售完渔获，就着小摊刚出锅的水货喝顿早酒，起身回家。离开鹅镇，她一直漂在江上。在江上，遇到的只能是向江水讨生活的人。像是宿命。

洗漱过，穿戴整齐，踅进厨房做早餐。女儿喜欢面食，一度引起她不满。靠水吃水，喜欢面食，似暗含某种背叛。生过一场病，她释然，想，只要好好吃饭，管她呢。已念到高三，她知道，女儿留在身边的日子不多了。

和女儿一道出门。岔路口分别，女儿往右，她往左，一直走完背街，折到烟雨巷，走三百米便到。男人的老宅，一个沿街铺面，卖烟酒杂货，兼售些应季吃食。左面是麻将馆，右面是文具店，正对过是小学。生意不咸不淡。早前铺面给一对小夫妻管着，男人的远亲。有了她，男人免掉小夫妻三个月租金。小夫妻识趣搬走。

南姨这称呼，便是从那时开始叫的。地方本就不大，熟络后，街坊们这样叫，来买东西的小孩子们也叫。起初不习惯，像在喊和自己不相干的某个人。日子一天天过下来，她逐渐确信，南姨是她，她就是南姨。不是小冯，不是大嫂，不是陈太，更不是南苇。南苇，那已经是太久远的事。只有在鹅镇，人们才那样叫她。

一天中，上午最为自在，她缩进靠椅，专心织毛衣。多年养成的习惯，不织，心里憋得慌。中午放学，孩子们一拥而来。下午也有的忙，老头老太们招呼孩子吃完中饭，便在隔壁支起牌桌子，要打到放学。其间有要零嘴的，有要香烟的，还有要酒的，她得一样样递到人手上。

放学铃声响，麻将也就打完了。只消半个钟头，烟雨巷恢复寂静。晚饭通常自己吃，没劲，将就对付。不着急关门，女儿上晚自习，回去也是一个人。这段时间，她用来打个盹儿。就在柜台后面躺椅上，支个靠枕，搭张毯子。可春节过后，她不打盹儿了。不是不想，是不愿。闭上眼，梦就来了。那个魔鬼般纠缠着她的梦。

那梦似某种神秘召唤，每一次，梦来，就得走。尽管从不知道梦会把她带向何处，在哪里停下。唯一确信的，沿江而下，逐水而行。但是现在，她有了眷念。倒不全是因为男人，而是某种生活状态，如漂泊的苇花，会有那样的时刻，它们停下来。眷念会生发成不易察觉的惊惧，为此，尽管不再打盹儿，到该睡觉时，也照样失眠。

那梦其实没什么特别，只是辽阔江上漂来的一条木船。船不大，仅够容纳三两人，形状和颜色也都不同。从上游来，顺水而下，逐水而去。木船入梦，每一次，她都站在岸边。那条船稳稳当当停在她脚下，会有一双手，从船篷里伸出：来吧，带你离开。她在梦里一次次踏上那条预示着命运的木船，漂向未知。

她累了，不想再做梦。

木船第一次入梦，是生下男婴那个夜晚。疼痛和流血使她陷入昏迷，姨妈将她从死亡边缘拉回，灌下碗药汤，她沉沉睡去。那时鹅镇码头常常漂来陌生小船，售卖布匹毛线、剪子菜刀、雪花膏等各色杂货，人们叫它逐水船。逐水船，也指那些长年漂在江上随风浪神出鬼没的陌生快船。昏沉中，她站到岸边，木船停在面前。醒来是第二天黄昏，躺在厢房稻草堆上，脚上锁着铁链。姨妈偷偷送来鸡汤，她夺过瓦罐，呛了三次。回过神，她告诉姨妈，梦见逐水船。姨妈诧异，岸边的船，在男婴之后来的鹅镇，那时她已陷入昏迷。她抓住姨妈，几乎哭出声，问：真有那么条船？

晨曦微露，姨妈偷来钥匙，打开锁链拖着她往江边跑。身后传来喊声，姨妈痛骂：你那个天杀的爹。临上船，她拉住姨妈：孩子怎么办？推她上船，姨妈哭道：孩子交给我，你妈这辈子就留下你，活下去，别回来。船入江心，如箭离弦。她跪在船上，对着姨妈，磕了三个响头。

擦干眼泪才看清，带她走的男人，是邻村光棍老四。真正的船主，已带着老四的钱离开。她接着哭。走一路，哭一路。第七天，老四终于忍不住，骂她：再哭把你扔江里喂鱼。第十天，他们来到一个陌生渔村，老四说：差不多啦，就这儿吧。上岸，空气里飘来浓浓煤烟味。她的腿肿成两只皮球，将息两个月，老四把她领去石灰厂，给工人烧饭。

他们叫她小冯，老四也这么叫。第一天从石灰厂回来，老四突然发狂，把她摁在床上，嘴里发出猪叫般的嘶吼。她死命挣扎，掐住老四脖子，说：按辈分，我得叫你叔。老四说：你是我媳妇，这里没叔，只有你男人。她哭。老四给了她一巴掌。

渔村三面环水，背靠采石场，只三十来户人家。煤炭从上游运来，烧出石灰，运往下游。老四也进了石灰厂，半个月，受不住，又干回老本行，摇船入江。他想过像那些往来渔村的船主一样，搞货运，煤炭或者石灰。为此，他卖掉了离开鹅镇前姨妈塞给她的手镯，换成见面礼，送给船老大。收下礼物，船老大说：船太小，得换条大的。男人暴怒，敢怒不敢言。

她想离开石灰厂，跟老四一起出船。厂子里那帮臭男人，总喜欢拿眼睛往她身上瞟。他们说，她是渔村最漂亮的女人。她不说话。慢慢地，吃饭时，男人们有意无意往她身上蹭。她不敢告诉老四，只说，不想在厂里待。老四问她：鱼腥味比煤烟味好闻？她说：打小在江边长大，闻不见鱼腥味。老四不答。从那天起，她每天往返石灰厂三次。做完饭就走，绝不停留。

在渔村待到第三年，老四泄气了，经常打她。他说：养个不会下蛋的母鸡，只会耗死自己。她说：渔村三年，没花你一分钱。他说：当初给船主的那笔钱，十年也还不清。那个梦来了，毫无征兆。

做完饭，她开始留在石灰厂，不再一趟趟往家跑。遇见船老大的次数逐渐变多。那个阴雨绵绵的傍晚，当老四又一次把她摁倒，船老大出现。老四跪在船老大跟前，身体颤抖如筛糠。船老大递给她根铁棍，说：现在你可以报仇。她接过铁棍，咬牙握紧。到底没打下去。

老四回鹅镇前，她说：跟你三年，求你件事。老四说：你先说。她说：如果男婴还活着，给我捎个信。

她一直没收到老四的信。她跟了船老大，以船为家。人们叫她大嫂。

船老大比老四年轻，她想不明白，他为什么要她。船老大说：你人好，像水做的。她说：我不能生小孩。船老大笑：小孩，我有好几个啦。这是她不下船的原因。至少不在渔村南六十里的米镇下船。船老大运的石灰，终点在米镇南八十里。

船上日子单调，她织毛衣打发时间。船老大问她：织了一件又一件，不累吗？她抬起头，露出久违的笑：你的船跑了一趟又一趟，不累吗？船老大说：这么多毛衣，够咱俩穿一辈子啦，再织下去，就穿不完了。她站起身，凑到他跟前，一字一句道：可以给你的孩子们穿，可以织到够他们也穿一辈子。船老大僵住，随即转身，走向货舱。她站在原地，望着混浊的江水，把眼泪倒回心里。她懂得了分寸。不该说的不说，不该问的，不问。

只要不问，日子，就还能平静过下去。船老大一度迷恋武侠小说，驾驶舱里丢的有。织毛衣累了，她翻那些旧书。开始时，翻几页，一天就过去了。慢慢地，她翻出味道，像模像样读起来。很多字不认识，直接跳过。船老大的生意越做越好，她想，自己也成了书里写的闯荡江湖的人。

要对得起大嫂这称呼。她给船老大和兄弟们烧饭，做最拿手的剁椒鱼头、凉拌鱼皮，花上半天时间给船老大煲鱼汤。滚烫鲜香的鱼汤滑进船老大的肚子，他回馈她以激情和热烈。她第一回有了做女人的快慰。

喝酒，是那时候学会的。先喝黄酒，入口绵软，像女人早起留在床上的余温。不够劲，开始尝烧酒。酒量浅，三杯下肚，倒头醉。船老大和兄弟笑了好一阵。摸到深浅，慢慢喝得自如。扎在男人堆里，不再觉得别扭。推杯换盏间，也学着说些浑话。船老大高兴，兄弟们跟着乐，轮番敬她酒。自以为真正做了大嫂。

很多事，如激流下的暗礁。不问，不代表不知道。她悬着心。风声紧时，睡觉格外艰难。她怕，怕那个梦再次找上她，怕那条船再次停在她面前。怕，是这个世界上最没用的东西。那一天还是来了，她又梦见那条船。从梦里哭醒。船老大第一次对她动气，也是唯一一次，说：你什么也没看见，什么也不知道。

突如其来的大雪封住江面，他们在一个叫三岔口的码头停船。码头热闹，她换上新衣下船，买菜，也给男人买酒。路过杂货市场，停下脚步，给自己选了几样饰物。年关近了。不觉逛到天黑，回到码头，船已被查封，男人被警察带走。意料之中，还是哭成泪人。她独自在码头上等了三天。

第三天深夜，船老大的兄弟找到她，捎来口信：往南走，别回来。怕她不死心，来人摸出张照片，说：船老大怕是出不来了。照片上，陌生的女人倚在船老大肩头，三个孩子笑意盈盈。最小的是男孩，长得清秀，像女儿。她问：怎么进去的？来人稍稍迟疑，吐出两个字：走私。说完留下沓钱，转身离开。

她站在旅馆窗前，凝望满江白雪。寒风怒号，单薄的身影摇摇欲坠。她又成了无家可归的人。恍惚入梦，那条小船，来到她面前。船身鲜艳，像涂过血。惊醒，她买了香纸来到码头，对着已被查封的货船，又哭了一场。火光明灭，雪地上，她的影子飘忽不定，留下一串深深脚印。

江上漂了十天，已经够远。除夕夜，在金坝落脚。她把自己锁在房间，睡了三天三夜。初三上午，在旅馆伙计的带领下，她敲开陈家大门，成为那户人家的保姆。

陈家是金坝老户，两个儿子，老大管船厂，老二管鱼塘，分开住。她的工作，是负责老陈起居饮食。老夫人走了两年，两年里，老陈换过八个保姆。她是第九个，她希望自己能留下。

老陈极瘦，不多说话，看人时，眼神锋利似刀。一天中，他大部分时间在院子里喝茶，侍弄花草。傍晚出门遛狗，他养了条叫狮王的大狗，威风凛凛。专门叮嘱，遛狗不要人跟。第一周，顺利应付下来。晚饭时，老陈问她：你学过？她不解。老陈用筷子指指鱼汤。老二中午派人送来的，鳊鱼，金坝人叫桂花鱼。她说，您太瘦，该多喝鱼汤，益肠胃、养血力。老陈道声：嗯。又喝了一碗。猛抬头，问：你嫌我老？她僵住，随即笑，笑得勉强：您不老，结实着呢。老陈面露喜色：结实，我喜欢这个词，结实好。

入夏，接连下了几场雨。潮气重，老陈年轻时船上落下的风湿病发作，仍拖着寒腿遛狗。她悄悄跟在身后。江边路滑，狮王撒欢儿，一个箭步冲出，带倒老陈。老陈来了脾气，攥紧绳头，拐杖狠狠砸到狮王头上。狮王受惊，哀嚎，挣脱狗绳跑了。她赶忙上前搀扶老陈。气没处出，老陈一通臭骂。她低头，不发一言。回到家，老陈讲：我说过，遛狗不要人跟。她还是低着头，不说话。老陈摔了碗筷，问：为什么跟着我？她轻声答：江边风大，路滑，我不放心。说罢出门，去找狮王。

狮王没找回来。老陈给儿子打电话，出动几十人，还是没找到。给老陈拍背顺气，她说：狗通人性，气性过去，会自己回来。老陈叹息：我养了它十年。一周过去，一个月过去，狮王还是没回来。老陈骂：不知好歹的东西。她答：白眼狼，走了也好。心里明白，猫狗通灵，知道大限将至，往往躲开主人，自行了结。狮王，已经太老了。怕老陈伤心，她不忍说出。老陈又问：你说，它还会回来吗？她想了想，干脆答：不会。早断念想，会早些释怀。忘恩负义的东西，老陈骂。晚饭，老陈多要了杯酒。没劝住。临睡，他自语：我陈家，怎么连条狗都留不住？招呼老陈睡下，她说：想走的，您留不住。老陈突然拉住她：你呢？把他的手放进被子，她说：这得看您。

很快知道八个保姆离开的原因。老陈，他不老。叫她陈太是一年后的事。儿子们无可无不可，生意已交给他们，并不常来。老陈说：这个家，你得给我管好。她不卑不亢：家，我管不了，管你，可以。

　　千禧年如期而至，金坝喜庆祥和。想起鹅镇，她暗自垂泪。躺在老陈臂弯里，她主动说起鹅镇，说起男婴，以及亲手将她送上船的姨妈。她问老陈：你说，他还活着吗？老陈是见过大风浪的人。这种事，他既在乎，也不在乎。可他还是说：是时候啦，该回去看看。老陈的意思，派人陪她，好有照应。她拒绝，说：过去的事，不该你费神。老陈眼中浮过道柔光，嘱咐：你可以带他来。

　　不走水路。倒不是陆路快，是不想。江上有她太多记忆，她怕走进记忆中，出不来。如果不是男婴，就连鹅镇，也决心不再去了。有了第一台手机，隔几天跟老陈通次电话，告诉他途经的地方和落脚处。她说：越往上走，越怕。老陈不接话。走一路，想一路，原来，老陈有她想不到的克制。隐隐冒出寒意。

　　鹅镇已不复存在，留给她一片汪洋。是那个全国著名的水电工程。她早该想到的。到搬迁的新城，几经周折终于找到姨妈。姨妈双目失明，深陷的眼眶淌出两行老泪，带着血。她的父亲，搬迁前夕一个暴风雨夜坠入江水，十天后找到，尸体已被鱼虾啃坏。那个丑陋的男婴，她离开不久，被疑心病男人强行带去施工队，半年后离开鹅镇，音讯全无。紧紧抱住姨妈：这么说，他还活着？姨妈点头，随即摇头：施工队离开那天，没有人看到男婴。

江水翻腾。她闭上眼，一个声音在耳边响起：只消纵身一跃，便了断干净。转身往姨妈家走，打算把随身财物留给她。姨妈摇头，哽咽道：我没用处，再多的钱，也换不回清亮世界。猛抬头，她问：你说清亮世界？是，姨妈说。扶她起身，姨妈低语：从来都是清亮世界，只是我再也看不见。又一次将她从死亡边缘拉回。

临走，姨妈问：还回来吗？回答得干脆：你在，便来，你不在，便不来了。姨妈张开双手，枯瘦如越冬老鸟，拢住她，平静道：我的日子已经不多，能再见你，是老天垂怜，不必再来。

返程仍走陆路。到金坝，在旅馆睡了两天，重新踏进陈家大门。老陈憔悴，巴巴道：以为你不回来了。身子软下来：你把我当什么了？说时，心里想的是狮王。原来不过如此。有了泪痕，却还是扑进老陈怀中。老陈轻言：我像个当爹的。

酷暑散尽，在她悉心调理下，老陈逐渐活泛。中秋夜，陪他露台赏月。月圆如镜，清辉洒满人间。头一回，在陈家，她端起酒杯。老陈指月细语：新世纪，生活也该有新样式啦。话出口，像个少年人。那个秋天，他似又年轻了一回。她如滚水团和的面筋，由他尽情抻展。

隆冬，开始干呕。起初没往那上面想。早已死心，不会再有孩子。征兆愈发明显，惊觉不对，又羞又怒。羞，是欢喜。

怒，得骂人。只能骂他：老东西，这是要我的命呀。老陈连呼：天意，天意。犹豫再三，她决定把孩子生下。哪怕搭上性命。

老陈早早陪她住进医院，没出岔子。如他所愿，是个女儿。娇小可人，心都融化了。家里有了新保姆，嘴甜，左一个陈太，右一个陈太，照料得十分妥帖。老陈说：要再活二十年，陪女儿长大。托女儿的福，她安生过了几年。

老陈离开那晚，她睡得很沉。天快亮时，那条该死的船再次入梦。惊出一身冷汗，坐起，习惯性推老陈。老陈是梦中走的，平静安详，脸上甚至还挂着一丝浅笑。看来他做了个好梦。她痛骂：狼心狗肺的东西，连句话也不留。

老陈的后事没让她插手。他们说，她的任务，是带好小孩。他们还说，她可以留下，继续住。惊觉不妙，回过神儿，家里值钱的东西已被收走。送老陈上山，女儿靠在她肩上，睡了一路。快下山时，女儿抱住墓碑，哭破嗓子。她没哭，眼睛干涩，无泪。

每天早早上床，默念老陈。她相信，老陈会留话，哪怕半句呢。可他没有，甚至不愿来她梦中。她的梦里，只有那条船。船身破旧，篷子上有斑驳暗影，如同岁月掌纹。心知是时候离开了。也许该庆幸，给她留下个女儿。有女儿，心里便有底气。世界再大，总有个人陪她。可家里换了保姆，两个。

陈家失火那晚，江风浩荡，夜色如漆。愤怒的火光冲破黑夜，混乱中，她紧紧抱住女儿，奔上条快船。一切都是命。自此，她不再是她，她的命，是女儿。

掏光身上所有的钱，包括戒指、项链。不知第几天，船主说：就快到头儿了。她说：再走。靠岸，船主说：想出海，得有钱。

黄昏，荒芜的码头。双腿浮肿，她寸步难行。两个时辰过去，还是没有人来。一棵枯朽的柳树下，她沉沉睡去。哪怕是在江边，也有枯死的树啊。醒来繁星满天，隐隐响起渔船马达声。船上下来个黑影。手电刺痛眼睛，是个中年男人，穿长筒水靴、军绿色雨衣。

给口吃的吧，她说。咳嗽，男人的咳嗽。问她：码头早已废弃，怎么在这儿下船？给口吃的吧，她说。扶她起身，男人抱过孩子，动作娴熟，似早已相识。她跟在身后，上船，往南又走了十里。男人给她们煮蟹黄粥，鲜美、绵香。喝完粥，女儿哭出声。她感觉重新活了一回。

男人父母早逝，有个姐姐，男人早早进城，在黄浦江边做厨师。咳嗽的毛病，打小落下的，都说是痨病。小地方没有秘密，没人敢把姑娘嫁给他。她说：要真是痨病，你早死了。他说：你不怕？她笑，说：我可以给你烧饭。第二天，男人问她：你从哪里来？她说：鹅镇，一个早已被大水吞没的地方。

这是男人知道关于她所有的过去。再问时，她起身，正色道：不问，我留下，否则我走。

男人姐姐回家，骂他：不明不白的女人，不能要。他说：她是个好人。听得出神，竟没察觉，女儿在拽她裤脚，朝江边努嘴。见她不动，女儿喊：妈妈，我们走吧。男人冲出来，抱住她们。姐姐走后，男人说：她可能不会回来了。忍不住笑，她说：会回来，你不懂女人。

女儿长得比她预想的快。一路念到高中，学习上的事，根本不用操心。奖状贴满墙壁，一个人在家，有时她会站到那面墙下，什么也不想，发呆。

起初，男人说，想要个孩子。为此他们努力了很多年。城西有座残破的山寺，住着个老和尚，伴一小沙弥。那年初春，春寒料峭的上午，男人带她上山。山上静得出奇，焚香叩首，男人问老和尚：我会有自己的孩子吗？和尚白须冉冉，一脸庄严道：孩子，起来，你转身，看山下。男人照做。寒气袭人，良久，他眼角挂着泪痕。而她一头雾水。

下山，她问他：还想要吗？他笑。她说：你可以重新找个女人。他说：要是能找到，就不会等到你出现。她说：现在不一样。他说：现在，我有你，也有孩子了。内心某种坚硬的东西慢慢融化，熟悉又陌生。

　　小卖部日子绵长。她有足够的时间梳理往事，舔舐伤口。她几乎做到了。女儿出落得水灵，让她忍不住想起自己的十八岁。只是每个人的十八岁不一样。如果没怀上男婴，日子会怎样呢？也许，她会嫁给河道施工队那个男人。那人有双白净的手，骨节分明，十指修长。来施工队前，是握笔的。她喜欢上了那双手。那双手，将她推向深渊。

　　发现自己怀孕时，她正跟男人闹别扭。施工队长说，他肩不能挑，手不能提，是个废物。她劝他，让他认真干活。为此吵嘴，半月没见面。得知她怀孕，男人手足无措。冷静后，他问：是我的孩子？她恼羞成怒，给了男人一巴掌。男人说：工友曾在县城看见你，跟一个提录音机的男人。她破口大骂：那是我表哥。转天上午，表哥来到施工队，将男人揍了一顿。她怀孕的消息，就这样传遍鹅镇。

　　父亲有酗酒的习惯，这她知道。可即便醉成烂泥，也不会沉入水底。江边长大的人，遇水身体轻。只有一种可能，他自己沉下去。想起姨妈的话，想起被鱼虾啃坏的尸身，心在滴血。可她仍不能原谅，那个她叫父亲的人。得知她怀孕，父亲决绝道：没脸活人，要么你死，要么我死。如果不是姨妈，她根本没法将男婴生下，也就不会有逐水船时时来到她梦中，不会有一次次逃亡，不会有那些给她伤痛的男人。

　　南姨。总是这样，有人将她从恍惚中叫醒。南姨。即便比她年长的街坊们，也这样叫。女儿撒娇，也跟着叫南姨。她问女儿：你觉得好听吗？女儿笑，说：倒是好听，可把你叫老了。她也笑：孩子你不知道，我已经太老了。女儿不高兴了，捂住她嘴。

那个梦没走，失眠还在继续。六月末，女儿一早冲进小卖部，边笑边跳。男人随后跟来，泪眼婆娑。女儿考得比预想的好。她不敢相信自己耳朵，连问三遍。扑通一声，女儿跪在面前，抱住她。她掐自己掌心，感觉不到疼。男人双手握拳，互相捶击，一个劲儿跺脚。没见过他那样，扑哧，她笑出来。一笑，便再也停不住。

填志愿时，男人说：就江边吧，可以经常吃你姑做的菜。女儿看她，她茫然无措，良久，说：别走远，好吗？这次，女儿没再听她的。八月初，一切收拾停当，女儿毅然北上。临走，她抱紧女儿，又一次叮嘱：北方苦寒，照顾好自己。女儿笑：妈，我喜欢吃面。

女儿离开，心就空了。男人还是那样，埋头干活，晚出早归。更多的事，他没去想，也想不到。倒是睡了几个好觉，让她一度以为，梦应验在女儿身上，不会再来找她。很快发现不是这样，她撑不住了。

这天傍晚，她早早关门，备好香烛独自来到城西山寺。当年的小沙弥已经离开，老和尚枯坐佛前，轻声诵经。虔诚跪拜，她问：师父，这么多年了，那梦为何还是不肯放过我？老和尚微微睁眼，会心一笑。她又问：师父，为何我总是做同一个梦？老和尚点头。她继续问：师父，我的孩子，他还活着吗？老和尚数念珠的手停住。她接着问：师父，到底先有梦，还是先有人？老和尚放下念珠，叹息道：你得先告诉我，是个什么梦啊。

心头一颤，原来佛并不知道。深埋心底的往事，如江水般涌出。她从鹅镇说起，然后是渔村、货船、米镇、金坝、施工队男人、父亲、姨妈、老四、船老大，还有老陈。叙述中，往事复活。啜泣，她再难抑制。风从残破的窗户灌进来，几次扑灭油灯。老和尚不动，她一次次点灯，一次次说起那条该死的船。夜深沉，没有月色，也没有繁星，时间仿佛静止。她说完，抬头，老和尚竟已悄然睡去，发出细微鼾声。

下山，她全身绵软，似被无形的箭镞射出千百窟窿。老和尚，已经太老。又或者，在和尚看来，根本不值一提？她不知道。

转天黄昏，她再次上山。老和尚在院中清扫落叶。躬身行礼，她说：师父，您还没回答我的问题。老和尚转身，突然一声断喝：去。扫帚挥来，拍在她肩上。

下山，她脑子里乱如糨糊。早年在武侠小说里看过，棒喝，是佛家顿悟法门。老和尚高看了她。山脚站定，残阳染红西山，远处江水奔涌，一刻不停。孤影飘零，如历千帆过尽。她心想，真是莫名其妙。决意不再上山，嘴里忍不住骂出声。

这晚，她僵卧空床。入梦，梦见自己变成那条逐水船。惊呼：原来是我啊。天亮了，天总是会亮的。她木然出门。女儿已经长大，以后，只能自己出门了。

晌午时分，男人急匆匆跑来小卖部，嘭一声关上门，忍住咳嗽，满脸惊恐道：派出所带来个陌生男人，找你。

她捋了捋头发，在男人跟前站定，平静一笑：你很久没给我们煮蟹黄粥了。她推开门。阳光正好，均匀地照着巷子，照着古旧的砖石和砖石缝中冒出的草茎。一只瘸腿流浪狗从街角跑过来，没有看她，消失在巷子尽头。抬头看天，她长舒口气，问男人，也问自己：太阳怎么是这个颜色？

喝早酒的人

凌晨四点三十分，火车敲打铁轨的声音准时响起。

老覃揉揉惺忪的睡眼，摸根烟点上，不声不响抽起来。他抽得足够慢，烟抽完，那个古董似的闹钟才醒。他穿衣下床，踅进后院点火烧水，迎接新的一天到来。

铁锅里的水烧热，门口传来三轮摩托响声。小周送羊来了。三十多年来，老覃只用周家的羊。三十多年来，周家只养黑山羊。本地羊种，吃道地的草料，喝道地的山泉。

小周开始送羊时，老覃有些担心，老周不在了，周家的羊还是从前的羊吗？小周看出他心思，拍着胸脯说，叔，黑石周家黑山羊这块招牌，花多少工夫才立起来，您觉着我会让它砸手里？老覃这才把心放回肚子。

撑起卷闸门，老覃领着小周，小周扛着羊，穿过店铺来到灶台边。小周将羊往案板上一放，接过钱，耸耸肩走了。老覃挽起袖子，拍一拍羊背，攘攘羊肚皮，露出满意的笑。

洗羊焯水，换水炖羊，他一气呵成。料包是老早备好的，往锅里一扔，把盖子盖上了事。羊要炖两个半小时，差一分钟也不行的。这段时间，老覃用来炝油辣椒、拣芫荽，时不时加把柴火。

这油辣椒有讲究，得选上好的旱地辣椒舂面，配上落别小黄姜和红头蒜泥，加入八角、香叶、花椒、草果、枸杞子、香樟子粉，和匀后倒入烧滚的菜籽油中，用滚油炝。好食材还需真功夫，炝辣椒，功夫全在火候上。火势太旺，辣椒就煳了。火势太弱，辣椒又绵又皮，不入味。院墙外有一溜菜地，老覃搭了个塑料棚，把地匀匀整整分成四块，轮着种芫荽。一年四季，嫩芫荽随用随取。

时间一到，老覃掀开锅盖，捞出炖得喷香的羊肉，坐在案板前飞快切起来。一只整羊能切满满当当两盆子肉，剔出的骨头放回原汤中用大火烧，让红旺的火舌充分逼出骨髓，催出营养。天光逐渐放亮，老覃把切好的肉倒回二次熬制的汤中回火，用小火慢煨。他侧坐在店铺后墙下那张油汪汪的小方台边，给自己点根烟。通常烟没抽完，喝早酒的人就来了。

一碗汤锅肉，大半勺油辣椒，加一撮芫荽，这是清早最好的下酒菜，也是鹤城人开始或结束一天的方式。结束一天，是说钢厂上夜班那拨人。早年间，酒是老覃店里统一售卖，鹤城小缸苞谷烧。千禧年以降，啤酒时兴了一阵，老覃就连啤酒也一起卖。又过些年，啤酒不流行了，人们开始自己带酒。有正儿八经的瓶子酒，有军用水壶装的散酒，也有塑料瓶装的一般白酒。没喝完，就存在店里，转天接着喝。

老覃靠店铺后墙打了面立柜，七层，不装柜门，专门存放酒瓶。时间一长，各色酒瓶摆得满满当当。最顶上两层的酒瓶尤为整齐，不过，酒瓶的主人不会再来喝酒，也不会再来吃汤锅了。有时，老覃觉得自己成了这些酒瓶的主人，细细一想，又不是。酒瓶就那么摆在立柜顶上，隔段时间，老覃就会拿块抹布，把灰尘擦一擦。

这天来得最早的是猪肉陈。他和老覃一样，都是杨柳街本地人，钢厂新建之初，父母赶上机会，进厂当了工人。到猪肉陈这儿，没接上班，就干起了这营生。老覃舀了两碗汤锅肉，一碗给猪肉陈，另一碗搁在小方台上，给自己。猪肉陈走向立柜，抓起军用水壶往塑料杯里倒酒。他的酒量是一杯半，一杯喝完，汤锅就吃干净了，剩下半杯，他一口喝掉，抹抹嘴，转身走人。老覃只喝一杯，这是他给自己定的量，一滴也不能多的。他的酒喝得慢，汤锅也吃得慢，中途要不断起身招呼客人，经常是客人吃走好几拨，才把自己那一份用完。

接着来的是黑脸唐和刘四。这对冤家都是外来户，斗了半辈子，临到头，却成了形影不离的老伙伴。三年前那个早晨，当黑脸唐和刘四一起出现在汤锅店时，老覃吃了一惊。他寻思，难道刘四又让黑脸唐逮了？黑脸唐不是退休了吗，要逮刘四也轮不到他呀？就算是他逮了刘四，也该带去所里才对啊。黑脸唐说，老覃，莫非我们来吃白食？老覃这才回过神儿，哪能呢，他说，我不是那意思。

那以后，这对冤家就经常一起来。说来也怪，黑脸唐退休后，刘四似乎也金盆洗手了。后来老覃才听说，在刘四反复进出局子的岁月里，是黑脸唐主动照看他儿子，定期给孩子生活费。作为回报，刘四用祖传偏方治好了黑脸唐的烂眼角，还给他一个清亮世界。

当然，杨柳街的故事不会只有一个版本。猪肉陈曾经神神道道对老覃说，你仔细想想，刘四的儿子长得像谁？老覃认真想了想，除了刘四，他实在想不起来像谁。猪肉陈进一步提示，你看那肤色，黑得也太明显了。老覃恍然大悟，嗨，他说，猪肉陈，你也忒坏了，要说黑，我看你儿子更黑。

老覃就这么个德行，杨柳街各种捕风捉影的见闻故事，到他这里，就像水滴沉入池塘，半点水花也溅不起来。后来，修电器的老纪告诉老覃，黑脸唐的老娘跟刘四的妈是表姐妹，黑脸唐一次次把刘四逮进局子，他老娘脸上不好看，早就有意见了。黑脸唐主动照看刘四儿子，算是给老娘一个交代。听完老纪的话，老覃会心笑了。他更愿意相信老纪的话，更愿意相信事情是这个样子的。

来人渐多，老覃照例把折叠桌和小矮凳移到门前，沿街面一字排开。有些食客喜欢坐在街上吃，比如屠宰场那拨人。常年和动物打交道，他们身上总带着一股奇怪的气味，酸馊馊的，类似夏天的狐臭，但要比狐臭浓得多。因此，他们总喜欢拣靠边的位子坐，坐在那株老悬铃木下，自觉避开其他食客。时间一长，大家心照不宣，悬铃木下那张桌子就给他们腾出来了。

桌凳刚摆完，街道办的小喇叭突然响起来。一个戴红袖章的中年女人把老覃叫到旁边说，以后街上不准摆桌子了。老覃一愣，以后不准摆是什么意思？女人盯他一眼，你听不懂？老覃说，"以后"是多长时间，一周，一个月？女人摇头，我们也不知道，她说，市里要搞老旧小区升级改造，从今天开始不准摆摊，必要的时候，连店铺也要关。老覃一惊，什么是必要的时候？我这汤锅店几十年没关过门。女人说，这是为大家好。

以往，搞什么卫生运动、整脏治乱等，每年总有那么几次，可从来没这么较真过。客人走了一多半，好端端个大清早，就这么被搅乱了。

黑脸唐嘀咕，咋不见老纪呢，我得找他修电视。

老覃说，想是来见没位置，走了吧。

不对，黑脸唐说，我一直盯着呢，他没来。

埋头喝汤的廖裁缝咳了一声，冷冷道，老纪不会来了。

你这是什么意思？黑脸唐问。

昨儿晚间的事，廖裁缝说，都送殡仪馆了。怎么，你们还不知道哇？

人们陆续离去，汤锅还剩下大半。老覃凑到立柜前，从第四层把那个土坛搬了下来。坛肚上贴了张拇指大小的标签纸，纸上写着三个字：纪建国。老覃摇摇坛子，轻微的哗声随即响起，至少还剩八两。他无声摇头，拿来抹布把坛子仔细擦了一遍。擦拭过后的坛子在晨光中映出明亮的光泽。他将立柜第六层挪出个位置，小心翼翼地将坛子举了上去。

鹤城人喝早酒的习惯是什么时候时兴起来的呢？作为珠江流域红水河上游最大的支流，早年间，绕城而过的白河水深鱼肥，鹤城人靠水吃水，河上渔船遍布，码头一带往来的行商客船络绎不绝，渐渐形成小有规模的集市。渔民下午出船，凌晨收工，把渔获运到码头售卖。卖完渔获，劳累一夜的渔民就得饱餐一顿，美美喝上一顿酒，这才回家睡觉。一来二去，喝早酒的风气渐渐形成。不过，那时下酒菜主要是水货，羊汤锅是配角。

二十世纪六十年代中期，全国掀起兴建水利工程热潮，白河上游筑水库，河水因此改了道，鹤城码头渐渐冷清。同一时期，三线建设的春风吹进鹤城，大钢厂拔地而起，一座西南钢城就此诞生。远来的钢厂子弟入乡随俗，沿袭了码头喝早酒的习惯。由于白河改道，水货稀缺，羊汤锅乘势而上，逐渐占据早酒市，成为主角。

老爷子就是那时开始做羊汤锅的。年轻时，老覃看不上汤锅店，他搞过运输，卖过服装，开过麻将馆，跑过黑的士，还办过小煤窑。折腾到三十老几，干一样亏一样，做一行折一行。老爷子语重心长地说，各人有各人的命，不如来跟我熬汤锅。老覃不说话，转天醒来，他默默梭向灶台，操起了锅勺。是的，他想，各人有各人的命，他认命了。

有了儿子以后，汤锅店交到老覃手中。后来，老爷子寿终正寝，儿子见风长，上高中，考大学，毕业后当上了光荣的人民教师。儿子要成家，老覃把存折里的钱取出来，用一个黑色塑料袋装好，郑重交到儿子手中。儿子险些惊掉下巴，他说，爹，你哪儿来这么多钱？老覃说，买套小点的房子应该够了。儿子眉开眼笑，看不出来呀，他说。老覃说，往后的路靠你自己啦,我还得攒养老钱,帮不上忙了。过了会儿,他补了一句,但也不拖你后腿。

人们没想到的是,热热闹闹的大钢厂,说没落就没落了。下岗潮一拨接一拨,昔日风光无限的工人们轮番经受裁员、内退、一次性买断工龄。老覃的汤锅店就是那时冷清下来的。钢厂红火时,他每天能卖三只羊,找了两个帮手依然忙得不可开交。离开钢厂的人渐多,就只能勉强卖一只羊。老覃忧心忡忡,到这年纪,除了卖汤锅,他实在不知道还能做点什么。好在留下来的那拨工人,加上老街坊们,还能勉强撑住店铺。

给儿子打完电话,整个上午,老覃就那么坐在小方台前,一根接一根抽烟。他反复琢磨,不就是片老厂区嘛,能改造出花来?再怎么改造,不还得吃饭吗,不还得喝早酒吗,莫非不吃不喝也能活人?越想越糊涂。他倚在小方台上,呆呆看着立柜上的酒瓶发呆。有早已停产但声名赫赫的鸭溪窖,有平坝大曲、金沙回沙,有三百石、老习酒,还有四瓶茅台,茅台都是空瓶子,他没舍得扔,摆在上面做样子。当然,也有土坛,最多的是玻璃酒瓶、军用水壶、塑料瓶。每个酒瓶上都贴的有标签,丁是丁,卯是卯,他拿捏得一清二楚。

看着那些酒瓶,一张张鲜活的面孔就浮现出来了。程老先生、梁厂长、钱工、胡跃进、谢大力、皮鞋张、板车王……就说刚走的老纪吧,算起来,他和送羊的小周是老乡,入赘到杨柳街来的。他的丈人曾经当过钢厂后勤处长，走路鼻孔朝天的货色。可就是老纪这么个乡下仔，把后勤处长唯一的宝贝女儿娶到了手。老覃印象最深的是他前年闹的笑话，这件事让杨柳街的人们开心了很长时间。

老纪心脏不好，前年夏天，当医生的儿子把他送进钢厂附属医院，给做了手术。手术做完，老纪不知从哪儿弄了瓶烧酒，躲在医院楼梯间喝。好巧不巧，被儿子逮个正着。儿子气坏了，伸手来抢酒瓶，老纪死抱住不放。儿子问他，你还想不想活？老纪也来了气，愤愤道，看在你是我儿子的分儿上，给你两个选择：第一，让我喝酒，喝到哪天双腿一蹬了事；第二，不让喝酒，我现在就从楼上跳下去。儿子妥协了，从那以后，再没管他。

老纪出院后，照旧来吃汤锅，照旧喝早酒，跟什么都没发生过一样。老覃说，你呀，真是不要命了。

老纪横他一眼，老覃，你糊涂呀。

老覃说，我糊涂还是你糊涂？

老纪抿口酒，一本正经问老覃，你说说，人活一辈子到底图个啥？

老覃说，你的意思是图一时痛快？

老纪说，活到这把年纪，我唯一剩下的乐趣就是喝两口，把这口断了，还有啥活头，就是活上一百岁，有意思吗？

老覃说，可你也得想想儿子，想想家里人呀，喝出毛病，死不掉又活不好，不是给家里人找麻烦吗？

老纪大笑，他说，我可管不了那么多，像你这样顾虑重重，凡事想得明明白白，还有啥活头？

老覃不服气，争辩道，像你这样不管不顾，啥都不明不白，还有啥活头？

这种争辩注定是没结果的。

老覃起身，拍了拍纪建国那只酒坛子，喃喃道，你呀，本来可以多活几年的。

门口传来廖裁缝的声音——他不亏。

老覃转身，说，你不是喝过了吗？

廖裁缝幽幽道，老辈人讲爱刀的刀上去，爱枪的枪上去，老纪爱了一辈子酒，最后死在酒上，他不亏。

老覃听着，并不言语。酒是一样的酒，各人有各人的喝法，就像老爷子当年说的，各人有各人的命。见老覃不搭话，廖裁缝递过来根烟，眯眼笑着说，再给我弄两碗，带走，闺女回来了。老覃笑，给廖裁缝多添了两勺。

儿子总算来了。老覃的意思，让他把剩下的汤锅肉带回家吃。

儿子揭开锅盖，吃惊道，剩这么多。

老覃冷哼一声，愤愤道，搞什么老旧小区改造，街上不让摆桌子了。

啊呀，儿子说，我同学来过电话，咱们家钢厂围墙边上那地，恐怕得征用，要搞绿化带。

老覃说，才半分地，有什么打紧，问题是不让摆桌子呀。

儿子想了想说，带回去也吃不完，要不再弄几个小菜，晚上把我同学叫来吃饭吧，也该请他们吃顿饭了。

你哪个同学？老覃问。

眼镜呀，儿子说，人家现在是咱们街道办的主任。说着，也不管老覃是否答应，掏出电话就打。电话那头答应得爽快，掐掉电话，儿子说，我得回城拿两瓶好酒。老覃一声不吭，眼看儿子的车开远了，才闷闷地拉下卷闸门，去菜市场买菜。

儿子刚参加工作那会儿经常邀朋友来吃饭，老覃通常一早就把汤锅预留好，忙完后慢吞吞转悠到菜市场，拣上好的菜蔬买回来，再慢慢做。难得热闹一回，吃饭时他也会捉上杯子，浅浅喝两杯。次数渐多，老覃就不端酒杯了，年轻人轮番敬酒，他招架不住。对他来说，喝酒跟吃饭是一回事，定时定量，不多喝，也不减少。

有段时间，儿子应酬经常喝醉。老覃语重心长地说，酒不是你这么喝的，这种喝法，一辈子的酒三五年就得被你喝完。儿子问他，喝完是啥意思？老覃说，喝完就是喝完了。儿子不搭话。老覃想，儿子还是太年轻，正儿八经醉过几次，也许才会醒悟。当然，也有人一辈子醒悟不过来，这也是各人的命。他相信儿子不是那种人。

客人陆续赶到，老覃照例把两张桌子拼在一起，多余的桌凳靠墙码放。他炸了花生米，炒了梅子肉，凉拌了黄瓜，还有拿手的清蒸鲈鱼。当然，主菜是羊汤锅。来覃记汤锅店吃饭，图的就是这一口。菜上桌，客人们交口称赞。老覃仍没端杯子，盛了碗米饭慢慢吃着，边吃边听年轻人聊天。

来的客人除了眼镜还有个精瘦的小伙子，眼镜介绍说，这是城投集团的尚总。还有几位老覃没记住，有些是街道办干部，有些是儿子同事。眼镜老覃是记得的，儿子上中学那会儿，经常带他来吃汤锅。印象中，眼镜消瘦，不怎么说话，如今的眼镜肥头大耳，一只啤酒肚南瓜似的架在皮带上，派头十足。

扒完饭，老覃梭下桌子，坐到灶台边抽烟。他留了心，一边抽烟，一边听他们说话。起初主要是眼镜在说，老覃听出来，他刚上任不久，正是血气方刚的年纪，自然意气风发，滔滔不绝。

儿子问他，老小区升级改造，到底要改成啥样啊？

眼镜与尚总对视一眼，大笑起来。

儿子蒙了，疑惑道，这有什么好笑的？

尚总大手一挥，高声说，你们等着瞧吧，不出两年，这片老厂区就会成为全市乃至全省的一张旅游名片，初步规划，老厂区直接改成三线建设博物馆，周边该拆的拆，该建的建，很快焕然一新。

儿子问他，要建些什么？

尚总说，游客得停车，得住宿，得上厕所，这些都得建。

钢厂那拨人怎么办？儿子的同事问。

眼镜冷笑道，要不是财政拨款扶持，钢厂早倒闭了。市里现在的政策是"老工业区升级+旅游"，三线文化助力，工人愿意买断工龄就退下来，不愿退的，就地转移安置就业，老厂区变成了景区，也需要工作人员嘛。

之前怎么一点风声也没有？儿子问。

这你们就不知道了吧？尚总得意地说，这事筹备阶段一直保密，对外说是老旧小区升级改造，实际上就是定点拆迁重建，要是老早把消息放出去，居民们不得争着建房子啊，那时再拆迁，可就难了。

老覃心里一震，他原本以为就翻新路面，搞搞绿化，再收拾收拾卫生完事，直到此刻，他才知道根本不是那么回事。他无数次设想过大钢厂会彻底关闭，但没想到来得这么快。是哦，他一拍脑门，厂里爱喝早酒的那些人最近来得一天比一天少，他竟浑然不觉。

老覃陷入沉思，厂子搞了这么多年，养活几代人，怎么说关就关呢？这帮老街坊，要是房子都拆掉，住哪儿，吃什么，这些都是问题。老覃很想去问问清楚，想了想，又觉得不合适。这些事，不是他一个糟老头该操心的。可以肯定的是，汤锅店这回真保不住了。他越想越不是滋味，不禁动了气。

时候不早了，但酒局还在继续。老覃烧好水，开始洗锅刷碗。这是他每天的最后一项工作，第二天要早起，他通常天擦黑就开始洗，然后擦桌子拖地，做完这些，一天就结束了。洗碗的间隙，老覃直起腰往店里瞅了瞅。这一瞅，他瞪大了眼睛，桌子上赫然立着一瓶鸭溪窖。那是当年程老先生留下的，还剩下大半瓶。程老先生德高望重，擅长接骨正骨，一双妙手治好了无数人。老先生走后，这瓶鸭溪窖老覃一直小心翼翼保存着。

老覃奔到桌前，一把夺过酒瓶。瓶子空空如也。他大叫一声，你们干什么？

桌上的人面面相觑。儿子忙站起来，憋红脸道，爹你干吗呢？

这不是你们的酒，老覃怒道。

尚总看看眼镜，眼镜悻悻道，叔，不就是瓶老酒吗？带的酒喝完了，顺手拿您一瓶，回头给您补上。

儿子握住老覃胳膊，试图把他往后院拉，他不明白父亲怎么动这么大火气。

老覃推开儿子，指着酒瓶叫道，那是你们能喝的酒吗？

场面骤然僵住，店铺里静得出奇。尚总起身，冷冷道，说个数吧，我们赔。

眼镜说，今天就到这儿吧，都喝多了。说完，他头也不回地走出了汤锅店。桌上的人纷纷起身，也都走了。儿子像一只打了败仗的公鸡，剜老覃一眼，急忙追出去。

老覃收拾完剩菜，抹好桌子，拖完地，又把桌凳摆回原来的位置。清扫过后的店铺又恢复原来的样子。老覃盯着空荡荡的店铺坐了很久，儿子没有回来。

立秋过后，拆迁正式开始。按照规划，汤锅店这一片得建停车场。南郊的安置房已经封顶，算下来，老覃能拿到一套八十平方米的新房。儿子来过几次电话，让老覃尽快签合同。

汤锅店每天一只的黑山羊减成了半只，又从半只减成二十斤。小周不乐意，他说，叔，我连油钱也捡不回来啦。老覃气咻咻说，又不是只给我送。老覃认真考虑过，八十平方米的房子换这间老店，确实划算，可他还是不愿搬。住到冷冰冰的安置房里，啥也不能干，不是混日子等死吗？

廖裁缝也是这态度，他说，留在杨柳街，还能做点零碎活，搬到鸟不拉屎的南郊去，裁缝店还开不开了？工作队没辙，干脆绕开廖裁缝，直接找他女儿。

年轻时，廖裁缝是杨柳街有名的妻管严。厂子裁员，老婆跟人跑了以后，这家伙摇身一变，又成了女儿奴。买断工龄的廖裁缝日子本就过得紧巴，但闺女想要的东西，他拼了命也要弄来。相当长一段时间，杨柳街的女娃们张口闭口就是廖可儿，她们想要什么东西，一准儿会对父母说，廖可儿早就有了，为什么我没有？做错了事，她们一准儿也会说，为什么廖可儿能做，我就不能做？闺女长大，搬出去了。廖裁缝的酒喝得一天比一天多，还经常发疯撒泼。那年冬天，猪肉陈不知怎么冲撞了廖裁缝，他躺在肉铺前又哭又骂，谁也劝不走。赶巧闺女回来撞上，一把拧住廖裁缝耳朵，轻轻松松就把他拖走了。被闺女拧住耳朵的廖裁缝一个劲儿求饶，小祖宗，我的祖宗，你轻点儿，我的耳朵要掉下来啦。

廖可儿自然愿意搬的，她给裁缝打了个电话，事情就这么解决了。签完字，廖裁缝不无羡慕地说，还是猪肉陈幸运。街道办答应在安置区菜市场帮猪肉陈解决摊位，搬过去后照样卖猪肉。猪肉陈自己也觉得幸运，所以那天早晨，当他发现老覃的汤锅店已经歇业后，他使劲拍开门，咋咋呼呼说，老覃，你怎么不声不响就关门呢？我肉摊都还没歇呢。他那架势，仿佛汤锅店是为他一个人开的。老覃从立柜上把猪肉陈的酒瓶拿下来，塞到他手中说，喏，还给你。猪肉陈接下酒瓶，愣了一会儿，打开瓶盖喝了一口，默默递给老覃。老覃接下，用袖子擦擦瓶嘴，也喝了一口。

到底是黑脸唐觉悟高，他不仅做通了老娘的工作，还动员刘四家一道早早搬了过去。刘四选的房子和黑脸唐家在同一层，据说他们的老娘都很高兴。黑脸唐和刘四来汤锅店拿酒瓶那天，老覃冷冷地拉开卷闸门，把瓶子往外一塞，想让这对冤家赶紧走。黑脸唐那套老生常谈，老覃早听烦了。可他们偏不走，不由分说挤进店里，倒上酒喝起来。俩人喝完酒，见老覃还是那张死鱼脸，才不情不愿地离开。

立柜上的酒瓶一个个减少，最后，就只剩最顶上那两层了。老覃每天都拿湿毛巾把酒瓶擦一遍，一共二十一个。二十一个酒瓶，剩得多的有七八两，少的一二两。他痴痴地看着那些酒瓶，又想起了它们的主人，想起漫长时光里来吃汤锅、喝早酒的人们。

儿子上大学时曾经写过一篇文章介绍鹤城早酒，发表在当时的《鹤城日报》副刊上，那份报纸老覃一直保存着，其中一段是这么写的：如果你初来鹤城，没见识过早酒市的烟火气，没见识过早酒市上喝得满脸酡红的人们，没坐到他们中间喝上杯早酒，那么，你对这座城市的认识一定是不完整、不深入的。这座城市的脾性，某种程度上就藏在这杯早酒中。

那份报纸，老覃隔段时间就会翻出来看一看。当时，老覃极力鼓动儿子写文章，他最羡慕那些靠笔杆子吃饭的人。可儿子不听劝，没写几篇就搁笔了。老覃说，实在找不到写的，你写写我也行啊。儿子说，你一年三百六十五天都在熬汤锅，有啥好写的？一句话把老覃噎住了。近些年，喝早酒的人是越来越少了，除了杨柳街，其他街道特别是新城区几乎看不到早酒的踪迹。到底时代不一样了，老覃想，不过，只要他们这拨人还在，早酒就还是要喝下去的。可是，现下的年轻人大都没喝早酒的习惯，这帮老家伙，还能喝几年呢？

想起当年火热的早酒场子，老覃不由得红了眼。那时候的人活得慢，干活慢，喝酒也慢。事情是一件一件办，酒是一口一口喝。早酒市上，即便一道来的伙伴，也是互不劝酒的，能喝多少是多少。通常也没多少话要说。喝完酒，都还有事要做，有活要干。因此不少人把早酒叫养生酒，尽管大家都知道养生一说很值得怀疑。

儿子给老覃下了最后通牒。是时候了，老覃想。

他预订了一只整羊，翻开通讯录，挨个儿给老伙计们打电话。猪肉陈、黑脸唐、刘四、廖裁缝、屠宰场和钢厂经常来的那些个老家伙，一个没落下。明儿来喝早酒呀，老覃说，最后一顿啦。他的语气很亲切，像请人吃席。

犹豫再三，他还是通知了儿子。儿子说，上班不喝酒，你又不是不知道。

老覃说，明儿不是周六吗？

周六也得补课，儿子说。

老覃清了清喉咙，怯怯道，把你上次那帮朋友请来，最后一顿啦。

儿子笑一声，随后沉默。

老覃不耐烦了，高声道，爱来不来。

算啦，儿子说，人都得罪了。

你来不来？老覃问。

我？儿子诧异。我来，他说。

这一天，火车敲打铁轨的声音响起，老覃就醒来了。他支起身子，摸根烟点上，不声不响抽起来。睡前一根倒床烟，早起一根烟还魂，老覃多年的习惯，雷打不动。闹钟响到第三遍，他穿衣下床，踅进后院点火烧水。门口传来三轮摩托的响声，小周送羊来了。付钱时，老覃说，送完羊你过来。

过来干吗？小周不解。

喝早酒，老覃说。

咦，我不喝酒的，他说。

酒都不喝，你卖的哪门子羊？

小周嘀咕，喝酒和卖羊，有关系吗？

老覃说，自己想去。

小周发动摩托，大声说，叔，酒我不喝，一会儿来吃汤锅。

这一天，杨柳街的人们从睡梦中醒来，又闻到了覃记汤锅店飘出来的羊汤味。羊汤的鲜香像看不见的馋虫，神不知鬼不觉钻进他们的鼻孔，钻进他们的胃，钻进他们的脑袋。

人们陆续来了。老覃把小方台往立柜前一推，靠紧立柜，从抽屉里拿出把香，小心翼翼点燃，又烧了几张纸钱。香烟缭绕，老覃对着立柜双手合十，作了三个揖。随后，他踮起脚，把立柜顶上的酒瓶都搬了下来。酒瓶整齐地排列在小方台上，二十一个酒瓶，像二十一张熟悉的老面孔。他们又回到了汤锅店，回到喝早酒的人们中间。

老覃拿出提前备好的瓷盆，将瓶子里的酒全部倒进盆中，竟有满满一盆。店铺里的人越来越多，大伙都不说话，神情肃穆地盯着老覃，看他慢慢倒酒，慢慢将空瓶放进一只白色麻袋，再将盆里的酒舀进杯中，递到大家手上。浑黄的酒在晨光中映出晶亮的色泽，酒香浓郁，扑鼻而至。有嘴馋的人，比如廖裁缝，禁不住酒虫诱惑，先咂了一口，欢喜道，老酒就是不一样。老覃瞪他一眼，责怪道，一把岁数，这点规矩都不懂。廖裁缝赶紧缩回人群中。

老覃双手举起酒杯，轻声吟唱：举杯酒满莫动手，一道礼仪从头走；今为古，古为今，我来安席定乾坤；愧是亡人归西去，我来看酒表谢意；周公制礼安家邦，孔子策礼扬美名；我今洒泪把灵祭，香烟缭绕怀兄弟；友朋西去余音远，此时饮酒泪水滴；各位且请慢慢用，不周之处我承担。唱罢，老覃哽咽道，敬、敬、敬。酒洒三巡，作揖三道。转身时，他沟壑纵横的脸上老泪纵横。

上了年纪的人都熟悉这首祭酒歌，往前数二十年，正儿八经的鹤城人没有不会唱的。只是，谁也没想到在这一天，在这个清晨，老覃会突然唱这首歌。

黑脸唐竟然抹起了眼泪。这么多年来，杨柳街没人见他掉过一滴泪。他说，我家电视机还没修好呢，都怨老纪。刘四喝了口酒，对黑脸唐说，我还欠程老先生两瓶酒呢，他治好了老娘的头风病。又喝了一口，他说，其实，治你烂眼角那偏方，是从程老先生家偷出来的。

人们七嘴八舌说起话来，他们说的大多是那些已经不会再来吃汤锅、不会再来喝早酒的人。此刻，他们正喝着那些人的酒。当然，作为一种告别，他们一定会说到昔日的鹤城，说到辉煌的大钢厂，说到这条即将消失的老街。

这一天，汤锅肉是自己添，酒是自己舀，老覃觉得，自己似乎也成了客人。他往门口瞅了瞅，眼镜与尚总也来了。尚总端着只大碗，靠在悬铃木上啃羊骨头。啃完骨头，他挤进店铺，紧紧握住老覃的手说，叔，上次是我们不对，您见谅。

眼镜也跟过来，低声道，我们不懂规矩，您老别往心里去。

老覃赶忙摆手，说，嘻，我们这些老家伙，跟不上时代了。

这一天，酒喝得很干净，汤锅也吃得干净。大家吃完，站的站，坐的坐，有抽烟的，有喝茶的，有嗑瓜子的，都不愿离开。临近中午，黑脸唐站直身子，两手一拍道，罢罢罢，散了吧。老覃散了转烟，吐出两个字，散吧。他说的声小，但所有人都听到了。

小周走时，对老覃说，叔，黑山羊我还养着呢，一直养。老覃从小方台底下拎起那只装着二十一个空酒瓶的白色麻袋，递到小周手里，轻声说，找个干净的地方，埋了吧。

人走空了。老覃倚在桌上，眯着眼掏打火机。打火机没掏出来，他腿一软，滑坐在地上。儿子赶紧扶他，惊道，爹，您怎么喝醉了？

老覃说，没，没醉，我没醉。

闯
江
湖

钢筋工

水生不喜欢钢城，但他喜欢他的工作——当一名钢筋工。

大到三四十层的高楼，小到一两层的平房，钢筋工都少不了。钢筋，对一栋楼来说，好比人身上的筋骨血管，而钢筋工，就是搭建好这些骨架，理顺、接续上这些筋脉的人。

热火朝天的工地上，木工、砖工、水电工、塔吊工各施其技。外行人看来，偌大一栋楼房，三五个月轻而易举盖起来，干过工地的才知道，万丈高楼平地起，一块小小的砖头，一颗钉子，一根铁丝，都是要过手的。清晨，工头一声吆喝，无论烈日炎炎，还是寒风刺骨，师傅们像踩足油门的大卡车一样，轰轰往前冲。一时间塔吊、搅拌车、大货车、切割机、电钻、电刨、电锯齐声大作，嘎吱、轰隆、嗞嗞、哐当，混合着工人们的夯呲声，风把这些声音带出很远，在很远的地方也能感受到这货真价实的场面。

钢筋工是大工，是所有工种中最让人羡慕的。别的师傅干活，工具一箩筐，还不说活粗活重。就算塔吊工，工资比钢筋工冒一截，那活干一天，走路都转圈，还不说随时面临的风险。钢筋工，嘿，架好筋笼子，捉只弓背扎钩，拇指粗细，俩巴掌长，一把细扎丝捏手里，找钢筋与钢筋交会的错结处挨个儿锁紧扎丝，够够的了。

与大工相对的是小工，小工活不需要技术。背砖头、拌灰浆、挑灰浆、扛木板、扛水泥……只要你肯干、有蛮力，当个优秀的小工不在话下。小工活重，熬人，工资不到大工一半。石米给（地名）好些拍胸脯撸袖子想来钢城大干一场的人，十天半月，就像戳破的气球一样，瘪了。只有少数人坚持下来，其中，就包括阿爹。

在钢城，人们称小工为"做活路的"，他们自己也这样叫，只有大工，才好意思理直气壮地说自己是"打工的"。用阿爹的话说，大工是吃技术饭的，天干饿不死手艺人，这也是他钻头觅缝让水生学钢筋工的初衷。

　　这是水生当上大工的第一年。他跟对了师父，两年不到，就顺利成为一名合格的钢筋工。阿爹是小工，大半辈子过去了，一直是个小工。准确说，水生当大工的时间只有十一个月，但阿爹每次跟人吹牛，都说水生当大工已经一两年了。阿爹这么说，水生浑身不自在，但他没辩解，他想，别说一两年，正经干下去，很快他就能干上十年八年，那时候……那时候会怎样？想得不是很清楚，但他相信一定比现在好。

　　年关眼看就要到了，水生和阿爹想着同一件事。春节回家打地基，连沙子和红砖也一并囤了。红砖早买一天是一天的事，砖块放上一年，盐酸该褪净了，那时砌墙，保准得劲。

　　修房子是阿爹的心病。石米给和阿爹一起出来打工的那拨人，没修上大房子的，只剩了阿爹。这不怪阿爹，这些年来他没少挣，但钱都进了医院，到头来，阿妈没治好，还落得一屁股债。阿妈走时，阿爹料理完后事，倒松了口气。这些，水生看在眼里。他不怪阿爹。如果说阿妈得病是因为她常说的"菜花命"，那么，为"菜花命"买单的人是阿爹。

　　"菜花命"是石米给的叫法，意思是命像菜花一样廉价，秋霜轻轻一打，转眼就没了。

　　很多人劝阿爹，说老辛你算的哪门子账呢，姑娘嫁了，你无牵无挂，赚点血汗钱，拿回去修房子？糟蹋！城里买一套，不舒服吗？阿爹斜眼嘿嘿笑，一笑就露出那两排黄板牙。阿爹眼仁子小，嘴巴却出奇地大，黑窟窿似的。他笑起来，人保准被逗乐。笑一笑，就过去了。

水生相信阿爹铁定考虑过买房子这事。刚出来那会儿，水生也这么想。城里买了房，就变城市人了。那时，水生暗暗铆着劲，心说早晚老子也买楼房。可现在的水生不这么想了，你住楼房，舒坦还是受罪，别人看不见，听不着，那住的叫啥房啊！回家盖房，不一样。

水生和阿爹合计过无数次，一楼三进三出外挂伙房、卫生间，二楼三横两竖嵌着小阳台，阳台围着罗马柱。眼下石米给流行罗马柱，再小的阳台，围上罗马柱，样子立马出来。

十三万，阿爹说。

哈，水生冷笑一声。

师　父

师父是云南人。见到他那天，水生腰都饿垮了。

那是水生头一回出门。阿爹带着水生转了几十个工地，硬没找到活。一晃眼过了十几天，阿爹急了。那天早上，准备吃饭呢，阿爹说："这样下去不是办法，不是只有干工地才能挣钱，不行我们去收废纸吧！"

水生恼了，他早做好了大干一番的准备，收废纸，哪愿意啊！他气鼓鼓地盯着阿爹："捡垃圾，你你自己去，我不去。"好好的一碗面，水生一口没吃。

阿爹继续带着水生转。整个上午，水生都没再跟阿爹说话。

他们转到城郊接合部的一个废弃砂石厂旁，阿爹想进去再看看，水生摆了摆手："厂房都垮塌了，哪还有活给你干？""我们现在应该先找个地方填饱肚子。"水生说。他饿得前胸贴后背，腰都垮了，否则他是不会主动说话的。

大卡车呼啸而过，公路上尘土飞扬，人走在灰尘中，像在浓雾中穿行。坐到小卖部门前，爷儿俩像两个刚从灰堆里滚出来的煤球。他们要了两桶泡面，正要吃，路旁刹住一台皮卡车，车上跳下来三个人。

水生拿眼睛瞟他们，仨人一高俩矮，俩矮个子中穿花衬衫的那个驼着背，他们坐到小卖部檐下的塑料凳子上。水生把眼睛收回来，吃了口面，又忍不住再看回去。阿爹踩了水生一脚，咕哝道："出门在外，眼睛不学乖。"高的那位别过身子，突然问起了话："师傅，你们要去哪里？"

父亲抬起头，扫了一圈，这才咽下面，清清嗓子："去工地。"

高个子"哦"了一声，接下老板递来的面。"不会是来我们工地吧？"他说。这时，阿爹放下面，站起身来，边掏烟边贴了过去。

那天，水生和阿爹三步并作两步回了城，第二天一早，爷儿俩打一辆车，径直跑到了郊区那个叫半山别院的工地。那以后，水生才知道，瘦高个鹰钩鼻的那位是邵老板，史驼子后来成了水生的师父，秃头刘师傅几个月后从架子上飞下来，折了腿，溜回了老家。

史驼子答应做水生的师父是半年后的事。

那半年里，阿爹每天换着不同的法子讨好史驼子，今天是小炒肉，明天是辣子鸡，后天和大后天有酸汤鱼、肉圆子、干锅牛肉、烤鸭子、清汤鹅……每顿饭史驼子都要咂二两烧酒，开始阿爹陪他喝，后来，水生也学他拿嘴皮子咂几口。"不喝点酒，全身上下硬是没一处通泰。"史驼子说。

水生永远不会忘记那一天。那天是邵老板请的客，邵老板说，项目部的刘总原本也是要来的，开会耽搁了。阿爹给史驼子斟了一满杯酒，又给水生倒满杯子，红着脖子，憋了半天，才结结巴巴说："史哥，以后娃娃就全靠你了。"邵老板端起杯子，干咳了两声，站了起来，史驼子也站起来。史驼子面无表情地盯着水生。

邵老板说："我带兄弟都讲个规矩，有活一起干，有钱一起赚，有酒一起喝。"说完，他拿眼睛斜阿爹："你说是不是老辛?"阿爹赶忙拿手抓水生肩膀。水生按照阿爹先前吩咐的，挪开板凳，扑通一下朝史驼子跪下去，连磕了三个响头。

那天晚上，所有人都喝醉了。夜里，水生睡得昏昏沉沉，恍惚中他听到阿爹呕了好几次。

师父干活时身体弯成一张弓，只他那只铜质扎钩飞速转动时发出细微声响。他不爱说话，水生跟在他后头，也不多说。阿爹给泥水工打下手，他们干活时碰面的机会少，即使碰到面，也只是彼此拿嘴巴一努，表示看到对方了。正经跟师父干活的头一晚，水生翻来覆去睡不着，阿爹睡工棚的另一头，他披衣起身，梭到水生的床边，掏出烟盒，抽了一支给他。阿爹说："我也帮不上你啥，以后就看你自己了。一句话，眼睛里面要有活干。"

师父坐下来歇气，水生就给他点烟；师父抬头看天，水生就给他递水；师父手上扎丝快用完了，水生总能及时给他递上；师父扎钢筋笼子，水生半跪着稳稳固定住钢筋；切钢筋、铺钢筋、搬钢筋笼子、扛挑梁、弓挑梁，凡是水生觉得费力气的活都提前抢着干了。

渐渐地，师父看水生时，眉眼间就有了笑意。

一只扎钩

春节回来，俩月不出，半山别院的工程顺利完工。工钱结得顺利，大伙儿高兴，对邵老板千恩万谢。拿到工钱那天，水生孝敬师父一条软遵、两瓶老习酒。阿爹专门请师父吃了花江狗肉。师父喝得高兴，巴掌一拍，当着众人表态，下一个工地，带着水生爷儿俩去干。

就这样，他们来到了时代家园。这是师父的那位大肚子老乡郑老板承包的活，只准备叫师父的，师父好说歹说，只差没磨破嘴皮子，大肚子才松了口，留下水生爷儿俩。

在新工地上安顿下来，阿爹对水生说，龟儿你命好，遇到贵人搭帮呢！水生也觉得是这样，他不会忘记刚到钢城找活干时的难处。偌大个钢城，好几十个工地呢，硬没人要。做人要知恩图报，阿爹说。水生明白，他干起活来更卖力了，大伙儿下班，师父也收工了，他还要攒劲干上一阵。

这一年的中秋节，月亮比以往任何一年的都要大，都要圆。明晃晃的月亮照在工棚上，照在料场里，照在运转了一天歇下来的搅拌机上、手推车上、大货车上，也照在晒月亮的工友们身上，让人浑身舒坦。吃饱饭，喝足酒，他们坐到工棚前的料场上，工友小福唱起了山歌。小福来自毕节，年纪不大，山歌腔板倒圆润而厚实：

月亮出来照白岩

照着妹妹梳妆台

哥在岩上偷茅草

妹在窗下绣花鞋

茅草偷来盖房梁

花鞋绣来做嫁妆

妹妹哪天绣累了

哥哥带你闯江湖

一曲唱罢，大伙儿连连拍手叫好。郑老板又拖来两箱月饼，一大桶苞谷烧。工友们欢呼雀跃。山歌一首接着一首唱，烧酒一碗接着一碗喝，饼子一个接着一个吞。夜风吹来，吹红了工友们的脸，吹热了他们脱得只剩条裤衩的壮硕的身体，吹烫了工友们或粗犷或尖利的歌喉。水生一时来了劲，也唱起了歌，但他不会唱山歌，他唱的是自己从电视里学来的流行歌：

亲爱的，你慢慢飞

小心前面带刺的玫瑰

亲爱的，你张张嘴

风中花香会让你沉醉……

水生唱到一半，就被工友们的山歌逼停了。是的，他们喜欢山歌，他们扯着嗓子唱，似要把胸口里的血都喊出来；他们仰着脖子唱，似要把浑身力气都吼出来；他们灌着烧酒唱，似要把火辣辣的烧酒溶进歌喉。他们忘乎所以，他们声嘶力竭，有的人醉倒了，有的人又醒来了，累了他们倒地就睡，床在这时也显得多余，这欢乐的夜晚，似乎永远不会终结。

直到一阵盖过一阵的呼噜声响起，直到歌声终于停住，师父红着鼻子弓着背，摇过来，扯了扯水生胳膊，把水生叫到了他的工棚。

工棚里除了水生和师父没别人，师父竟又打开一瓶酒，倒了两杯，递了一杯给水生。"再也……再……喝不动了。"水生结结巴巴地说。他还想说点啥，但他发现舌头粗得塞满了嘴。

恍惚中，水生听到师父说："水生，我要走了。"

"嗯。"

"回老家。"师父又说。

"嗯。"

"我儿子要结婚了。"

"嗯。"

"你哥比你长五岁。"

"嗯嗯。"

师父恼了，只听得"啪"一声脆响，水生脸上一烫，酒意瞬间醒了大半。他愣了半晌，自己朝另一边脸"啪"又抽了一耳刮子，才问道："师父，你好久回来？"

师父站起身，拿手别回去，使劲拍了拍腰。他从床下提出件东西，凑近时，水生看清了，是那只扎钩，师父一直不离身的那只黄铜扎钩。

水生愣住，半晌，他不自觉地伸出双手，接住了扎钩。

"我用了二十多年了。"师父说。

"师父，你好久回来？"水生又问。

"恐怕不来了，干也干够了，累也累够了，不想再出远门了。"

师父端起酒杯，一饮而尽。顿了顿，他又说："实在讲，连时代家园我都不想来，念在我们相识一场，算是段缘分，这只扎钩，你好好用吧！"

走出工棚，亮晃晃的月亮照得水生眼睛涨痛。他低下头，月光下的影子又高又长。

他把扎钩小心翼翼地别进裤腰，紧了紧衣服。他没有回到工友们中间，也没回工棚，站在月光下，他反复回味师父的话，"你出师了"，师父说。

他准备马上去找阿爹，抬起脚，又放下了腿。他感到眼睛酸酸的，有黏糊糊的东西在眼眶里转动，随即，一股热流从脚底腾起，一直升上脑门，盖住了眼睛里的东西。

第二天一早，水生揣了红包，叫上阿爹，径直推开师父工棚的门。师父早已不见踪影，他的床位收拾一空。爷儿俩一直追到火车站，始终没找着师父。

那晚，水生搬了工棚。当他躺到师父先前睡的那张床上，他下意识地干咳了几声，钝钝的声音在工棚里回荡。他把扎钩压在枕头下，睡得无比香甜。

季阿姨

水生是什么时候认识的季阿姨，他一点也想不起来。后来，水生反复缠着季姐问，我们啥时候认识的啊？季姐拿他逗笑。"你猜啊，"她说，"你要是脑瓜子也像脸蛋这么俊就该猜出来了。"次数多了，水生再问，季姐只是笑，拿指头戳他脑袋。他们真正熟络起来，是立冬后的事。

水生明显感觉人们对他的态度发生了变化。这种变化首先来自郑老板，以前，大伙儿管他叫水生，师父走后，郑老板叫他全名。辛水生，你干活得劲呀；辛水生，人人都像你这么卖力就好了。每次见水生，郑老板都站下，发根烟，顺口唠几句。好些工友已经叫他水生师傅了，有人图便宜，干脆叫他水师，听得阿爹美滋滋的。阿爹一边笑，一边佯作责怪："什么水师哟，不是水货就好。"

那天开饭，天已擦黑了，却不见水生那拨人。季阿姨不乐意，手上端着菜，嘴里碎碎地嘀咕，不来吃饭也不打个招呼，又害我做下这么多。二顺拿她说笑，说要来呢，活没干完人在楼顶，你站门口吼几嗓子就来了。哪知季阿姨真就喊了，她出了门，巴掌搁嘴巴子前拢成一圈儿，对着楼顶就喊："水生师傅，吃饭了，水生师傅……"里间的人早笑成一片，水生红着脸跨进棚子时，又被笑了一遍。

那以后，水生下晚班，季阿姨会给他重新热一回菜；上工早，水生赶时间，季阿姨心细，总也不忘给他塞颗水煮蛋。话渐渐多起来，稍闲时，水生吃完饭，就主动帮季阿姨收拾碗碟。

水生发现自己话变多了，这个发现把他吓了一惊，难道是因为季阿姨？他想，不自觉竟脸红了。

有几天，季阿姨请了假，她一走，水生顿觉饭菜没了味道。按说帮忙的陈姐菜炒得不差，可水生左右吃不爽口。饭吃不好，力气总上不来，水生想，干脆给季阿姨打个电话？那时，水生已经给自己买了一只诺基亚，这才发现没存季阿姨号码。好在季阿姨第二天晌午回来了。晚饭水生吃得心满意足，他把饭菜挨个儿夸了一遍，等季阿姨笑完，存下了她的号码。

季阿姨是荷落人。荷落在钢城南边，和石米给正好相反。荷落多水田，季阿姨特意带回半麻袋莲藕，那莲藕白嫩酥脆，吃得工友们一个劲儿叫好。对石米给人来说，莲藕绝对是稀奇货。石米给山高坡陡，加上半年难得落一场雨，别说莲藕，连稻田影子都找不见一垄。水生小时候只有逢年过节才能吃上白米饭，平时人们吃苞谷饭，吃得厌了，就换着花样吃，荞疙瘩拌苞谷饭、麦子拌饭、红苕拌饭、洋芋拌饭。

阿爹吃着莲藕，对水生说，你要是能找个荷落媳妇就好了，荷落姑娘出了名的水灵。季阿姨呵呵直笑，水生却听得心头酸酸的。

逢雨天，水生会和工友们到龙井路闲逛，龙井路有个地下商城，在那里，吃的穿的全都能买到。工友们看到漂亮的姑娘，跟猫见着老鼠似的眼睛放光。有时候，他们一群闲人会尾随某个好看的姑娘走上很长一段路，他们故意把说话的声音提得很高，有些胆儿大的姑娘走着走着会猛地回过头来，狠狠地瞪住他们。这时，工友们往往会装得没事人一样，拿眼睛看别处，等走过去，又哈哈大笑起来。这种游戏让水生觉得无聊透了，但工友们约他出去时，他照样出了门。

水生喜欢看那些好看的姑娘，可是，他从来不敢拿正眼去瞧她们。每次逛街回来，躺在床上，那些姑娘白净的面容和水蛇样的腰肢都会钻进水生的脑袋里来。无数次，当他沉沉睡去，他梦到自己年轻的身体变成一泓混浊的温水，流进那些姑娘的眼波里。

那样的夜晚漫长又煎熬，他挣扎着醒来，往往再也无法入睡，一种忧伤的情绪在黑暗中慢慢向他围拢。那让人难受的忧伤的情绪聚集得越多，走在街上，他就越不敢看那些漂亮的姑娘。他埋着头走路，有时，他偶然抬头，冷不丁撞上某个水一样的姑娘，就像被闪电击中一般，那熟悉的忧伤伴随着电流，子弹一般穿过他的心脏，让他喘不过气来。

可季阿姨却把阿爹的话听进去了，那天，收了碗碟，季阿姨神秘兮兮地把水生拉到她休息的隔间里，从床头挂着的包里摸出一张照片，指着照片上扎着麻花辫、瓜子脸的姑娘问水生，你觉得这姑娘咋样？水生一头雾水，等他反应过来，季阿姨又指着瓜子脸边上戴眼镜的矮个子说，这是我姑娘，打小就和春春感情好，春春比我姑娘大三岁，没比你小多少，昨晚我突然想起来春春在万福酒楼当服务员呢。"你觉得咋样？"季阿姨又问。

水生脱口而出，"没有你好看"，随即脑袋里嗡一声响，他被自己吓得一哆嗦。

季阿姨拿照片的手僵住了，她呆在原地，眼睛里有什么东西倏忽闪过。水生感觉口干干的，他拨开门帘，顺手抓起篮子里的西红柿，使劲往嘴里塞。季阿姨笑起来，水生你净拿我开玩笑呢！她说。

水生明显感觉到有什么东西发生了变化。活依旧按部就班地干，季阿姨的饭菜，却变了味道。这让他木起来，有时，他扎着钢筋，扎钩会突然脱手掉出去。有一次，扎丝刺进他的掌心，等他回过神来，鲜血流了一地。他飘飘然，像在做梦。

是的，这段时间他老做梦，一闭上眼就梦见阿妈。梦里，阿妈面容模糊，她总站在一条河对面。水生喊她，阿妈，阿妈，阿妈听到喊声，踩在一片巨大的荷叶上，慢慢向水生浮来。荷叶越浮越近，水生扑进水里，游啊游，他抓住荷叶，踩了上去。他拉住阿妈伸出来的手，那双手滴着水珠，干净得像两节白生生的莲藕。水生抱住阿妈，难过得说不出话来。可他仔细一看，怀里的人是季阿姨……

梦里那双手，一次次把水生拉回课堂。退学的原因，阿爹和姐姐从来没问过。退学的想法他刚上初中就有了，他不喜欢读书，老师讲的东西他连半个字都听不进去。真正让他决心退学的，是那双手，准确说，是小于老师的那双手。

那个阳光和煦的上午，听到点名声后，他懒懒地起身，走到黑板前，拿起粉笔，和他一起走到黑板前的还有好几个同学，都有谁他全忘了。小于老师开始读单词，教室里静得出奇，风从窗户吹进来，能听到书页轻轻翻动的声音。沙沙，沙沙，那声音在给小于老师伴奏。小于老师念的单词，他一个也没写出来。那双手在他的手背上拍了三下，是的，三下，左手一下，右手两下。他始终埋着头，两只手掌齐整地铺在讲桌上，他看清了那双手，那双拍他的手，那双直到现在他仍然找不到合适的词语去形容的手。他同样看清了自己黑黢黢的手背，指关节上树皮一样的老茧，长长的指甲，以及指甲壳里草粪般的泥垢。

阿妈离世后那几年，水生一闭眼就能见到她。他总是哭着醒来。后来慢慢地少了，再后来，连梦也不怎么做了。这么多年过去，水生竟又如此频繁地梦见阿妈，他想，入冬了，该给阿妈化些纸钱，也好让她置办过冬的衣裳。

季 姐

八号楼要封顶的那段日子，工人们加班加点，每天都要干到深夜。那一晚，收工回来，季阿姨煮好消夜，在水生桌前坐下来。水生边吃米线，边听季阿姨聊她女儿上学的事。水生对念书没兴趣，但季阿姨说着，他也愿意听她唠嗑。

突然，季阿姨话锋一转，说道："水生，我们这么投缘，不如你以后叫我季姐吧！"水生听得这话，僵了一下。他抬起头，吃惊地看着季阿姨，嘴里的粉条滑了出来。季阿姨笑了，说我知道你想啥，你爹在时，你别这么叫就是了。

水生把粉条猛吞下去，结结巴巴地叫道："季……姐。"季姐笑了，她看起来很开心。水生又喃喃叫了两声，"姐姐"，"季姐"，不待叫完，他也跟着笑起来。

水生像重新变了个人。上工时，他说季姐我想吃茄子，那天季姐就做了茄子。水生说季姐我想吃豇豆，那天季姐就做了豇豆。每餐饭，水生都吃得最早，最晚吃完。以前，工友们都收工了，水生也要再干上一阵；现在，水生渴望收工，到季姐那里去。一天中，到了收工的时刻，水生觉得心里暖洋洋的，像填了一层新棉花。

水生最喜欢听季姐给他讲荷落的事，对水生来说，荷落是个完全未知的世界。从季姐的描述里，他知道荷落有大片大片的水田，春夏之际，水田里绿油油的全是秧子。风一吹，秧子随风摆动，像一张张巨大的绿毯子。秋天，稻田里不时有秧鸡噗噜噜腾起，一群野孩子候在田埂上，不待秧鸡飞起，早就往那稻穗摇摆处扑过去，他们捡下秧鸡蛋，美滋滋回家去了。

也是从季姐的嘴里，水生第一次知道原来水田不光能种稻谷，还能种鱼。以前，水生只道鱼是河里钓的、水塘里网的，季姐说，秧子拔节时，撒下鱼苗，到秋天小鱼就肥了。水生无数次幻想着有一天能走在荷落的田埂上，他和季姐，他们可能是去找秧鸡蛋，可能是去捉鱼，季姐一定会给他做新鲜的鱼汤吃。

水生给自己买了一身新衣服，还有一把电动剃须刀。之前，水生用夹子拔胡须，现在，他有了一把剃须刀。他把胡须剃得干干净净，渐渐有了个男子汉的模样。睡觉前，他喜欢把季姐白天对他说的话重新在脑子里过上一遍，他有种隐隐约约的直觉，觉得未来会越来越好，而且这未来不是遥不可及的。这种直觉让他兴奋异常，每过去一天，这种直觉就更强烈一分，他甚至兴奋得睡不着觉。直到那个夜晚，那个夜晚之后，一切戛然而止。

那一晚，水生被尿憋醒，他迷糊着眼摸到工棚外头，尿撒一半，隐隐听到季姐的工棚处传来喊喊喳喳的声音。声音很小，但水生还是听见了。水生蹑手蹑脚梭过去，那声音越来越清晰。开始像人小声哼着歌，渐渐走近，又像有人小声啜泣。直到他贴近工棚，把耳朵贴到了工棚隔板上。他听清了，是季姐，还有一个男人的声音。那个男人不是别人，正是师父的老乡——那个姓郑的大肚子。季姐时而咯咯直笑，时而痛苦地呻吟，他们说的每一个字，都清晰地钻进了水生的耳朵里……

水生像毫无防备地被人当头甩了一闷棍，脑袋里响起一连串炸雷，他慢慢站直，双手不住颤抖。回到工棚，他从床下拖出啤酒，那一晚，他直喝到天亮。第二天他没有上工，他蒙着被子，睡了一上午。

呐 喊

如果你住在钢城，如果你家恰好在金山路附近，那么，在这个湿冷的下午，你一定会听到时代家园八号楼顶传来的喊声，楼刚封顶，不只是你，所有住在附近或正好路过的人都听到了，楼高，雾重，那声音从半空传来，像在你心上撕了条口子。人们跑出来，不约而同地聚在小广场上，天还披着毛毛雨，他们齐刷刷仰着头，看向半截身子隐没在雾中的楼房。除了灰扑扑的天空和房子，他们什么也看不到。

"要跳楼了。"人群里突然冒出一个声音。短暂的静默后，人群迅速炸开了锅。"有人要跳楼了""怎么办""要跳楼了""快报警"……广场上人多起来，"造孽喽。"一个穿粉红色睡衣的大婶捏着嗓子，她把"孽"字拖得跟楼上的条幅那么长。身边的男人接过嗓子："怎么没有人上去看看？人都死了吗？"他底气十足，雾蒙蒙的镜片下，两只小眼睛闪着光，那架势，不亚于人在他家里放了把火。你也以为有人要跳楼了，所有人都这么认为。等到嘈杂声渐渐弱下来，人们怅然若失，互相询问道："咦？没声儿了？咋就不喊啦？""喂，你到底跳不跳？""你倒是跳哇！"

事实上，你们都错了，在楼顶上呐喊的人，不一定是要跳楼，不一定是要寻死，也许正好相反，他想活着，好好活着。好好活着，有时就需要大声呐喊，要把埋在心里的东西喊出来。

水生是这样的人。是的，在这之前，他想到过死。但想到过死不等于想死，他从来不想死。喊累了，水生感觉肚子里空空的，喉咙里冒着火星子。吃完了两只烤乳鸽，喝掉大半瓶烧酒，力气又神奇地回来了。他又对着楼下，攒劲喊了一回。他很纳闷，喊了这么久，竟没一个人上楼来。"倒是来个人啊，一起喝酒。"水生心说。但是没人。"难道是喊得不够大声？"

随即他就笑了。自打来到钢城，他中规中矩地干着活，只在今天，在这个特别的日子里，他像个存心要搞事的孩子一样，爬到楼顶，喊了一通。

三个小时前，水生走进做饭的工棚，他想弄点吃的。棚子里空空如也，他叫了声，喂，没人应。他鬼使神差地走向那扇门，拨开帘子，走了进去。

季姐躺在床上，半掖着被子。她睡着了。

水生心里一紧，他转身，想往回走。昨晚的声音几乎在他转身的同时在耳边响起，那样压抑，那样愤怒，又那样痛快，那样满足。他定住脚，一个可怕的念头在他脑海里燃起。棚子里安静得出奇，他听到自己怦怦的心跳声。他就那么站着，直到脚底酥麻。后来，他梭向那张床，然后，他看到自己伸出来的颤抖着的双手，那双手拢向床，软软地抱住了床上的人。

他半跪在床下，弓着腰。床上的人呼吸匀净，也许正在做梦。起初，水生定定地看着她，她的浓密的发丝，浅褐色的脸，凸起的鼻尖和宽展的额头。不知过了多久，他慢慢闭上眼睛，小心翼翼地把头贴在她起伏如山丘的胸口上。

他在不断下坠，像置身于一汪柔软的海洋，温暖的海水包裹着他。下坠的速度越来越快，他感觉胯间被什么东西硌得死死的。

突然头下一震，他睁开眼，两只眼睛透着凛凛冷光。

"啪"的一声脆响，脸被甩了一烙饼，烫得他戳倒在地。

…………

水生离开了。在一个下着冷雨的清晨。

临走，水生捉出那只扎钩，把它小心翼翼地放进背包里。他坐在这张师父曾经睡过的床上抽了根烟，然后，又把扎钩取出来，插在腰间。

阿爹跟在他后面。水生越走越快，阿爹被他远远甩在身后。

好不容易跟上水生，阿爹细着嗓子说："回家盖房子吧。"

"不盖。"水生说。他说话时挺了挺腰板子。

阿爹一愣："那你要干吗？"

"闯江湖。"水生答。

平衡术

吃过午饭，怀中照例要去河边转一圈。他不喜欢午休，多年乡镇工作养成的习惯。从单位食堂往右，拐进朝阳巷，走到底就是束河。沿河走到南郊公园，再从对岸返回单位，差不多是下午上班时间。

到南郊公园门口，堂弟的电话打了进来。寒暄半晌，怀中说，好久没联系，你找我有事吧？怀庸说，哥，我下午到省城，专程来看你。

眼下，家里是不能去了。正考虑在什么地方吃晚饭，怀庸的定餐信息发了进来。酒店离单位很近，五星级，只有重要接待才会去那里，去了也是搞服务。这是怀中调来贵阳后最糟心的地方，在镇上，他是一把手，有工作人员服务他，上来后调了个个儿。本有机会提拔，不想中途出岔子，之后就没了下文。他一直憋着气。

堂弟来有什么事呢？怀中直觉不会是一般的事，很大概率已超出他能力范围。一个小小的主任科员，调离鹤城这么久，能帮他做什么？他心里开始打鼓。

父亲走得早，几年前把母亲送上山，他就很少再接到老家人电话。怀中这一辈兄弟三个，大伯起的名字，他是老大。老二怀庸，老三怀之，都是大伯家的。大伯是横塘老一辈最有文化的人，当了三十多年教书先生，父亲走后没少照顾怀中。怀之初中毕业去了沿海，搞电焊，很少回家。怀庸念到四年级，死活不肯读书，经人介绍跟了鹤城著名杂技师高四，学习平衡术。后来娶了高四女儿，岳父把看家本领传给了他。

怀庸最得意的一次表演，是怀中参加工作那年，县里举办的建县五十周年庆典。本来请的是高四，老头推说身体有恙，让怀庸代他出场。事后，怀庸告诉家里人，高四身体有恙是假，实则想借此机会让他正式出道。庆典盛况空前，十几台摄像机对着舞台一字摆开，前排坐着县四大班子领导，后面依次是各局机关、各乡镇街道干部，再往后，观众黑压压一片望不到头。

轮到怀庸出场，他从容不迫走上舞台，深鞠一躬，自报家门道，我是高四先生的徒弟余怀庸，接下来给大家表演平衡术。随后，助手端来一张椅子，怀庸将椅子打斜，只留两脚着地，他一手抓椅子靠背，一手抓椅面边沿，慢慢撑直身体，与地面平行，坚持了两分钟。台下掌声雷动。撤掉椅子，怀庸介绍说，这是椅子平衡术。接着，助手拿来一根齐腰高的木棍和一个盘子大小的石座，那石座中间有个小孔，怀庸将它放稳，把棍子插进小孔中，双手握棍，手臂缓缓发力，将他的身体缓缓拔起来，在木棍顶端展平，成了一个 T 字形。观众自觉报数：一、二、三……声音一浪高过一浪。怀庸纹丝不动，足足坚持了一分半钟。这手木棍平衡术，直接把观众的情绪推向高潮，口哨声、欢呼声经久不息。

走下舞台，有人怀疑那石座有猫腻，拿过去看，也不过是块普通石头，十来斤重量。怀庸名声大噪，成了鹤城名人。演了些年，他积极转变思路，开了家演艺公司，舞台设计、灯光音响、节目安排，他一手包揽了，生意非常不错。

怀中暗忖，莫非怀庸的公司遇到了麻烦？他掏出电话，给怀之打了过去。年初怀之给岳父立碑，回过次老家，他应该知道情况。怀之回来那次，经过贵阳时给怀中发了消息，说想见个面。那会儿怀中和小樊吵得不可开交，只好推说出差。接通电话，怀之说，疫情发生后，怀庸的公司确实受到了影响。挂断电话，怀中做出决定，这顿饭不能吃，亲兄弟也不行。

不吃总要有个理由，怀中边走边想。三年来，他就这样一遍遍走在这条路上，听着潺潺水声看岸边老银杏抽芽展叶，由绿变黄，黄了又落。有时他觉得，散步之于自己，其实也是种平衡术。

正想着，小樊发来信息，系里临时通知开会，让他下班去接女儿。

怀中没告诉堂弟要去接女儿，他说，晚上有个接待，领导点名要他参加。怀庸说，我已经在路上啦，难道要折回去不成？想了想，怀中说，明天周末，我正好要回鹤城办事，咱们明天见。怀庸说，这样最好，你给个位置，明天一早我来接你。

办事当然是借口。他回鹤城，是想去鹅镇看个人，一个改变了他命运的人，顺便散散心。他已经小半年没出过门了。晚上他告诉小樊，堂弟来找他办事，得去一趟。话说出口，马上意识到多余，小樊不过问他的事已经好几个月了。

分歧最初缘于一通电话，鹤城师范学院院长老邵打来的。老邵的意思，希望小樊能回去，眼下文学院院长的位置空了出来，没找到合适人选。校领导班子反复考虑，认为小樊是从文学院调出去的，资历、级别，特别是在业内的影响，都很合适。怀中冷哼一声，阴阳怪气地说，没劲。小樊不这么认为，如果一直待在鹤城，也许院长这个位置对她没什么吸引力，可来贵阳这些年，她慢慢明白，这边的大学也并不像当初想的那么好。

小樊在怀中之前两年调来的省城。父母都在这边，年纪大了，没人照顾放心不下。另外，小樊说，就算不为自己考虑，也得为女儿考虑。小樊调来那会儿女儿上四年级，她特别希望孩子能进所好中学，最好是重点中学。鹤城这方面没法跟贵阳比。几乎没给怀中商量的余地，小樊就来了。起初，怀中想，去就去吧，两个半小时车程，多跑几趟，也不是什么问题。可分居时间一长，他慢慢发现不是这么回事。逢着节假日，是他来省城，还是小樊带女儿回鹤城，这就成了问题。按照县里规定，乡镇一把手离开本市需要请假，他不能三天两头请假吧？小樊回鹤城呢，一则她不会开车，再则岳父母挪不动脚，她带女儿回鹤城，照顾老人又成了问题。总之，类似问题层出不穷，累积得多了，双方就有了意见，争吵越来越频繁。

怀中下决心离开鹤城是那年换届前夕。组织上找他谈话，没有明说，但他听得出来，因为一些遗留问题没处理好，上级对他的工作并不满意。他面临两个选择：要么改非进城，到边缘部门混日子；要么调整到更偏远的乡镇继续干党委书记，重新来一遍。这时候，机会突然出现，怀中顺水推舟，来了贵阳。在基层摸爬滚打这么些年，他相信凭自己的能力和基层经验，一定能干出好成绩。哪知道省直部门和乡镇根本不是一回事，加上又是这种边缘单位，上来不久，他就后悔了。

老邵来电话那天晚上，小樊翻来覆去睡不着。怀中知道她心思，他不说。第二天一早，小樊把他叫醒，说，要不我回去？一听这话怀中火气就上来了，他说，你是不是脑子有病？他们吵了起来。

这事之后没多久，佟彤来省城出差，约怀中见了个面。他们只是见了个面，在怀中单位附近的咖啡馆，偏偏就撞上了熟人。撞上别人还好，偏偏又是小樊的闺蜜。

佟彤是怀中大学时的女友，他们念大四时小樊念研三。毕业前夕，他们分开了，佟彤去了北方，怀中回到了鹤城。两年后的某个晚上，小樊突然给怀中发短信，打听鹤城师院的情况。她说师院想让她过来工作，正在纠结要不要来。在怀中看来，小樊这种贵阳妹子，指定不会来鹤城。可她真的来了。当然她来时就想好了，只是把鹤城作为工作第一站，迟早要离开。缘分这东西就是这么神奇，他们从未想过，两个人会走到一块儿。结婚前，怀中把他跟佟彤的事一五一十说给了小樊，他答应小樊，从此再不会跟佟彤有瓜葛。事实上，这些年来，他也一直是这么做的。

佟彤约见面，怀中并没多想。时间过去这么久，要还有别的意思，早告诉对方了。可小樊不这么认为。他们冷战了十来天。怀中先败下阵来，他给佟彤打电话，让她跟小樊解释一下。不解释还好，这一说，彻底把小樊惹毛了。分床睡就是从佟彤给小樊打电话那晚开始的。工作、婚姻、孩子、老人……像张多人跷跷板，摁住这头，另一头马上弹起来。怀中无能为力。

八点整，怀庸的电话打进来。站到窗边一看，人已站在楼下。

出门前，怀中对女儿说，想不想跟爸爸回老家？没等女儿开口，小樊说，补习班不上了？怀中装没听见，继续说，等爸爸陪怀庸叔叔办完事，带你爬山，去看你爷爷奶奶怎么样？这话是说给小樊听的。其实他心里清楚，就算小樊同意，女儿也不会陪他去鹤城，更不会和他上山去看自己的父母。小樊没好气地瞪他一眼，他自觉转身，推门离开。

和怀庸一道来的是个二十多岁的小伙子，怀中刚推开门，他们便迎了上来。打过招呼，小伙子快步上前，伸出手说，领导，包交给我吧。怀中赶紧缩手，已经很久没人这么叫他了。别这么叫，怀中说，我不是什么领导。小伙子稍稍一顿，随即道，那我叫您主任吧。怀庸说，这是小吴。说着，小吴已走到车边，拉开了车门。上车的瞬间，怀中有种错觉，仿佛又回到了在镇上当一把手那时候。

奔驰车驶出小区，绕过几条街，很快上了高速。小吴说，主任，茶水在杯架上，您请自便。怀中侧身，杯架上放着只崭新的茶杯，泡的是鹤城春茶。他有日子没喝到鹤城的茶了。怀中说，太客气了。怀庸说，小吴想让你早点尝到家乡的味道。怀中问小吴，你对路很熟啊，经常来贵阳吧？小吴说，也不常来，但提前看过路线，给主任开车可不能错。怀庸说，高才生就是不一样。怀中不再搭话。小吴这样的人他见得不少，有着超出年龄的稳重与成熟。这种人在体制内是块当秘书的好料，只不知为何跟了怀庸。

本以为不用多久，怀庸便会表露来意。可一路上他话很少，除了不停接打电话，几乎没正经说几句话。车到鹅镇收费站，怀中支起身子，看着车窗外出神。他准备去看的那个人，退休后不顾家人反对回到了鹅镇。怀中曾劝过他，说城里交通方便，方便大伙儿走动。谁劝都没用，他盖了座小楼，在鹅镇青山绿水间过起了神仙日子。怀中盘算着，从鹤城折回来时该带些什么礼物，得别出心裁，且能表达心意。这有些难度。

怀庸电话响起，竟是高强，怀中当年的副职。鹤城地方小，姓高的只有老城高四家族。高强是高四侄子，算怀庸妻舅。这家伙脑瓜灵活、进步快，两年前当上了教育局局长，成为全县最年轻的局机关一把手。怀庸说，我们在回程路上啦。那边说了句什么，怀庸把电话递过来。高强说，老余，让司机开慢点儿，今晚不醉不归。挂掉电话，怀中说，你怎么不提前问问我？嗨，怀庸说，你难得回来，得给你接风啊，当年你那帮兄弟都给约上了。怀中心里隐隐不快，问他，你还约了谁？怀庸说，晚上就知道啦，放心，都是你熟悉的。

摸出根烟点燃，怀中说，兄弟，你直说吧，找我什么事。哥，怀庸笑起来，你怎么老是板着脸，难道没事就不能找你吃顿饭？小吴说，主任，余总说好几年没见到您了，想好好跟您喝几杯呢。怀庸说，就算有事请你帮忙，还不是得你答应？就是我爹你大伯找你，还不是得你高兴？别拐弯了，怀中说。好吧，怀庸干咳两声说，老爷子要建房，想要你们家老屋旁边那两分地。就这个？怀中瞪大眼睛。就这个，怀庸说。那地早前怀中量过，不到两分，本打算给母亲围个菜园，后头母亲患病，就撂荒了。

酒店是小吴提前安排好的。刚进房间，怀中便关上门，掏出电话给怀之拨过去。这次他直接问怀之，怀庸是不是摊上麻烦事了？怀之问他，怎么这么说？怀中说，他来找我，又不肯说事，我寻思是不是事情麻烦，不好开口。嘻，怀之长叹口气说，除了孩子，他要啥有啥，能遇到什么麻烦事？这个谁也帮不了他。怀庸结婚十几年了，一直没要上孩子。有一年春节回老家，怀中曾单独问过他，起初怀庸不搭话，问得急了，他不耐烦地说，问题不在我这里。怀中说，实在没法子，可以考虑试管婴儿。怀庸什么也没说，转身走开了。那以后，怀中再没提过这事。挂电话前，怀之说，哥，你怎么越活越小心，咱们是兄弟，不能害你，你没事吧？怀中故作轻松道，我能有什么事。

站在落地窗前，怀中自顾苦笑。他寻思，怀庸有心，就由他安排吧，那地不收钱就是，反正巴掌大块地也值不了几个钱。再说小樊也不关心这些。想到小樊，心口疼了一下。他们在鹤城的家，离酒店只有两公里，那是他们的婚房。当年为了装修新房，怀中把身边亲戚朋友借了个遍。尽管艰难，还是觉得很开心。房子后来卖给了一对年轻的小夫妻，熟人介绍的。怀中想，那对小夫妻应该生活得很幸福吧。

午睡醒来，怀中琢磨，干脆去怀庸公司坐坐，也算看看他。发了消息，怀庸却不在公司。不多会儿，有人敲响了门。是小吴，手中拎着茶叶和红酒。

落座，话题自然又扯到怀庸身上。怀中试探着问，你跟余总多久了？小吴摇头说，我不在余总公司工作，我姐姐在，余总出门喜欢叫上我。原来如此，怀中说，余总这两年还好吧？

从小吴的叙述中，怀庸的情况逐渐清晰。先是做演艺公司，疫情发生后，业务大部分停下来，转而开起了屠宰场，点对点送货上门。一年多前，他承包了县中学食堂，雇了帮人给学生做饭。和演艺公司相比，食堂的赚头要少得多，可还算稳定。今年春节过后，怀庸开了家农贸公司，打理食堂之余，一手搞屠宰，一手搞农特产品销售，生意做得有声有色。

怀中靠在沙发上，半晌不言语。

小吴续上茶，小声问他，主任，您了解余总，能否跟我说说他以前是怎么训练的？怀中问他，你指的是……？平衡术，小吴说。怀中说，你喜欢这个？小吴连连点头，憋红了脸说，那一年，我上小学四年级，县里举办庆祝建县五十周年庆典，我爸带我去看了，那是我第一次看余总演出。先是椅子平衡术，然后是木棍平衡术，您不知道，我当时完全看痴了，那时候我就想，要是我学会了平衡术，那该有多好。那场演出在我心里埋下了一颗种子。当天晚上回家，我就对我爸说，我想学平衡术。我爸没当回事，他大概觉得，那不过是小孩心血来潮说的胡话。后来，我多次逃课去高家杂技团，想找到余总，拜他为师。有一天被我爸抓住了，他狠狠揍了我一顿，把我偷偷用零花钱买的练功服烧掉了。参加工作后，我有幸结识了余总，跟他说过这事儿，可余总不肯教我，他说学这个没出息，每次提这事他都会批评我。他说在体制内工作，与其学这个不如学待人接物，学好了能出人头地。

怀中默默抽烟，暗自打量眼前的年轻人。他有些把不准这个小伙子，上午见面，小吴留给怀中的印象是成熟、老练，甚至有些油滑。尽管怀中并不愿用油滑来形容一个年轻人。可当小吴提到平衡术，那种执着和率真的劲头，不禁让他动容，他甚至从小吴身上看到了怀庸年轻时的影子。

良久，怀中说，有爱好是好事，待人接物，你已经做得很好了。小吴低下头，小声说，我哪懂得这些，都是余总教的。顿了顿，他接着说，就说这次去贵阳吧，要怎么称呼您、怎么开车、怎么准备茶水，包括怎么跟您聊天，余总都提前叮嘱过。哈，怀中叫道，真的假的？小吴双手紧握，点了点头。

怀中给小吴换了杯茶，故作轻松道，当年那场表演，我也看了。以你现在的年纪，学平衡术只怕晚了些。小吴直起身说，我有基础，打小就爱运动，不信我给您表演个空翻。说话时，小吴眼中闪动着亮光。怀中摆手制止，问他，你为什么想学这个？小吴脱口而出，不为什么，就是单纯地喜欢。怀中心口颤了一下。

饭局不是怀庸说的那么回事。刚进包房，怀中就看到了邱副县长。怀中当镇党委书记时，邱明主政交通局，为修二级路的事，他们之间有过摩擦。后来邱明高升，怀中调走，彼此再无联系。包房十分宽敞，邱明占据主位，右手边是高强，另有两位中学校长。怀中坐到了邱明左手边。怀庸带来一个姿色出众的女人，介绍说，这是我们公司销售部的吴经理。随后，他把小吴叫到旁边，低声交代了几句，小吴便离开了。

饭局开始，邱明主动提了第一杯酒。没人讲聚会的缘由，也没人说给怀中接风这回事。怀中心里已猜到了七八分，只是他不明白，为什么非得拉上自己。难道怀庸以为，邱明会卖他个薄面？越想心里越没底，酒喝得索然无味。

借上厕所的空当，怀中把怀庸堵在卫生间，小声说，前些年我跟邱明有过摩擦，不管你想干吗，我都帮不上忙。怀庸酒喝得急，瞪着血红的眼睛摇摇头，什么话也没说。

大伙儿各自离开座位，轮番敬酒。怀庸敬得最勤，别人一圈才走完，他已开始第三圈。到邱明跟前，他倒满酒盅，满脸通红道，您今天能来，深感荣幸，没有您的关心，就没有我余怀庸的今天，您随意，我干了。邱明抿了一口，说，你应该感谢的是高局长。高强连忙起身，端起酒杯说，我们都应该感谢您，这杯酒我和怀庸一起敬您。邱明轻轻点头，喝了一杯。

女人征得邱明同意，唱了首《感恩的心》。即便是这种老得掉渣的歌，从她嘴里唱出来，也依然让人耳目一新。唱罢，邱明主动提起杯子，敬了大伙儿一轮。到怀中面前，邱明说，老余，你现在是省城的领导，要多关心鹤城啊。怀中斟满酒杯说，还得请您多关心。

高强满脸通红，把手一指，对怀庸说，你是咱鹤城名人，好些年没看你绝活儿了，要不来上一段？话刚出口，两位校长马上跟着起哄。怀庸连说，使不得，已经好些年没上手了。邱

明来了兴致，问怀庸，这位吴经理，是你徒弟吧？要不请她来
一段。女人急忙起身，摇头道，这我真不会，余总就没收过徒
弟，要不我再给大家唱首歌？邱明不吱声。怀庸又要敬酒，高
强打断他说，领导都发话了。邱明接过话说，我至今记得多年
前那场建县庆典，那是第一次看怀庸演出，跟我老婆一起，当
时我们正在谈恋爱，看完觉得简直不可思议。高强给邱明点了
根烟，顺着邱明的话说，怀庸，你当年风头无两啊。邱明深吸
口烟，缓缓吐出烟雾，含糊道，印象中你没演几年吧？也对，
忙着挣钱，哪还有心思玩别的。怀庸僵住，满脸为难。高强脸
上有了寒意，冷声说，我看你是把老爷子的功夫弄丢了吧。怀
庸陡然一震，哪能呢，他说，老爷子给的东西，我怎么敢弄
丢？没等高强搭话，怀庸说，我来。

　　选定趁手的椅子，怀庸用纸巾仔细擦干放椅腿的地面，然
后解松皮带，露出滚圆的肚皮，将袖子挽起，开始热身。大家
的目光都集中在怀庸手上，按以往惯例，他那双粗壮的大手，
将牢牢抓住打斜的椅子，将他的身体拔起，直至与地面平行，
并保持一到两分钟。

　　一次、两次……怀庸没能把自己拔起来。他额头上渗出层
层汗珠，双臂不停颤抖。哎，高强说，你到底行不行？怀中
说，要不算了吧，他喝多了。不能算，怀庸憋红了脖子道，我
可以。

又试了两次，还是没撑起来。女人说，要不把咱演出队叫过来，给大伙儿助助兴？怀庸猛然抬头，盯了她一眼，你以为演戏呢？邱明说，歇会儿吧。怀中搀起他，重新坐回去。这回怀庸没再敬酒，他跑到卫生间，把手指伸进喉咙，一番搅动，哇哇吐了出来。秽物弄脏了他的衬衫，脱下在洗手池里抹过水，他才湿着衣服回房间。

没等邱明发话，怀庸自觉挪出地方，再次将地面擦干，拖过椅子开始表演。高强斜他一眼，说，歇着吧，我看你真的喝多了。不，怀庸说，就算喝醉酒我也一样行。第一次，腿抬起来了，没能撑平。怀庸脱掉衬衫，赤裸上身开始第二次尝试。他终于撑起来了，身体绷成一条直线，与地面平行。大家自觉倒计时，一、二、三……数到十三，咔一声响，椅子塌了。怀庸重重摔在地上，面朝下，背朝上，像只肥胖的蛤蟆。事发突然，大伙儿面面相觑，一时愣住。怀庸咧着嘴，想翻身，却怎么也翻不过来。女人反应快，急忙去扶怀庸。起身时，怀庸没憋住，又吐了出来，弄得满屋狼藉，臭不可闻。

将怀庸扶坐在沙发上，叫来服务员收拾干净房间，怀中发现不见了邱明。怀庸连喝了两杯水，喘了会儿气，邱明才走进房间，晃晃手机说，刚才领导来电话。看着沙发上的怀庸，他问，发生了什么？怀庸想站起来，怀中没让。怀庸说，原来你刚才没看见啊。邱明摇头。怀中也恍惚了，怀庸摔倒时，邱明仿佛在，又仿佛不在。

饭局结束，高强对邱明说，今天就算了，下次我重新安排个地方，咱们一起看怀庸表演，怎么样？邱明微微笑着，不说话。高强转向怀庸，大声说，下次我们要看木棍平衡术。怀庸只好赔笑。小吴和另一个司机已把车开到酒店门口，打开了车门。

送走客人，怀庸一下子坐在花坛上，咧嘴叫了出来。女人过来扶他，怀庸没让，挥手说，你先回去吧。女人挤出一丝苦笑，转身离开。刚才摔倒，椅腿硌伤了怀庸肋骨，他一直强忍着没出声。

从医院出来已是午夜。

所幸没伤到骨头，值班医生给怀庸捡了些外用药，擦过之后不那么疼了。找地方喝两杯吧，怀庸说。怀中没说话，他一直在等待。有些话，怀庸不说出来，他也睡不着。上了出租车，怀庸让师傅往古镇开，古镇是鹤城最热闹的夜市，大半鹤城人的夜生活都在那条街上。怀中说，太吵了，往瑶湖走吧。他们一人两瓶啤酒，沿湖坐下，路灯光轻柔地洒在湖面上，此起彼伏的虫鸣声将湖水轻轻掀起，闪动着粼粼波光。

点燃烟，怀庸说，邱明是高强请来的，下午他们在一块儿开会。是吗？怀中说。怀庸说，最近我确实托高强约了邱明几次，都没约到，今天他正好有空，就来了。怀中说，我没别的意思。我约了其他人，怀庸说，知道邱明要来，告诉他们临时有事，改时间了。你约了谁？怀中问。你在鹤城，愿意见一见的人，我想并不多。怀庸斜躺在草地上，说出几个名字。怀中点了点头。

怀中问他，你和高强一直处得很不错吧？怀庸轻轻一笑，没有回答。两瓶啤酒很快见底。怀中说，以后少喝点酒。怀庸说，想说啥你直接讲。怀中说，我是为你好。怀庸朝湖里扔了块石头，扑通，湖面溅起圈水花，很快复归平静。怀庸突然说，为什么在你们面前，我永远抬不起头？怀中一愣，随即道，不关我的事，别把我搅和进去。怀庸一把拉住他说，哥，为什么无论我怎么努力，在别人眼里始终是个耍戏的？

怀中感觉疲惫透顶。耗了一夜，没想到他问出这样的话。正准备离开，怀庸又说，哥，嫂子不是搞评论的吗？你让她给评论评论。怀中哭笑不得。他知道解释没用，怀庸不可能弄明白评论家是怎么回事，就连他自己都是蒙的。见他不吱声，怀庸又说，哥，你说句话呀，你怎么越来越阴沉，我都快不认识你了。怀中说，你嫂子，该评论的从不评论，不该评论的她比谁都行。

沉默。湖面上升起烟霭，水波逐渐变得模糊。

怀庸喃喃道，想想其实挺可笑，这些年我生怕自己闲下来。怀中笑了，苦笑。你知道吗，怀庸说，别看邱明人前光鲜，我亲眼见过他流泪，你信不信？怀中转过身说，这话你可不能乱讲。怀庸恨恨道，我当时真应该偷偷给他拍下来。怀中冷声道，你这就过分了。顿了顿，他问，邱明为什么流泪？怀庸说，有次在高强家吃饭，就我们仨，喝大了，不知怎么聊到了邱明儿子。那小子犯事，进去了，邱明十分自责，说都怪他长期不着家，没教育好孩子。

回到房间，怀中把所有的灯都打开，拉开窗帘，推开了窗户。凉爽的夜风慷慨地吹进来，很快灌满房间。他摸出手机，点开微信，给小樊上一次发消息是半个月前，说的是女儿报暑假班的事。如果不是着急的事，小樊轻易不打电话，最亲近的人也不例外。怀中认真想着，变化是从什么时候开始的，难道只是那场误会？他曾经以为，凭自己的努力，还有能力，事业、婚姻、家庭……一切都会按照预想，往好的方向发展，相互间形成某种平衡，至少不倒退、不下坠。这个夜晚，他猛然明白，原来根本不是这样。他不无悲哀地想，这么多年来，竟一直活在自己的梦中。他是这样，怀庸也这样，所有人都这样。

他给小樊发了条信息：我试着承认自己的失败，接纳自己的失败。

新的一天到来了。阳光很好，均匀地照耀着小城。怀庸换了身笔挺的西服，与昨夜判若两人。小吴跟在他身后，进屋主动帮怀中收拾行李。怀中说，小吴，昨晚怎么不吃饭？小吴笑说，那么多领导在，我不好上桌的。怀中认真道，小吴，你还年轻，别学我们，其实没那么多讲究。

早餐是鹤城羊肉粉，怀中吃得大汗淋漓。吃完，怀庸主动提出去湖边散步。小吴从车里拿了水，快步跟上来。接过水，怀庸让他先回车里等。走到凉亭，怀庸站下，认真问道，你觉得小吴这兄弟怎么样？挺好，怀中答。怀庸说，他很聪明，学习能力强。怀中转过身，问他，你跟小吴的姐姐……？话没说完，怀庸打断他，哥，什么都瞒不过你。怀中正色道，你这样很危险知道吗？怀庸抓了抓下巴，若有所思道，你知道平衡术的关键是什么吗？不待怀中回答，他接着说，关键是要在每一个不规则的物体上找到重心，还要找到物与物、物与身体之间的平衡点。

他们继续往前，来到竹林中。鸟鸣声此起彼伏，竹叶唰唰作响。怀中说，没什么事的话，一会儿我就回老家了，你自己保重。怀庸停住脚步，抬头看着怀中说，哥，如果有可能，我想请你帮帮小吴。帮他，怀中说，我怎么帮？怀庸说，他在鹅镇工作，小伙子非常上进。怀中心头一紧，问他，你这是什么意思？怀庸说，我知道你每年都会去看老书记，这次回来，你一定也会去的，对吧？怀中冷哼一声，说，他已经退休了。怀庸说，退休不假，但人脉还在。就好比你，虽然离开了鹤城，但鹤城还有朋友。怀中脸上明显有了不快，说，你以为这是在帮小吴？怀庸说，是。怀中说，你是为了自己。凝思片刻，怀中决绝道，这事我帮不了。

冷不丁起了阵风。

怀中抬头，天阴沉下来。

回到车边，小吴赶忙打开车门。怀中站下，若有所思地说，你觉得平衡术的关键是什么？小吴愣住，想了会儿，回答说，热爱、耐心，还有专注。说完，他看向怀庸，我说得对吗？怀庸不说话。怀中说，我不懂平衡术，但我觉得，关键是心要定，心定，比什么都重要。他拍了拍怀庸肩膀，说，生活没有平衡术，我也是才想明白的，你仔细想想吧。

怀中自己坐大巴回的老家。临走，他把小吴给的茶叶和红酒留在了怀庸车上。以前每次回横塘，他都会去看看大伯。这次他没去，悄悄在村口买了香纸，走小路上山来到父母坟前。山风拂动，坟头的荒草已齐腰深。割完疯长的野草，心里愈发平静。他掏出手机，拍了张照片，打算给女儿发过去。想了想，终究没发。

下山，怀中打消了去鹅镇的念头。

那晚十点多，他坐高铁回到了省城。听到开门声，小樊主动走出卧室，对他说，你发的信息我看了。他不作声。小樊说，那是你这几年对我说过的最真诚的话。怀中笑了。

半个月后，怀庸发来段视频。他身穿演出服，腰带紧紧扎起，在一间装修豪华的排练室里给小吴示范椅子平衡术。动作依然僵硬，但与饭局上那次相比，显然娴熟了许多。怀庸同时把视频发到了朋友圈，配文是：我们从未意识到平衡术的真意在没有平衡术的地方。

气味

素雯走了后，老余再没睡过好觉。他一天天掐着指头过日子。打小养成的习惯，掐指计数。老爷子教的。作为落别最有名的算盘先生，老爷子一生算珠上求衣食，指头功夫也一样了得。吉凶祸福、命格运数、买卖盈亏，老爷子掐掐指头，心里就有了数。心里有数，事情就有把握了。命格吉凶那一套，在老余看来就是个笑话，但他理解，到底是那个年代过来的人。买卖盈亏，老余打小就来劲，不用怎么学就会了。老余刚生下来，老爷子就断言，是做买卖的料。果然，他这辈子安身立命全在买卖上。

　　说是掐指计数，其实没什么好计的。需要仔细合计的事，早几年就交给儿子打理了。他只是数个数，排一排老家房子的工期。离完工还有段时间，老余索性做起豆腐来。老余爱吃豆腐，大家是知道的，但没人知道他竟然会做，包括儿子晓楠和儿媳周妍。

　　上好的黄豆、青菜酸，小石磨、敞口铁锅、纱布、滤架、老梨木压模，家里样样齐全。敞亮的厨房，别致的厨具，搭上这套做豆腐的老物件，乍看不伦不类。其实并不奇怪，凡在水城待过的人，谁不知道杨柳街？凡在杨柳街待过的人，谁不知道黎家豆腐？凡吃过黎家豆腐的人，谁不知道他们家大女儿豆腐西施黎素雯？不过，黎素雯亲手做的豆腐，能吃到的人少之又少，能吃一辈子的，也就老余家独一份。

　　这段日子，老余每天起床第一件事就是做豆腐。跟素雯一样，每次两斤黄豆，做五斤豆腐。他不紧不慢地推着那盘古董似的小石磨，接浆、滤渣、煮浆，接下来是最关键的一步，点豆腐。黎家几代人点豆腐都是用自家发酵的青菜酸，酸汤青丝亮汪，散发着沁人心脾的清香，制作工艺秘不示人，老余在黎家老二那里舀来的。点豆腐讲究火候，考验手艺，手轻了，点出的豆腐容易散，手重些，豆腐就老了，吃起来味同嚼蜡。点好的豆腐要把握时机迅速舀进模具，压模四十五分钟后，启开模具，趁热切块。老余总是不得要领，试验多次，才摸到点门道，做出来勉强像那么回事。

豆腐匀匀整整分成三份，一份留到中午给姜姐带回去，一份给大妹子余一泠，还有一份给棋友老钟。起初是分四份，当然得给儿子儿媳。送了两次，晓楠不准再送了，人家不爱。不给自己留？不留。

姜姐问他，余叔，你这是闹啥呀？

老余说，我吃过了。这话说得不准，严格来说，他只是闻过了。老余做这豆腐只图个味儿，闻一闻，就算"吃"过了。

姜姐不反驳，她在余家做事有年头了，这家子人的脾性她门儿清。每天中午，姜姐准时过来，忙活俩小时，悄没声把门一带，径自离开。不过，这一段姜姐多留了份心，她明显感觉到老余不对劲。老余第一次做豆腐那天，她的心紧了一紧，她故意放慢速度，慢慢拖地，慢慢晾衣服，慢慢擦桌子。老余不搭话，端端正正坐在沙发上，该喝茶喝茶，该看电视看电视。

姜姐不知道的是，最近她一出门，老余马上就站了起来。他挨个打开房间门，踅进去，微闭着眼，放空大脑使劲嗅那股气味。那气味是什么地方发出来的？不知道。姜姐做事，他们一家都是放心的，可任凭她再仔细，那股子气味，就是洗不净，擦不掉，透不出去。

那是股怎样的气味呢？老余一次次调动脑袋里不算多却也不能算少的词汇，试图把它形容出来。可越想越麻烦，似有若无，若即若离，让人捉摸不透。但可以肯定的是，那绝不是豆腐的气味。素雯在时，老余没在意过这回事。素雯走了，气味突然冒了出来，这就有些麻烦了。

房子还是那所房子，房间还是那个房间，床也还是那张床，可老余就是睡不好了。素雯的随身衣物一样没留，按照水城人的规矩，仔细打好包，一把火烧掉随她去了。原本做豆腐那套家什也要烧掉的，黎家老二、老三拦了下来。幸好拦下了，老余想。家里打扫过一遍又一遍，又换过几次绿植，但还是弥漫着那种气味。按理说，不应该的呀。

老余按捺不住了，他问姜姐，你有没有发现，屋里那气味不管怎么弄就是去不掉？姜姐愣住，什么气味？老余歪着脑袋，闭上眼睛嗅了嗅，奇怪，没有了。他悻悻道，没什么，没什么。姜姐离开后，他立马站起来，嗅，再嗅，有了，那气味又回来了。

老余不甘心，他把儿子儿媳叫过来吃晚饭，让他们嗅。每个房间都嗅了一遍。儿子摇头，儿媳也摇头，摇头的同时诧异地盯着老余，盯得他心里发怵。老余只好再次起身，先是客厅，然后是主卧、客卧、书房、厨房、卫生间，每个房间都嗅了一遍。简直见鬼，说没有就没有了。

晚饭吃得潦草，老余心不在焉，儿子儿媳都看出来了。他们走后，老余重新嗅了一遍。有了，又回来了。当他意识到那气味只有自己一个人在家才能闻到时，吓了一跳。

要说老余鼻子尖吧，活了大半辈子，也从不见得。要说这气味浓呢，就连姜姐也闻不出来。被问得烦了，姜姐说，余叔，到底是个什么味儿啊？

老余左思右想，蹦出三个字：说不好。

姜姐说，我洒了几次空气清新剂，没有用？

没用。

除了豆腐的味道，家里再没别的了呀。

老余赶紧纠正，不是味道，是气味。气味，你晓得不？

姜姐眉毛都快拧出水来了，小声道，有区别吗？

当然，区别大了，味道是味道，气味是气味，含糊不得的。老余还想继续解释，姜姐一转身，走了。

气味这东西，看不见摸不着，可一旦被它缠住，那就麻烦了。这气味把老余的睡眠赶走了，连食欲也受了影响，精气神自然不消说。

老余又掐了遍指头。还有四十天。

老家盖房子这事儿，老余想了不是一年两年了。可他万没想到，素雯会走得这样着急。他深吸口气，嗔怪道，你呀你，半点福也不会享。半晌不见回答，才猛然醒悟，是哦，这家里，只剩他一个人了呀。可过不多久，他又会说起话来。说完，又是摇头又是叹气，你呀你，这回真老了。

老余二十岁就知道素雯了。那时候只能叫知道，还不算认识。真正认识素雯要等他在杨柳街混熟以后，确切说，是他的小黄姜卖开以后。

落别四面环山，中间地势平缓，一条小河弯弯曲曲从北向南流淌，俨然一个藏在深山的桃花源，老一辈人称之为落别坝子。对西南山区的人们来说，坝子，几乎就是殷实富足的代名词。落别人当然殷实，当然富足。即便在兵荒马乱的年代，落别人凭借得天独厚的地理优势和肥沃的土地，照样把日子安安稳稳过了下来。一次偶然的机会，算盘先生从外面带来小黄姜，稀里糊涂种起来。当地人见长势好，价钱喜人，也跟着种。落别小黄姜远销十里八镇，慢慢在水城也有了名气。人们都说落别黄姜好，买姜就买落别姜。算盘先生大队会计也不当了，转而做起了姜生意，给自己打算盘。到老余手上，他扩大种植规模，盯住水城，特别是杨柳街的市场，生意一日好过一日。水城是典型的"三线建设"城市，著名的水钢就建在杨柳街，厂子加上家属区有六七万人，拿下杨柳街，几乎就拿下了水城的小黄姜市场。

杨柳街很长，一头连着厂子，一头连着家属区。中间地带自然而然形成综合市场，日常用品，吃喝拉撒，一切物什应有尽有。那时候，老余每天凌晨从落别出发，开着红星拖拉机跑俩小时赶到杨柳街，在街东头把拖拉机停稳当，一袋一袋把新鲜的小黄姜批发给散户售卖。在杨柳街混熟后，老余每天停好拖拉机就先去黎家豆腐店，买几斤豆腐，也不拿走，付过钱寄存在店里，卖完姜再去拿。次数一多，渐渐就和素雯说上了话，素雯也跟着大伙儿叫他"卖姜的"。别人这样叫，老余高兴，但每次素雯叫，他都会告诉她，我叫余一杰。

一天早晨称完豆腐，素雯说，其实你不用每天跑两趟呀，我给你留着，卖完姜来拿就是。老余付过钱，一字一句说，还是跑两趟好，每天跑两趟，可以见你两次。素雯一愣，放下豆腐，盯他一眼，脸唰一下红了。不过她很快镇定，问他，天天买，吃得完吗你？素雯当然不知道，老余那时候买的豆腐几乎把落别姜农送了个遍。

第一次去素雯家，屁股还没坐热，素雯爸就拎出酒壶，给老余倒了碗酒。老余也不言语，端起酒碗，一仰脖子，干了。素雯爸又倒了一碗，老余还是不说话，端起碗，干了。素雯爸又倒了一碗，老余还是不说话，又干了。连干三碗，素雯爸"嘿"了一声，说，好小子，有点儿意思。这时候，老余开口了，他说，我想娶素雯。老头子断没想到他会突然冒出这么句话，吃惊道，你说啥？我想娶素雯，老余说。老头子脸上的表情渐渐复杂了，骂道，兔崽子，怎么说话呢。老余扑通一声跪下去，抱着老头的腿说，爸，我想娶素雯呀。后来的事，老余就记不清了。第二天醒来已是晌午，他睡在素雯家床上。那以后，老余再没喝过那么多酒。

新婚回门，素雯迫不及待把做豆腐那套家什带了回来。她们家老头想得周到，给三姐妹各预备了一套。他的意思，黎家几代人都吃的这碗饭，姑娘们靠不靠豆腐求生活另说，但手艺可不能丢了。

转天早晨老余醒来，素雯已经在厨房里忙开了。他轻手轻脚走到厨房门口，一阵浓郁的豆浆气味扑鼻而来。烟雾蒸腾的厨房里，素雯穿着宽松的睡裙，发髻高高绾起，行云流水般挥勺煮浆，火候到了，她快速匀出两碗热腾腾的豆浆，然后点酸压模，整个过程一气呵成。老余看痴了，好半天才回过神来。他贴上去，从背后轻轻抱住了素雯。他不敢相信，杨柳街芳名远播的豆腐西施，就这样被自己娶回了家。在他们后来漫长的婚姻生活里，像所有的夫妻一样，也闹过不少别扭，吵过无数次架。但只要想起那个早晨素雯做豆腐的情形，想起那个刻入他脑海的场景，老余的心就软了。

素雯匀出的两碗豆浆，就着油条当早餐。老余吃出一身细汗。豆浆油条唤醒了他沉睡的身体，也唤醒了全新的生活。素雯佯装生气道，你算计我爹，不实在。素雯"不实在"的意思是，他余一杰根本就不是那种人，那种只顾闷头喝酒的人。老余嘻嘻笑道，你别忘了，我是做生意的，去你家前观察老头子很久了，做好功课的，没把握的事咱不干。素雯笑盈盈问他，你想没想过，万一我爸不同意呢？老余不假思索地回答，不可能。

老余这套处事法则，在他后来的生意中体现得淋漓尽致。小黄姜生意正在势头上，老余连种苗和红星拖拉机一并卖掉，拿出所有积蓄开了个小煤窑。果不其然，云南小黄姜很快大量涌过来，落别姜失去优势，不吃香了。凭着小煤窑，老余成了落别人眼里"做大生意"的人。小煤窑开了几年，老余抓住时机，搞洗煤厂、蜂窝煤厂，渐渐形成一条自己的产业链。这时候，老余身边的人多了，不断有人出谋划策，要他继续扩大规模，做大做强。这些建议，老余每次都听得很认真，但也就听一听。

儿子小学毕业那年，老余卖掉了煤矿，包括洗煤厂和蜂窝煤厂。为此，素雯跟他吵了一架，两个月没理他。两个月后，老余收回出租的门面，自己做起了电器生意。电器生意老余没接触过，他做得谨慎，但谨慎有时并不是好事。这时候，素雯气消了，她主动拿出钱帮老余扩大经营范围，扩大门店规模。就这么，电器生意升级为全门类家电。晓楠上大学时，他们开了水城第一家综合家居城。

前些年，老两口渐渐感到精力不济，纠结了许久，最终把生意交给了儿子。起初俩人不放心，见天往公司跑。为此晓楠和老两口不知吵了多少回。素雯先妥协，把心一横，回家了。老余又死乞白赖啰唆了段时间，见晓楠慢慢进入状态，才心不甘情不愿回了家。

按理说，作为水城最先富起来的那拨人，生意都做到了这份儿上，老两口该安心过日子，乐享晚年了呀。还有什么不满足的呢？是的，老余和素雯下了决心，不忙了，安安生生享福吧。他们辞掉司机，把车也给了儿子。他们主动提出来，让儿子儿媳搬出杨柳街，搬到市中心家居城旁边的复式楼里头住。

可是，忙了大半辈子，突然没事做了，煎熬呀。所以，老两口又换着法子找事做。可需要他们去做，他们能做的事情又是那样的少。麻将是不会的，他们始终认为，麻将是败家玩意儿，不沾。老余的酒也戒掉有些年了，身体扛不住。如此一来，素雯的豆腐做得更勤了，做完就去跳广场舞，晚上做菜，凑合着消磨日子。老余思来想去，学着别人下棋遛鸟，再就是钓鱼，还买了台相机，装模作样搞摄影。这时候他才发现，自己的生活实在太单调了，除了做生意他根本没别的爱好。要命的是，做了这么多年生意，和那么多人打过交道，到头来，他发现自己似乎没什么朋友。他有的，是合作伙伴，是员工，是客户。但现在他不需要这些。

回老家盖房子的事又一次提上日程。老余说，素雯，跟我回去吧，回去住几年。

素雯说，在杨柳街住了大半辈子，莫非现在有鬼来抓你？

老余说，再这么下去，早晚憋出毛病，回落别，种点菜，种点小黄姜，别提多舒服啦。

素雯说，以为你多大出息呢，到头来还是个姜贩子。

老余窃喜，她这是默许了。儿子儿媳无可无不可，他们没心思管。

主意打定，老余把设计师带到落别，选好了地块，嘱咐拿设计图。设计图改了一遍又一遍，改得对方都快崩溃了，才最终敲定。然后是找施工队，谈价钱，选材备料。老余又忙起来了，精神头儿又回来了。他兴致勃勃收拾好行李，住到了落别，亲自监工。

就在这当口，素雯下楼时摔了一跤。这一摔，就起不来了。拿到诊断结果，老余一直念叨那两个字——脑梗。好端端的人，怎么得了脑梗呢？能吃能睡，怎么得了脑梗呢？老余见天念叨这俩字，走路时念叨，吃饭时念叨，医院陪床时也念叨，上床睡觉前还要念叨。儿子看出来，父亲的思想开小差了，钻进死胡同里头去了，反过来宽慰他，开导他，费了不少心思，才把老余给拽回来。

人没保住，落别的房子因此停了工。素雯的事情料理完，晓楠问老余，爸，那房子还盖吗？老余一愣，如梦初醒般道，谁说不盖，马上复工，马上把工期给我排出来。晓楠问他，莫非你还要亲自监工？老余想了一想，语气缓和下来，那不能够，家里还一堆事呢，你去招呼吧。儿子走后，老余暗笑，怎么张嘴就来了，什么一堆事，哪儿来的一堆事？

大妹子来陪过老余一些日子，棋友老钟也来过几回，儿子儿媳隔三岔五来。他们来了，坐一坐，又走了。周妍悄悄给晓楠递点子，晓楠就跟老余说，爸，要不以后让姜姐给你做饭？反正她在家也是一个人。老余突然来了气，骂道，兔崽子，把我当什么人了？

入秋后，阴雨淅淅沥沥下起来，湿冷透骨。老余的风湿每年这时候都要犯，他没惊动儿子，连姜姐也不说，自己挣扎着去扎针，自己挨回来。眼看渐渐好转，老余的心思却散了，索性豆腐也懒得做，也不下楼，就连电视也不看了，啥都提不起兴致。

姜姐说，你还是要动一动，成天在家里窝着，是会发霉的呀。

老余梭进卧室，把那台佳能 5D4 摸出来，递给姜姐说，带回去，给你们家小子玩吧，我见不少年轻人也爱搞个摄影呢。

姜姐没接，说，谁招惹你了？

老余苦笑道，没兴头。

晓楠正好推门进来，见老余要把相机送人，就说，爸，你还钓不钓鱼了？那套竿子可不能送人，贵着呢。老余说，钓鱼？还钓什么鱼？晓楠没接话，本想把渔具带走，想了一想说，等老家房子盖好我给你拖回去吧，在那边也许用得着。

还有二十天。

时间可真漫长啊，眼下，这空荡荡的家里，陪着老余的就剩那股子气味了。他逐渐确信，那气味会一直存在，会一直伴随着他，直到他走上素雯的路。可怎么就睡不好呢，换个地儿，会不会好些？他迫不及待了。

按之前的设计，那房子几乎可算是栋别墅。素雯走了后，老余做了改动，原来的三层半减了一层，内部格局也有调整。唯一不变的是院子，老余按照记忆中老屋的样式设计的。一溜齐肩高的青砖小围墙，呈半圆形将房子抱住，院子里左右各植一株茂盛的香樟树，树下摆青石茶台，茶台周围种草养花。

当年，算盘先生院子里那两株香樟树茂盛非凡，一度成为落别坝子的独特景观，人们来到落别，都要去看看那两株粗壮的香樟树，闻一闻它的幽幽清香。每年八九月间，满树的香樟子变黑成熟，远亲近邻如期而至，来向算盘先生讨一把香樟子。浑圆如珠的香樟子气辛味浓，有很高的药用价值，能健脾调气，治胃寒腹痛。说来那时落别的香樟树不少，不过有经验的老人们认为，树龄越大的香樟树果子品质越好，因此大家都来讨。那是老余一年中最快乐的季节，落别人去别人家讨东西，是从来不会空着手的，老余总有吃不完的零嘴，会见到落别所有的同龄玩伴。他跟小伙伴们在树下捡香樟子，将黑黢黢的小果子捏碎，涂到对方的脸上，大人们就骂——你们这群臭烘烘的花脸猫。

老余离开落别之前的二十多年光阴里，两种气味彼此交织，氤氲成他生命中鲜明的底色，一种是香樟树的气味，另一种是小黄姜。老余想，素雯说得没错，尽管离开落别这么多年，在城里生活了大半辈子，可只要想起落别，想起年轻时的事，他就觉得，自己还是那个天不怕地不怕，俏皮狡黠的姜贩子。

父亲临走前，特意交代老余烧掉那把老算盘。年轻时，老余没多想这事儿，人死后一应用品都是要烧掉随他去的。可上了年纪，他慢慢有了不一样的体会，他想，难道不是算盘困了老头一辈子，把他给拴死的？好比现在，难道不是杨柳街困住自己，不是那气味把自己给拴住了？

算盘先生走后不久，落别公路扩建，老房子就拆掉了，两株老树也没能幸免。那时老余手里头已经有了钱，索性在杨柳街盘下块地，盖了新房。他也由此完成一个农村人到城里人的转变。半生风雨，半世蹉跎，等老余回到落别，住到新居里以后，他才慢慢明白，其实这一来一去，一去一来，不过是反复逃离和寻找某种气味的过程。

　　新居落成，晓楠帮老余把随身行李都搬了过来。他笑说，爸，您这是拎包入住呀。老余不搭话，轻提步子踏进院门，有种恍然如梦的感觉。有件事老余不知道，院子里那两株茂盛的香樟树，是晓楠花了大价钱从外地购来的，落别已经找不到那么大的香樟树了。

　　老余站在树下，轻轻闭上了眼睛。微风吹拂，翻起青绿的树叶和他所剩不多的白发。风把香樟树的气味和老余的思绪带出了很远。那一天，老余相信，整个落别都闻到了香樟树的气味。但他同时发现，这气味和记忆中的气味是有差别的，这气味太新、太薄，他记忆中的气味是旧的，如陈年酱酒，醇而厚，悠远绵长。老余有些恍惚，是自己出了问题，还是树出了问题？好在很快他的注意力就被新房吸引过去了。

　　儿子儿媳陪老余在落别待些天，他们约了朋友，在院子里烧烤，喝啤酒，在天台上喝茶赏月。老余也跟着忙活，烧茶递酒，招呼客人。他打算把村里的老哥们儿请来坐坐，晓楠开车，载着他在村子里转了一圈，那帮老哥们儿搬的搬，病的病，走的走，没剩下几个了。老余心头不悦，只好作罢。儿子儿媳临走故意问他，爸，家里这么大，你收拾得过来吗？老余装作没听见，转身进了屋。

　　落别人早已不种小黄姜了，倒是种了不少房子，可大多空着。眼下，地里都是樱桃树，镇里组织种的，调整产业结构，据说效益还不错，每年樱花盛开的季节，有不少人来旅游。如果还在种姜，该是收获的季节了。想起当年的热闹劲儿，老余不由得一激灵。那时每到深秋时节，空气里总是充斥着浓烈的姜味。秋天的姜味和其他季节不一样，带着淡淡的泥土腥味，偏辛辣，姜的品质越好，辛辣味就越重。老余喜欢那个味儿，越重越好，越浓他越喜欢。

老余偶尔会在村子里碰到上下学的小孩，他主动找话说，主动给他们零食，可孩子们不搭理他，眨眼的工夫就跑开了。他感叹，现在的小孩，也已不是那个年代的小孩了啊。在杨柳街时，老余以为在落别盖了房子，搬回来种种菜，养养花，那种不自在就会慢慢消除。也算叶落归根吧，他想。可一段时间过去，他发现对这个村子，对这里的人，对这栋新房，房子里的一应用具陈设，始终那么的陌生。就像个腼腆的少年，突然被丢进陌生的人群，那种茫然和惶惑，是老余始料未及的。

老余盘算着，待熬过冬天，让儿子从网上买点小黄姜，带回来自己种。不知道还能不能买到纯种姜，老余暗暗担忧。眼下，他准备把后院那块地整出来，盖房子时那地用来堆沙石，晓楠曾建议建成小花园，当时老余的心思都在前院，没表态，房子盖完，只简单平整就没再管了。

老余每天干两小时，他先把碎石块清理干净，然后抡起锄头，一锄一锄翻土。本来这种事不用他费力气的，花点钱请几个人，很快就能弄好。可老余不愿意，他要给自己找点事情做。他想，就当锻炼身体吧。他掐着指头算了算，每天干俩小时，入冬后就能干完了。落别的冬天雪凝大，让雪凝好好把地冻上一冻，来年开春，甭管种菜还是种姜，肯定见风长。

老余干得兴致勃勃，出过汗后浑身通泰，劳作的愉悦悄然在他心里滋长。翻土时，他不自觉想起父母，想起祖父母，想起当年的邻居们，以及经常打交道的姜农们。土地养活了一代又一代人，不论刮风下雨，白日夜晚，也不论外面的世界怎样变化，土地里的作物片刻不停，径自生长。歇气时，老余想，地还是那片地，可种地的人一茬茬都老去了啊。如今，土地已没有吸引力了，人们都不愿再回村种地。

那天下午，老余照旧不紧不慢翻着地，抡锄头时，突然咔嚓一声，一阵刺痛从腰部扩散开来。他放下锄头，拿手摁定腰，强忍疼痛挪到前院坐下，这才确信老腰闪了。歇匀气，他拿手探进衣服里，再摁腰时，竟有些木，肿了起来。要死啊，老余骂。要不要通知儿子？以晓楠的脾性，知道他腰闪了，肯定得往医院送。老余不想进医院，年纪越大，越不愿进。他试着站起身，还好，能勉强走动。他翻出儿媳带来的药箱，用酒精擦过后，囫囵吞了两片药便躺下了。

临近天亮，老余猛然惊醒。他做了个梦。梦里，算盘先生拄着拐杖，颤颤巍巍站在新居门前的香樟树下，连连叹道，不对，不对。老余问他，爹，哪儿不对啊？算盘先生背对老余，掐了掐指头，幽幽道，这树不对，不是这个味儿。老余伸出手，想搀住父亲，父亲化作一缕青烟，倏然而逝。

老余挪下床来，也不开灯，摸黑梭进院子里，摸到梦里父亲站立的地方，他闭上眼睛，努力嗅了嗅，香樟树的气味竟是那样陌生。老余恍然醒悟，是啊，正是香樟子成熟的季节，可这两棵树没挂果，不结子呀。不挂果的香樟树，还是香樟树吗？不结子的香樟树，气味又怎么会一样呢？兔崽子，他骂道，连棵树都种不对。转念一想，也不能怪儿子，晓楠从小在城里长大，他哪儿知道什么香樟子。

素雯在时，老余做了梦便迫不及待给她讲，让她给断一断。素雯也总是能说出些道理来，尽管老余并不太信，可他觉着踏实。素雯走后，老余总想要是能做做梦，在梦里见一见，说几句话，就是顶好的了。可越这么想，梦越是不来。老余喃喃道，你说说，怎么会梦见了爹，这是什么意思？没有人回答。

老余强忍疼痛，又待了几天。一夜夜的失眠和时断时续的迷梦把他搞得心烦意乱。当他躺在床上整夜整夜看着天花板发呆时，突然发现这段时间来，生活中某种非常重要的东西被他弄丢了。是啊，老余几乎忘了，是那股在杨柳街的家里一直存在着的气味呀。现在，他竟有些想念那气味。那是唯一能调动他根深蒂固的嗅觉记忆的气味了。他想，也许该回去了。

老余给晓楠打了电话。上了车，儿子二话不说，直接把他送进了医院。

姜姐来陪的床，儿子儿媳来过两次，走亲戚似的。晓楠说，他们忙，忙得跟陀螺一样。这话老余不爱听，问他，你们什么时候不忙？晓楠赶紧抖机灵，来看你的时候不忙。老余睃他一眼，回头对姜姐讲，这小子打小嘴就滑，你可别被他骗了。姜姐笑，他能骗我什么？老余说，那可不一定。

问题不太大，加上姜姐照顾得仔细，小半月后老余就能自如活动了。出院前，老余对姜姐说，想吃豆腐了。姜姐说，那还不简单，让晓楠给他姨打电话，送来就行了。老余使劲摇头，若有所思道，你也看素雯做了一辈子豆腐，难道我们不能自己在家里做？姜姐抬头看他，眼睛里渐渐有了不一样的东西。她说，那哪能呢，我不会，不会的。

良久，姜姐突然道，往后我有事情忙了。

老余说，你能有什么事？

姜姐会心一笑，快当奶奶了，让我去带孙子呢。

哎呀，那怎么忙得过来？

是呀，忙不过来的，姜姐说，等你出院我就走哇，我会提前跟晓楠讲。

老余的脸色沉下来，问她，你怎么不早说，你怎么这时候说呀？

姜姐又笑，反问他，莫非现在不能说？

出院那天，是儿子来接的老余。

姜姐呢？老余问。

走了。

以后不来咱们家了？

不来了，晓楠说，重新请一个吧。

老余胃里阵阵泛酸，摸索着下床，倚到阳台上，半天不言语。管床医生交代，重的不能拿，翻身要放慢，走路也不能急……老余问，还能挖地吗？年轻的女医生眼睛里闪过一丝讶异的光，扑哧一声笑出来，想什么呢，您还想住院哪？

踏进家门，老余吓了一跳。

地砖是新的，墙壁是新的，家具是新的，连吊灯、电视、洗衣机、冰箱包括厨房和卧室里所有用品全换了新的。晓楠满脸得意地问他，爸，怎么样，喜欢吗？老余张开嘴巴，舌头动了好一会儿，结结巴巴吐出几个字，你……你们……怎么……。晓楠说，你回落别后，我和周妍把家里装修过了，墙皮老掉，再不装修都没法儿住了。

做豆腐那套家什呢？老余赶紧问。

扔了，晓楠说，没用处了呀。

老余瘫在崭新的沙发上，一句话也说不上来。

儿子离开后，老余马上起身，他先是站到客厅中间，微闭上眼，放空大脑使劲嗅。紧接着他挨个打开房间，一次次闭上眼睛，一次次放空大脑，使劲嗅那气味，那股几十年来洗不净、擦不掉、透不出去的气味。事实上，他确实嗅到了好几种不同的气味，粉刷墙壁的乳胶漆气味，崭新的实木衣柜的气味，电器的气味，卫生间里消毒液的气味，阳台上茂盛的桔梗花的气味，还有一些不知道从哪儿散发出来的陌生气味。只是，这个家里原来那股特殊的气味再也没有了，消失得干干净净，仿佛从未存在过。

老余的身子软下去，跌坐在地上。明亮的灯光均匀地打在房间里，打到每一个他看不见的角落。他感觉身体越来越轻，像一片羽毛，慢慢飘起来。

晚照

大清早，秋萍就在群里喊，来呀，搓几圈呀。

话音才歇，就来了几条消息。目下，孙子都送学校里去了，早饭也大多吃过了，正是闲着无聊的时候。秋萍点开第一条，素芬说，要死啊，回来也不兴早讲的。接着几条都是嗔怪秋萍的。到底是老七晓事，关切道，阿姐，你家冷锅冷灶的，想是还没吃早饭吧？先来家吃早饭，再陪你搓麻将也不迟呀。老七这么一说，秋萍就有些馋她的甜酒酿煨荷包蛋了，径直朝老七家走了去，端端稳稳吃好了早饭，才携了老七一路，绕过一径的筒子楼，迤逦往素芬干洗店来。

这干洗店，外间洗衣裳，里间搓麻将，几十年了。几十年，算是一代人了，奚泠她们这一代人。奚泠小的时候，干洗店差不多是她半个家。她和杨柳街那帮野孩子一道，放学后就搁这里玩，玩够了，一溜儿围到侧间来，趴在素芬家饭桌上写作业，要等里间的麻将搓完，才伸着懒腰跟在大人屁股后头，深一脚浅一脚踩进夜色里去。

这些往事，秋萍记得顶清楚了，恍惚之间，这一切还在眼下，可只是一忽儿，像阵风吹过似的，又都不见了。被那阵子风吹走的，是几十年的光阴，是一座曾经风光无限、繁华气派的大钢厂，是一拨拨在风里拔节般长起来的年轻人，是一个个吹皱吹干面皮的老头子老太太。

要说热闹，往前数二十年，有哪里比得上大厂呢？那时节谁家的孩子进了大厂工作，可比当干部还要得意的。现如今，大厂也老了。想这些时，秋萍心里会好受一些，连大厂都老了，还有什么好说的？这辈子，算是交待给大厂了。不过，每当那个人冷不丁晃进心头，秋萍就又毛躁起来了。

搓几圈，秋萍照例要掏出手机看一看。时辰还早。更何况，这一整天都是她的，想怎么打就怎么打，不用操心小家伙，也不用给奚泠烧饭。老七几次提醒，她才安下心来。这不，时运一转，就做了个清一色。素芬惊得张大了嘴巴，要死啊你，我是好多天没沾清一色的边儿了，你一来，就吃了把大的。

秋萍高兴。一高兴，她就嚷嚷，老樊老樊，你来呀。老樊总也不老，被人们嚷嚷了大半辈子，他还是那样，顶着摇摇晃晃的大脑袋，觍着脸笑，边问要吃几斤，边用围腰揩手。得了答案，老樊讲，哦哟，他秋萍姨，你这把清一色，还不够这顿牛肉的噢。大伙儿一齐笑了。秋萍骂他，呆鸟，几斤牛肉，多大事体啦？讲完又只是笑。

午饭吃得熨帖，连老樊也捉了碗筷，来搭边凑热闹。老七讲他，连自家锅边饭你也混的？老樊不抬头，夹了块牛肉递进嘴里，边嚼边说，将将搛了一块，才一块呢。秋萍捏她一把，就要他多吃才好呢，独他那一份饭钱不付，让他去气。

你一言我一语，秋萍越发活络起来。这嘈杂热烈的氛围中，秋萍才真正觉着回来了，回到了杨柳街，回到了那一段过了大半生的日子中。只不过往日里回来，她只是舒坦放松，仿佛是终于做回自己了；而眼下，她有些发蒙，有些犯晕。要死了，秋萍啐一口道。

吃过午饭，她照例是要盹一盹的。以前不兴这样，全是这两年在林城闹的。小家伙吃过午饭就要睡觉，秋萍左右无事，只好跟着盹，不想竟成了习惯。这次回来，本预备要待三天，小家伙爷爷家办事，一家人都去了。然而，昨晚临睡奚泠来了电话，说小家伙在乡下住不惯，死活要回家，他们得提前回去。没奈何，秋萍只好改了票。

歇在靠椅上，秋萍想，下午定要搓个痛快，明儿一早又去林城，再要凑桌子，就没那么容易了。这年头，杨柳街这样一年四季不缺牌搭子的地方，真真是不好找的。不过，秋萍又想，林城也有林城的好。刚过去那年，小家伙和她生分，一碰就闹，一抱就哭，磨得她好几次要回昭明。可看着奚泠可怜兮兮的模样，到底狠不下心。现在，她慢慢习惯了，慢慢发现了那座城市的好。

说起来，这种好还是和那个人有关。

当她意识到那个人正频繁闯进心里来时，被吓了一跳。要死啊，她骂，不自觉慌了神，心底里，隐隐地又像种子发芽那样，冒出了一丝丝的小兴奋，一丝丝的小激动。

那正是秋萍难熬的时候，小家伙从大班转入一年级这大半年光景，油盐不进，整日里只是闹，只是费①，她那把老骨头都快散架了。好容易等到奚泠回家，囫囵吃过晚饭，正想和她说一说小家伙，可人家又要加班，即便不加班，洗澡敷脸弄指甲，总归有无数事情做，连唠一唠的工夫也没有。倒像是我生的了，闹气的时候，秋萍这样讲。奚泠哪次不是嬉皮笑脸贴上来？又是哄又是抱又是亲的，说世上只有妈妈好呀，女儿眼瞎

_____

① 费，方言，指淘气、调皮。

找了个腿长的，不靠妈妈倒去靠他？秋萍心软，哪里耐得住这样？早又把心里头那点儿小疙瘩吞了回去。

女婿在远郊一个镇上当领导，周末才能回来。逢着检查开会，十天半月也不见人影。而奚泠，作为女人，秋萍又怎么会不理解她？女人的青春，就好比那早春的花儿一样，到了奚泠这个年纪，又才生完孩子没几年，再不好好保养，比那春花还谢得快。这还不算，为了孩子，这么些年了，奚泠事业上仍没多大起色，她哪能不着急？

这些，秋萍看在眼里，装在心里。她不说。

那天接小家伙放学的路上，奚泠来电话说有饭局，不回家吃了。挂掉电话，秋萍隐隐有了不快，菜都备好了的，说不回来就不回来。家里又只剩下咱俩了，秋萍念叨。小家伙没听见，蹦到前头去了。转过油榨街，秋萍想，干脆也在外头将就一顿算了。问了小家伙，秋萍如了他的愿，婆孙俩吃了顿丝娃娃，小家伙高兴得不成样儿。

时辰还早，秋萍就领着小家伙闲转，不知不觉转到了广场上来。西南角假山下喷水池侧边的场地，向来是卖冰糖葫芦、棉花糖等小吃食的，不知怎的，这天却有了一群人，一溜儿跳舞来了。说是跳舞，和寻常的广场舞也不相像，广场舞秋萍是不喜欢的。这伙人一身白，多是秋萍这个年纪，弹腿击拳、弓腰曲背，时快时缓，一径地舞着，颇引人注目。小家伙得了他喜欢的小食，就只顾得吃了，秋萍索性站下，看这群人舞。

有人问，这舞的是什么呀？领头那位微微一笑，答道——五禽谱。从来只听说五禽戏，却又冒出个五禽谱来？言罢大伙儿都笑了。领头那位也笑，半点儿也不恼。笑完就各自散了。他们来得早，走得也早。

这是秋萍第一次见那个人。

好几个月后，秋萍才知道，原来这所谓五禽谱，是那个人根据五禽戏的动作演化出来的。五禽戏节奏慢，打着打着，人都要睡着了。那个人心细，从太极拳、广场舞中汲取了经验，根据中老年人的身体特征创新了五禽戏打法，改名叫作五禽谱。五禽谱舞起来，应和着音乐的节奏，倒也像在跳广场舞一样，不过要比广场舞耐看些。

入夏以后，奚泠出了趟差。这期间，左右无聊，吃过晚饭秋萍就领着小家伙到广场上逛，又晃到跳五禽谱那伙人跟前来了。秋萍愣了一下，心里起了个念头，想加入他们跳一跳也是蛮好的。可是，站了一会儿，终于没下定决心，又领着小家伙走了。

眨眼的工夫，暑假就来了。可天公不作美，刚放假，稀稀落落的连阴雨就下了起来。南方的天气就是这样，只要飘起连阴雨，就如老妇人的话头一样，没个完的。雨下了一周，小家伙在家里憋了一周。一周不兴走动，秋萍也觉得整个人都生了锈。这天起得床来，明晃晃的太阳光晃进屋子里，秋萍兴冲冲收拾小家伙起床，一弯腰，咔嚓，腰像是被什么东西撞了一下，接着就木了，逐渐胀将起来。秋萍暗骂一声，在床沿上坐下，歇了好长时间，这才确信，老腰是真伤了。

在群里说了症状，老姐妹们七嘴八舌，有让她去医院查的，有让她捡药的，老七把语音打了过来，说，净胡扯呢。秋萍苦笑。老七又说，谁还不知道呀，早些年风里来雨里去，虽说你们铣床车间比不得别的车间辛苦，可终日对着那些冷冰冰的铁家伙，就连机器也是会磨损的，人哪能不落下些毛病？说了半圈，秋萍就讲，老七你犯过腰疼吗？老七这才直奔主题，说——扎针，扎针，灸一灸就好了。

下楼右拐，打从小区侧门一径出去，沿着对过儿照壁巷走，出了巷子左拐，广场就在眼前了。这条路，原是秋萍经常带小家伙走着的，可她还是头一次发现，照壁巷尽头丁字路口侧角，竟有家中医馆，叫悬壶堂。

秋萍把手摁定腰，挨过去，一个二十来岁的小护士迎上来，把她引到了侧面的诊室。秋萍啊呀一声，你不是那谁吗？她揉了揉脑袋，努力想着。我知道你，见过好多回的，她说。那人微微一笑，请坐，是哪里不好啊？说话时，露出一口齐整的白牙，声音糯糯的，竟有些少年气，浑不像这个年纪的人。对了，想起来了，秋萍讲，你就是经常领着大家在广场上跳舞那位嘛。那人笑着点头，说，五禽谱。

熟络以后，他才跟秋萍讲，其实五禽谱只是个噱头。你是知道的，这年头，中医不好做呢。秋萍就笑，笑完了说，黎医生，看不出来呀，你竟是这样的人。不过，她又补一句，反正跳舞也是跳，跳你这五禽谱也是跳。她说这些的时候，已经加入舞蹈队好些日子了。那时候，腰早好了，黎医生给她做了三次针灸，拔了次罐，将息了些日子，胀痛便慢慢消了。可是，也说不上来为什么，黎医生邀请她加入舞蹈队时，她心里想，只怕时间有些赶呢，嘴上却说，好呀，我也这么打算呢，再不动动，都要生锈啦。

黎医生也叫她阿姐。秋萍问他，黎医生是哪里人啊？他说，阿姐你猜。看了医馆的简介，秋萍心里头就猜着了七八分，便讲，大城市来的，还习惯吗？不习惯也有十来年了，他说，这医馆原是我姊姊开的，家里出了变故，便把我叫过来接手，回想起来，还像是刚过去没几天的事情呢。秋萍本想讲两句安慰的话，可寻思起来，又不好多说，只得缄口。

诚如黎医生所言，许多的事，不管过去多久，一旦回想起来，就还是像刚过去没几天一样。那些往事，秋萍不愿回忆。然而，她终究也还是要常常想起的。夜深人静，那些事总涌上心头，任凭怎么赶也赶不走，毫无办法。

很长时间里，秋萍把那段不幸的婚姻归咎于父母。作为最早的一拨"三线"人，像其他成百上千个家庭那样，父母千里奔袭，毅然领着秋萍来到了杨柳街，然而现实情况远比他们预想的艰难，父母成天早出晚归，根本顾不上秋萍。俩人一合计，就把秋萍交给运输队长老赵的媳妇照看，秋萍从此就跟赵志明一口锅里吃饭，一个院子里成长。到了十几岁，当老赵提出想让秋萍给他们家当儿媳妇时，父母虽有些抵触，可最终还是答应了。秋萍偷听过父母谈话，父亲的意思是，虽然老赵家人"粗"了点儿，可他们是土生土长的本地人，要想真正扎根，这是条路子。就这样，二十啷当岁的样子，秋萍就稀里糊涂成了赵家媳妇。

结了婚，特别是有了奚泠以后，秋萍才发现她一直叫"哥哥"的那个人，其实自己并不真正了解。当"哥哥"时，他还勉强知道怎样对人好，怎样疼人，可成家后突然就变了，上完班只晓得打球，一身臭汗回到家，澡也不洗，往沙发上一靠，张嘴就要酒要饭要菜。酒菜上来，他的球友们也来了，一群臭男人搅在一块，抽不完的烟，喝不完的酒，讲不完的屁话，经常闹到大半夜，才留下满地狼藉，等待秋萍清扫。

秋萍性子好，她总是不愿让父母操心的，咬着牙，默默扛下来。老赵到了退休年龄，在他们家亲戚的帮助下，赵志明顺利接班，当上了运输队长。秋萍以为，生活总算有了起色，都当队长了，总不能再像以前一样浑闹了吧？秋萍暗想，虽然赵志明糙了些，可日子还能将就过。能将就过，就这样过下去吧。可让秋萍打死也没想到的是，他竟然在外面有了人。

秋萍本已下了决心，要鱼死网破。可是，因为奚泠，她终究没能狠心到不顾一切的地步。所以，事情摊开后，她什么都没提。她想，只要有奚泠，只要奚泠陪着自己，日子就还能勉强过。她不敢想象，如果没有奚泠，往后的日子怎么办。秋萍永远不会忘记，赵志明搬出家里那天，他脸上挂着的如释重负的表情。他以为，从此就过上逍遥自在的好日子了。

人一得意就容易忘形。赵志明的好日子没过上多久，酒后驾车，连人带车冲进河里，连个泡都没冒。知道他离开的消息，秋萍哭得没了样儿，哭完了又骂，天杀的，这还不是你自找的。

秋萍哭过了，还是该上班上班，该做事做事。路已经走到那一步，到底不是一家人了。可奚泠还是个孩子，秋萍每天提心吊胆，生怕她做出什么傻事来。然而，日子不就是这么熬过来的吗？一天天、一步步地走着，事儿也还是一桩接一桩办着。奚泠上初中，奚泠上高中，奚泠考上大学，奚泠恋爱了，结婚了，生小孩了，每一样，秋萍都会在心里头和那天杀的通口气。又不是我一个人的孩子，秋萍这样对自己讲，甚至每年清明，奚泠忙不开时，明里暗里，她还要提上一提。她不去，也不想去，但心里头是希望奚泠去一去的。

送走父母以后，秋萍才慢慢想明白，也怨不得他们。

如何怨得别人呢？一切都是命，是命。

这大半生都在围着奚泠转，潜意识里，她觉着，没有自己帮忙，奚泠是不行的。她能不管不顾吗？作为女人，另外的路，她也不是没想过，但是，她一次又一次逼着自己把内心的火花给掐灭了。

她告诉自己，不能够。

然而，许多的事情，又是不能料到的。比方说，前些年，秋萍就从来也没想过会离开杨柳街，到另外一个城市生活。在杨柳街过了大半辈子，秋萍早就打定主意，把往后的岁月都搁在这儿了。可是，奚泠的事，她还是放不下。难不成真给孩子找保姆？网络上那么多保姆虐待孩子的报道，怎么放得下心？她到底还是来了。不能不来。

下午五点半，黎医生准时在群里通知集合。秋萍总是晚到，要接小家伙放学，要烧晚饭，要等奚泠回家。把这些做完，挨边七点了，她才领着小家伙出门，跳上一个钟头，等小家伙也玩够了，再带他回家写作业。奚泠落得清静，没有小家伙闹她，秋萍也可以趁机锻炼锻炼，再好不过了。

做中医的到底不一样，黎医生端的有耐心。那套五禽谱，他一个动作一个动作教，一个姿势一个姿势示范，很花了些功夫，才把秋萍教会。舞蹈队那班人，大多是黎医生的病人，有的是关节炎，有的是风湿，有的是腰腿毛病，还有女人身上的那一类痼疾，总之，上了年纪容易犯的毛病，那班人里头都能找出来。有人跳了段时间，厌了，就又加入广场舞或者太极队、羽毛球队里头去，也不断有人加入进来，来来去去，尽管这五禽谱才跳不过小半年，人员也始终能保持在三十个左右。这就够了，一次跳完舞往回走的路上，黎医生平淡地对秋萍和另外几个队友说。那一天正好是周末，女婿从镇上回来，和奚泠一道带小家伙看电影去了。秋萍和队友们走到医馆门前，黎医生把他们邀了进去，说是去尝一尝新到的菊花茶。

　　要说，舞蹈队这班人，黎医生送送膏药、分分花茶，是常有的事，但邀去医馆里头喝茶，是不多的。医馆秋萍早就熟悉了的，但直到这天她才发现，原来过道最里间那个常年闭着门的屋子，竟是个大茶室。她暗忖道，这黎医生，倒会享受。可入了座，她才发现这一圈的中式红木沙发，竟都浅浅浮了灰尘，连那套茶具，也是黯黯的，很有些日子没用了。

　　黎医生一边将茶具挪到阳台的洗手台上清洗，一边招呼他们坐下。队友老赵谈兴浓，一来就点了烟，说个没完。黎医生洗完茶具回来，淡淡说，老赵，烟还是要控制的，你那肺，再折腾不起了。老赵僵住，嗤了一声，只好灭了烟。花茶好不好，秋萍没尝出来，她竟无端注意起黎医生来了。他的说话，他的动作，他的永远擦得锃亮的黄色复古软底皮鞋，一身熨帖笔挺的白色舞服，永远梳得一丝不乱的头发，特别是鬓角那两撮染过但又褪了色的灰白。和这些人在一起，他时时处处显现出一股子独特。这些，秋萍看在眼里，多留了份心。

也是寻常一盏茶，茶到三巡，话唠了一歇，便告退了。到这个年纪，各人有各人的作息规律，不愿过多打扰人，更不愿让人打扰。然而，那一夜，秋萍破天荒失眠了，左翻也不是，右翻也不是，瞪着眼，丝毫没睡意。她觉着心里头空落落的，她是在想着黎医生那间茶室呢。茶室那么大，那么空，又那么别致，可总觉得缺点儿什么。缺什么呢？那些蒙尘的茶具、混合着淡淡霉味的家具、考究但又显得凌乱的摆件，以及阳台上飘过来的刺鼻药味，缺什么呢？她突然明白了——缺个人——缺个把这些东西照拂得妥妥帖帖、清清爽爽的人。

她的心口不自觉地热了，脸上早烫将起来。所幸夜已很深，黑暗中，没有人看得到她饱经风霜的脸上那一抹几可忽略不计的绯红。片刻过后，秋萍冷静下来，不再往深处想了。不想。她慢慢进入梦乡。这也算是岁月教给她的一种本事。人在世间，谁的背后不是辛酸和不得已？谁的光鲜从容和体面之下没有故事？看明白了这一层，且能够坦然面对，才能真正过上几天安生日子。

这些年来，秋萍以为，她总算安生了。哪里想得到，这另外的一层悸动，会在心湖底慢慢洇开？这是谁也无法想到的，然而又是真真切切、实实在在发生着的。秋萍暗下决心，不能这样，不能够。

她退出了舞蹈队。她给队友们——主要是黎医生——解释说，这一段孩子忙，身体也有些吃不消，先歇一歇。队友们劝一劝，也就不再过问了。黎医生热心，给她私发了消息，问她，是哪里不好呀？用没用过药呀？中药最适合调理身子，要是有需要，一定要到医馆里来呀。一番话，说得秋萍心里头七上八下，知道不好搪塞，只得现编了个借口，说是老毛病犯了，胃疼、胸闷。哪知不一会儿工夫，黎医生就让小护士把药送到了她家楼下。拿到药，黎医生又专门来电话，叮嘱她服用时间和用量，言语间满是关切。

秋萍心里头暖了，慢慢软下来了。但她到底不是容易晕头的人，只一会儿，便又冷静下来。她想，这黎医生，对病人一直这样吗？对每个病人都这样？这黎医生，是不是每个退出舞蹈队的他都要挽留？留住一个队员，就留住了一个顾客呢。没头没脑想得远了，秋萍才收住思绪，转而思忖，倒是自己狭隘了。

退出舞蹈队，秋萍回了几趟杨柳街。有时三两天，有时只有大半天。只有在杨柳街待着，心里头才安稳；只有和老姐妹们一道，端端稳稳坐在麻将桌前，她的心里才有把握。

就说这一趟吧，秋萍原可以多住两天的，小家伙的爷爷奶奶向来和秋萍不对味，那边的事体，无论大小，她是不过问的。哪晓得小家伙这般闹腾，硬生生让秋萍临时改票。下午的麻将，秋萍打得不温不火，却也小赢了几把。临近傍晚，老七竟做了副龙七对，高兴得没了样儿。素芬这天点子背，只是输，见老七那得意劲儿，一恼，干脆不打了。原还有角子等着上桌，知道秋萍赶明儿走，老七起身拉了她说，早上竟忘了，还去我家，给你个东西。

老七家小子在深圳做服装设计，给老两口寄了对腰部按摩器，老七家的看也不看，见天在外头钓鱼。老七讲，阿姐，你腰不好，这玩意儿闲着怪可惜，拿去用吧。推辞不过，秋萍只好收下，又在老七家说了一歇话，才转回家里睡觉。

转天到林城，吃了晚饭，秋萍就用上按摩器了。

奚泠问她，不跳舞了？

秋萍只是拿眼睛望别处，不搭话。寻常里，奚泠有个什么心思，哪儿有秋萍看不明白的？可调了个个儿，就不一样了，奚泠大大咧咧的，如何知道秋萍心思？

好几次，话都到嘴边上了，秋萍是想说说那个人的。可终究没说。怪难为情，她开不了口。这样过了段日子，倒也还好，心里头那股子气似乎顺了。日子虽说不如在杨柳街那么有滋有味，也还算平静。偶尔，秋萍会设想，再过两年，等小家伙长大些，可以放手了，就回杨柳街去。回杨柳街，每天散散步，搓搓麻将，也许再养只狗，就这样度过余生，也算值当。

不知不觉又到了深秋季节。

林城四季向来不很分明，一年到头只有夏天冬天，春秋两季，几可忽略不计。这不，连日不歇的秋雨又来了。林城的秋雨不光雨脚长，还冷，那种针尖儿刺入骨头般的冷。雨多，气候就潮，偏又是冷雨，老胳膊老腿就承受不住了。起初，秋萍倒也没觉得严重，只是早晚膝关节发凉，隐隐作痛，可该走还是走，该动还是动。她想，干脆吃点西药算了，见效快，还省事儿。然而，一个疗程下来，不但不见缓解，反而更严重。秋萍只好去医院，正规大医院。可医生说，只能办住院，边观察边治疗，别的办法却再没有了。住院是不行的。从医院出来，秋萍愤愤地，把那不争气的老腿咒了一通。

只好又去中医馆。好些日子没见，黎医生热情得紧，细细问过症状，长吁一口气，嗔怪道，晓不晓得这种毛病不能拖呀？我看你是半点也不晓得爱护自己的了。一番关切后，他给她匀匀地按了一遍。他的手指触到腿时，她冷不丁缩了一下，倒像个孩子，怕痒似的。他微微一笑，试探着又把手递了过来。他的手指竟是那般有力，很是炽热。按好了，拔罐和针灸照例也是要有的。趁这间隙，黎医生给她泡了茶，一杯五加皮茶。

秋萍握定杯子，浅浅啜一小口，有些烫人。他说，带点回去吧，对风湿好。他的语气淡淡的，永远是那副不经意的口吻。可那不经意中，分明又透着关切。秋萍心口紧了一下，忙不迭说，好啊，带点回去，林城湿冷，你也多喝一些。

那晚，秋萍做了个奇怪的梦。她梦见自己在一条没有尽头的路上奔跑着，跑啊跑，双脚都麻木了，这时，一个声音在她耳边响起——再见，秋萍。她抬起头，一张熟悉的脸庞嵌在半空中，那是奚泠爸爸的脸。多少时间了，在她的梦里，奚泠爸爸留给她的永远是个孤绝的侧影，但这次，他看着她，笑得很温暖、很干净，像五岁那年他们在钢厂家属区院子里的第一次相遇。不过，那张笑脸很快消失不见了。她继续奔跑，脚下的路越来越崎岖，周围也越来越荒凉，某种类似幻觉的窒息感在她的身上蔓延。即将倒下时，她看到了这条路的尽头。路的尽头是一片死寂，什么也没有。可是，就在这当口，那个人突然出现了——黎医生。他款款走来，关切地望着秋萍，用他滚烫炽热的手握住她，轻声说，原来我们都已经走了好长的一段路了啊。

她哭了。从梦中哭醒过来。她已经忘记上一次哭泣是什么时候了。她感到前所未有的委屈。这种感觉让她既难堪又恐惧。多少年了，她的心，早就麻木了。可现在是怎么了？她又禁不住胡想起来。

转天上午，黎医生来信息说，阿姐，回来吧，你回来才好呀。

秋萍定了定神，认真想了一会儿，回复说，春节后再看吧。

这年春节比往常暖和。秋萍领着奚泠一家，热热闹闹回了杨柳街。

节前奚泠劝说，不如就在林城过节，过完初三，我们去乡下看孩子爷爷奶奶，那时你再回杨柳街不迟。秋萍不答应。她是顶不愿意在林城过年的。一个重要原因，当然是林城这帮熟识的老头子老太太，没几个爱搓麻将的，凑不齐牌搭子，即便是凑齐了，那感觉和杨柳街也是大不一样的——仿佛除了杨柳街，别个地方都不算是真正搓麻将。另外，这一年，秋萍心里起了个念头，她想去看看他。

知道秋萍的打算，奚泠吃了一惊，问她，怎么突然要去看他？

秋萍望着窗外，并不搭话。

那一天，用过早饭，一家人就往西福苑来了。停好车，奚泠在前头领路，秋萍的脚步却不自觉放缓了。奚泠看出她的犹疑，宽慰道，妈，都这时候了，没什么好犹豫的。这话像泼了盆水，把秋萍浇醒了。是啊，她想，都这时候了，还有什么好犹豫的？倒像可以犹豫的时间还很多似的。

秋萍是第一次来。站在墓前举目眺望，绿水环抱，远山逶迤，虽是冬天，到底是年关了，山上隐隐已有了绿意，叠嶂层峦重重荡开，别是一番景致。烧完纸钱，奉过供品，奚泠又絮絮叨叨小声说了一歇话，就该下山了。这时候，秋萍才说，你们到停车场等我吧，我和他单独待一会儿。奚泠一愣，这是她没想到的。

山风阵阵，尚透着寒气。秋萍站了一会儿，只觉脚底发麻，索性坐了下来。可坐下后，她又不自在了，于是又站起来。她一会儿站，一会儿坐，总也找不到个舒服的姿势。预备好的话，就一句也说不出来。一低头，瞅见方才奚泠奉上的那小半瓶供酒，索性拿了来，奠几滴，猛灌了一大口。热辣辣的白酒刀子一样烧过口腔，烧过喉咙，烧进胃里，她才感到活络了些，感到舒坦了些。可是，张开口，依旧啥也讲不出来。

挣扎了半晌，她负气道，你呀，你呀你。

这话，既像是说眼前沉睡着的这一位，又像是说自己。

她在墓前坐了许久，把剩下的烧酒一并喝了下去。秋萍本就不胜酒力，山风催逼，往事一股脑儿涌将上来。她蜷着身子，抱住双膝，紧紧缩作一团。远远看去，倒像尊纸糊的塑像。终究是一言未发。

临下山时，秋萍长叹一声——唉。

这一声，她叹的是自己。

春节过后，林城广场上的花儿就争相开放了，红红火火，热热闹闹。只是，整个正月里，女婿一次也没有回来。奚泠很平静，她说，他忙，他一直很忙。秋萍也不问。不用问。

这天黄昏，秋萍领着小家伙，又转到广场上来了。小家伙欢快地踢皮球，秋萍有些乏，侧身坐在一树将要凋谢的贴梗海棠下。一抬头，黎医生不知从哪个角落突然冒了出来。他依旧笑着，不紧不慢说，阿姐，你也在这里啊？秋萍亦笑，说，要坐坐吗？黎医生就坐下了。

阿姐，他说，你考虑得怎么样，什么时候回来呀？

回来？秋萍似有些讶异。

回舞蹈队呀，他说。

秋萍没有回答他的问题。他们坐在那株贴梗海棠下的长椅上，一边看小家伙撒欢儿，一边漫不经心地说话。主要是秋萍在说。她给他说杨柳街，说杨柳街上的各种吃食，说她身边的老姐妹们，说那座大钢厂，说素芬干洗店，以及她们在干洗店里度过的那些岁月。她说，等小家伙长大一些，无论如何是要回去的。最后，她说到了奚泠的爸爸，说到了这个春节。她说，真没想到啊，没想到，这么多年过去了，我还会去看他。顿一顿，她又放低声音，补了一句——没想到，我还是这个样子。

黎医生很认真地听着，不时报以礼貌的微笑。只是，这微笑，渐渐就有些僵硬了。他轻轻拍了拍腿，顺势站起身来。

阿姐，他说，时辰不早了，我该走啦。

秋萍抬头看看天，是呀，不早了，我也该回去啦。

小家伙还没玩够，他那么小，哪里管得许多，一个劲儿只是闹，不肯离开。秋萍一把拉住他，眼见挣不开了，他只好不情不愿地跟着外婆和黎医生往前走去。

落日晚照，从不停留。但此刻，温柔的霞光均匀地铺洒在广场上，铺洒在他们的背影以及身后那些看不见的脚印上，天边滚烫的落日目送他们缓缓离开，像一段戏曲的谢幕。

他们穿过广场，来到照壁巷尽头丁字路口侧角处，俩人同时站下。黎医生说，再见了，阿姐。秋萍点头，再见，她说。言罢，各自转身，步入沉沉暮色中。

小家伙突然哭了起来。

歪酒客

　　歪叔仍戴着那顶已不能算是帽子的八角帽，中山装仿佛刚从博物馆尘封的库房中翻出来，这让他脚上的胶鞋看起来光彩照人，但两条枯竹般不停晃动的腿很快告诉我，那不过是假象。入冬以后，寒潮锁住鹤城，浓雾裹挟着绵密的冷雨，迅速侵占县城每一条街道、每一栋楼房、每一个不得已出门的行人。寒潮还在加重，天气预报显示，未来十二小时将迎来今年第一场凝冻。

　　歪叔开口前，我特别想问这么冷的天他是怎么找到我单位的，不过他一开口我就把这事忘了。堂弟四平形容歪叔，轻易不开口，开口没好事。前半句，形容发生变故前的歪叔基本准确；后半句，这几年我的体会比老家松烟镇最深的吞口洞还要深。跟老一辈松烟镇人一样，歪叔说话习惯用"哎"字开头。

哎你为哪样不接电话。哎你看看上周到现在老子给你打了多少电话。哎你是不是哑巴了……哎老子还没吃早饭。

热腾腾的羊肉粉端上桌，歪叔叫服务员，哎你给我打二两酒。年轻的服务员睄他一眼，不好意思，不卖散酒。看了看货柜，歪叔指右下方，哎老珍酒，来一瓶。哎不，两瓶。说完朝我努嘴。我只好付钱。酒捧上来，歪叔打开，倒出满满一杯，嗍一口粉，嘬一口酒，吧唧有声。粉还没吃完，杯子已经见了底。他没再喝，把剩下的酒装回袋子抱在胸前，接着问我，哎你为哪样不接电话？见我不答，他提高嗓门大声说，哎就是县长也有几个穷亲戚，你龟儿未必官比县长大。食客纷纷投来异样的目光，我脸上一阵燥热，恨不能找个地洞钻进去。

去年八月初，歪叔通知我回老家吃他的寿酒。这两年，鹤城的酒席办得越来越凶，脱白酒①、搬家酒、升学酒等层出不穷。离谱如镇东屠户，儿子盗窃入狱，出狱时也要摆席庆祝，说是给儿子接风洗尘。镇西泥瓦匠更甚，家里养的猪生了崽也要办酒。有人不忿，说他办的是满月酒。镇上闲汉们编派说，

---

① 脱白酒，指为小孩剃发办的酒宴。各地风俗不一，在孩子一岁、三岁、六岁、九岁时办的都有。

满月酒的说法中伤了泥瓦匠的猪，那头猪足足三天不吃食。大家都清楚，酒席不过是幌子，收钱才是目的。为制止不良风气蔓延，县里规定，公职人员除红白事外一律不得参加酒席，违者罚款三千，全县通报批评。我给四平打电话，松烟镇规矩，六六大寿办寿酒，歪叔还有两年呢，他办了那么多酒席，连寿酒也要提前？四平说，什么规矩，你堂堂副局长，吃不起酒席？对了，他转过话头，还没来得及通知你，下个月我家办搬家酒。要搬去哪儿？我问他。从一楼搬到二楼，四平不耐烦地说。

我知道四平不耐烦的原因。其中一件是吃酒，他小舅子家的酒。当年我结婚他小舅子随过礼，后面我回了几次，几个月前四平通知我，他小舅子家又要办酒了。我不乐意，直接拒绝了。松烟镇这地方人奇怪，比方说，我家办过一次酒，四平小舅子来了，那么他家每次摆席我都得去，落下一次，再碰到他乃至他们家亲近的人，就没你好脸色看了。在松烟镇工作时我和老乡们聊过，我认为账不该这么算，你来我家一次，我去一次你家，扯平了，今后要不要走全凭各自心情。大家一致反对，他们认为，理是这么个理，但这不是松烟镇的理。松烟镇一直以来都不这样，所以以后也不能这样。

四平对我不耐烦的原因还有一个。去年年底，他来电话借钱，说要修新房，当时我们一家在外面吃饭，我说现在有事，以后再说。这家伙不识趣，说就一句话，你借还是不借。每次老家人来电话，妻子都会竖着耳朵听。听到"借"字，她放下碗筷狠狠瞪了我一眼。我只好说，不是不借，是确实没钱。挂断电话，妻子阴阳怪气地问，他老婆生病借的钱还了？还了，我说。妻子说，我就一句话，你各人仔细点。

回到歪叔寿酒，我想到个折中办法，提前三天回老家，给他包了个红包，说他生日那天要出差，提前拜寿。歪叔当着我的面拆开红包，看看金额，嘴角一动，哎我命苦啊，儿子失踪，儿媳嫁人，孙子也跟着走了。哎你知道的，在咱们松烟镇，一个侄子相当于半个儿子，你不来别人怎么看？我又从钱夹里摸出两张红钱递过去，歪叔接过钱，给我发了根烟。我接过烟，忍不住说，还从来没抽过这么贵的烟呢。歪叔哎了一声，后面的话没说出来。

歪叔儿子小猴从十九岁起一直在沿海打工。干了五年，回家盖起两间平房，娶了媳妇。媳妇美英跟小猴一个厂，怀上孩子才回家结的婚。孩子出生，小猴让美英在家带娃，自己回厂里上班。没多久，他来电话说离开了厂子，跟同学彪子一起转战昆明进了糖厂，工资比原来高出两倍。进糖厂半个月，小猴给家里寄了笔钱，跟美英说，公司要在缅甸建新厂区，得派人过去，工资是国内两倍，且已预付两个月工资。那是他们最后一次通话。几天后，小猴和彪子失踪了。警方给昆明方面发去协查公函，那边反馈，小猴和彪子手机信号最后一次出现是在中缅边境一条小道上，常有犯罪团伙从那条路上偷渡。初步确定，他们被骗了。

我们动用了一切能动用的资源，想了一切能想到的办法，没有用。无奈之下，歪叔亲自出马，花了一千二百块钱，跟邻镇有名的喊魂师陈半仙学喊魂术，天天傍晚在家门口喊：哎你要来，快快来，别在山前山后挨；哎你要到，快快到，别在山前山后绕；哎隔山喊你隔山应，隔河喊你打转身；哎鸡鸣狗叫吓到你，又是鬼神让你惊；哎快快照着原路转，别让亲人再担心……歪叔喊得凄切哀婉，一个又一个傍晚，黄草坝上空飘荡着他嘶哑的喊魂声，让人禁不住动容。喊归喊，还是没有用，我们只好耐着性子等警方消息。

一等两年。大家都说，一定是彪子家祖坟冒了青烟，要不就是他交了狗屎运，在警方的努力下，他竟然被解救回来了。他说，接近中缅边境就意识到被骗，俩人拼命反抗，对方人多，他们被痛揍一顿，屎尿齐下，然后被押往不同地方，彼此再无消息。小猴到底是死是活，警察问过，美英问过，歪叔问过，所有听说这事的人都问过。彪子的反应都一个样——摇头。由于在境外有从事电信诈骗的犯罪事实，彪子被判了三年。

彪子出狱那年，小猴和美英的孩子五岁。孩子五岁，就该上学前班了，就知道问美英，为什么别的小朋友都有爸爸，而他没有。美英找过很多借口：打工、做生意……说到最后，别说孩子不信，连她自己也说不出口。镇上那些闲汉经常拿小家伙寻开心，每次遇到，都会故意让他喊爸爸。小家伙一脸天真，你真的是我爸爸吗？美英气得浑身发抖，把那些无赖往死里骂。人家也不恼，嬉笑着走了。五年，她等了小猴整整五年。她觉得自己等不下去了。可她仍然不死心。所以，彪子出狱后，美英就又去镇上找他，又去问了。

美英说，彪子，你大男人家家的，给句痛快话，他到底是死是活？彪子不说话。良久，美英垂下头，现在我不奢望他回来，就想知道他是死是活，天杀的负心贼，信儿也不给我一个就没了。美英的意思是，只要他还活着，她的等待就有了意义；只要他还活着，也许她就会继续等，一直等下去。彪子叹了口气，美英的眼泪就出来了。无声的泪。她就那么坐在彪子对面，眼泪水线般挂在脸上，她足足坐了一个钟头。

眼泪流干了，两只眼睛肿得像熟透的黄桃。美英从椅子上站起来，提起麻木的双腿，走出彪子家大门。

等一下，彪子突然说。美英转身扑向彪子，死死拽住他。我就知道，美英说，我就知道你狗日的有事瞒着我。彪子抬手，想把美英拉回椅子坐下。说，美英喊了一声。你说，美英又喊了一声。彪子垂下头，小声说，发现被骗，我跟小猴约定，如果他侥幸逃回来，就帮我照顾老娘。说到这里，彪子猛咳了几声，随后拉住美英，如果我逃回来，就照顾你跟孩子。美英挣开手，大笑，彪子你是在演电影吗，告诉我，小猴到底怎样了？彪子把心一横，小猴，他回不来了。让我来照顾你们吧。美英眼前一黑，身子软成一摊烂泥，塌了下去。

　　得知美英要走，歪叔并不意外。他关心的是孙子，是如何把孙子留在身边。美英找他谈过，彪子也来说过，他们吵了起来。我跟四平去了两次，后面那次派出所也去了，大家都觉得歪叔岁数大了，孩子跟着美英才是最好的选择。你半截身子入了土的人，四平说，孩子跟着你活受罪。起初歪叔一个劲儿骂，哎胳膊拧不过大腿你们尽着欺负我老汉吗，哎我是他亲爷他爹是我儿未必关你们鸟事……数落大半天，歪叔最终还是想通了。当然也有可能只是累了，泄气了。搬行李时，歪叔指了指美英的手提袋，哎那只木马留给我。那是孙子小时候最喜欢的玩具，歪叔亲手给他做的。美英把木马留给了歪叔。

　　事后回想起来，歪叔频繁找我，就是从美英娘儿俩走后开始的。四平也说，在那之前，歪叔几乎不会找他。

　　有必要说一说老家黄草坝。松烟村两面环山，山上是清一色红松木，村子中间一条溪水从北向南流淌，出村口汇入松河，最终注入盘江。那条溪水的上游就是黄草坝，松烟村人都住在溪水中游，最先搬到黄草坝的是我爷爷。据说，当初爷爷搬来这儿是因为得了种怪病。美英娘儿俩走后，整个黄草坝就只剩歪叔一个人了。离他最近的是四平，他们家住镇上，来黄草坝也得半个多钟头。

那年清明我们回去上坟，妻子好奇心作祟，问歪叔，黄草坝就你一个人了，不孤单吗？妻子心直口快，我横起眼，示意她赶紧走开。哪知歪叔说，谁说黄草坝只有我一个人，我有只狗，有头猪，还有四只半鸡，还有……他没再说下去，转而解释他的鸡为什么是四只半。其实很简单，其中一只母鸡不会下蛋。在歪叔看来，不会下蛋的母鸡只能算半只。

我调离松烟镇那年，易地扶贫搬迁全面展开。按政策，"一方水土养不活一方人"以及有自然灾害隐患，或整个村寨居住人口不到五户（包含五户）的都得搬。歪叔赫然在列。镇上集中修建了搬迁社区，并配套学校、医院等设施。村里找了歪叔几次，他死活不同意，只好让我去做工作。镇党委书记给我下了死命令，啥时候做通歪叔的工作，啥时候签字让我调走。

我总共去找了歪叔三次。头两次，我给歪叔讲政策，讲条件，讲搬迁社区种种好处，末了还请他到镇上吃羊肉、喝烧酒。歪叔吃也吃了，喝也喝了，就是不同意。第三次，我对歪叔说，白给你一套房子，要不要？歪叔说，哎你啥意思？我说，按政策，你搬过去后老房子得拆除，我有个办法，可以不拆老房子。跟我一道去的村主任蒙了，他大概是头一次听到这种论调，低声提醒我说，梁镇，凡是有生活痕迹的搬迁户旧房都得拆，您忘了？我没回答，对歪叔说，现在的房子不用拆，镇上白给你一套房，搬不搬？歪叔说，哎要我住那冷冰冰的水泥房，打死也不干，有本事你把老子绑过去。我凑到歪叔耳朵旁，小声说，上面来检查时你去住一阵，顺带看看孙子，那儿离彪子家近，检查完了你回来。歪叔眼中开始放光。我接着说，如果以后小猴回来，就可以直接住进去，这不是一举多得？歪叔直起身，不住点头。过了会儿，他才回过神，问我，哎不是都说，小猴……没了吗？万一呢，我答。同意，歪叔说，我同意，现在就签字。

镇长让我在党委会上专题汇报搬迁工作思路，书记不同意，改在搬迁推进会上做分享。松烟镇以腊肉闻名鹤城，这里的腊肉之所以好吃，有两个关键因素：一个是肉质好，再就是熏制工艺独特。说到熏腊肉的技巧，松烟镇随便找个人都能聊上半天，各有各的方法，各有各的诀窍，共通的地方是，都单门独户加工制作，用书记的话说，叫小作坊式独立加工生产。镇上为扩大规模，曾经搞过个腊肉厂，集中屠宰腌制，集中熏烤风干。也是奇怪，这样搞出来的腊肉完全不对味，市场不买账，只好继续用老办法。群众要致富，产销腊肉是最好的途径。要加工腊肉，就得有独立生产用房。所以，搬迁户的旧房，只需挂上"生产用房"的牌子，就可名正言顺免于拆除。结果证明这招确实管用，在一次次的检查中，松烟镇不仅能够顺利过关，还赢得了检查组一致好评，群众满意度稳居全县之首。

分到搬迁房，歪叔第一件事是办搬家酒。他小时候左腿受过伤，走路总往前倾，所以大家都叫他老歪。后来由于热衷办酒席，大家给他起了个绰号——歪酒客。这绰号起得准，一是指他走路前倾身子歪；再就是嘲讽他爱办各种"歪酒"，即红白事之外各种巧立名目的酒；还有一层意思，是说他喝酒容易醉，醉酒后的歪叔比平时更歪，经常找不着家。有一次歪叔在镇上吃席，晚上回家醉倒在路边草丛中，那天他穿的是一件黑白相间的旧棉袄，两个醉汉路过，以为草丛中卧了只野生大熊猫，连忙给派出所打电话。值班民警兴奋地沿路寻找，最终发现了歪叔，无比失望地将他送回了家。

别人办酒都是群发短信通知，歪叔会发短信，但他不发。他每次办酒都挨个儿打电话，说完了正事往往还要扯上会儿闲篇，直到对方不耐烦给他挂断。四平说，歪叔打电话那架势，跟移动公司话务员差不多。电话打到我这里，歪叔说，哎是你让我搬家的，你各人清楚。歪叔还说，哎知道你忙，但这是搬家酒，和别的不一样。歪叔又说，哎一辈子能搬几次家呢，我就这一次，不会再有了。如果告诉歪叔我搬过十几次家，不知他会不会信。

歪叔办搬家酒那天，恰巧是我去新单位报到的日子。开完会，报完到，再驱车赶回松烟镇已是晚上八点多。到搬迁社区，找到歪叔家，门关着，只门上崭新的对联和楼道里的炮仗碎屑表示这间房子已经有人入住。我跳上车往黄草坝赶。歪叔和镇上几个老头在围着柴火喝酒，其中一个是四平岳丈，已经喝醉，靠在火塘边玉米秆上打呼噜。原来，歪叔这次酒席也赶了个时髦，不再像以往那样在家里准备酒菜，直接在搬迁社区门口祥和酒楼预订酒席。酒席结束，歪叔和他的几个老哥们儿意犹未尽，一路相互搀扶着走到黄草坝，点燃柴火，又喝了起来。

见我来，歪叔大着舌头说，哎大侄子，喝……喝……。彪子舅爷清醒些，告诉我，歪叔非要让大家陪他喝到天亮，谁也不准走。来时借着酒劲走的，现在要走回去，动不了啦。话音刚落，路口明亮的车灯射过来，几个老头的儿女们接人来了。

一番忙乱，人走光了。歪叔满脸紫红，靠在玉米秆上，嘴里不停地念叨，两只手不时抬起，指向无边暗夜。他说的话，除了"喝"字，我一个也没听清。后半夜，歪叔终于睡醒了。给他倒了碗水，一口气喝完，他说，哎你怎么还在？歪叔，没见你喝过这么多啊，我说。歪叔抹抹嘴唇，干咳了两声，算是回答。搬家第一天，该住新房才是啊。歪叔不回答。过了会儿，他说，哎都说一个侄子半个儿，我看你比我儿子对我还好。透过火堆余光，我看到了歪叔潮红的眼眶。第二天我才听人说，搬家酒是彪子帮着张罗的，但不知什么原因，美英跟孩子没来。

这些年歪叔办过多少酒席，我已经记不清了，印象最深的是他给孙子办脱白酒。松烟镇风俗，男孩满百日不剃头，要等到六岁。搬家酒办过不到一年，歪叔把四平找去商量，说要给孙子办脱白酒。四平说，孩子没跟你住啊，怎么脱白？歪叔说，借回来。

酒席当天，孩子没来，彪子和美英也没露面。开始人们只是小声议论，下午开席，有人问歪叔了，孙子哪儿去啦？美英也没来哇。歪叔怎么回答的我没听清，不大会儿，人们开始公然讨论这事儿，言语间尽是愤懑。松烟镇人就这样，其实谁都清楚，脱白不过是个噱头，但他们不允许漏掉本该有的戏份。

酒席按程序进行，歪叔一直站在酒楼门口。人们打完牌，聊完天，吃过饭，陆陆续续离去。大厅里只剩最后两桌宾客，歪叔不得不回到席上。在松烟镇，酒席主人最后才能上桌。最后这桌饭吃毕，就意味着事情圆满了。

像之前一样，歪叔反复央劝跟他要好的几个老头去黄草坝喝酒。这次大家都没动。歪叔说，哎不用走路，我两个侄子都在这儿，开车接你们去，喝完送你们回来。怕我跟四平不答应，说话时他朝我们挤了挤眼睛。四平好像没听见，我装不过去，只好点头。几个老头不为所动。歪叔让我把烟给他，他给老头们每人发了一包。有的收下了，有的没收。歪叔结账的当口，老头们互相搀扶，歪歪斜斜走出酒楼，消失在灯火杂乱的街头。

哎都走了吧，结完账回来，歪叔说。哎都走了好，走吧，都走吧。我和四平打算把歪叔送去搬迁房，他不愿意，只好送回黄草坝。他从床头拿来酒壶，劝我们喝。我开车不能喝酒，四平也不想喝。歪叔自己喝了两口，还想再喝，被我们劝住了。把账本和礼金交给歪叔，四平迟疑说，有几个人来了，但没送礼，也没吃饭。哎都有谁？歪叔问。四平看向我，我忙打圆场，说大概是走错了。收好礼金，歪叔闷闷地梭上床，踢掉鞋子，转身侧向墙壁躺下。我们知道他没睡着，但夜已深了，只得离开。

今年春天，歪叔生了场病。四平把歪叔送到县医院就回去了。我请了年假，专心在医院照看歪叔。那些天，每次回家换衣服妻子都没好脸色，絮絮叨叨念个不停。妻子说，四平也是他侄子，怎么不来照顾？我不接话。妻子又说，这钱得让四平跟你平摊。我心说就算四平拿得出钱，他也不愿意。但这话不能对妻子说，我只能回答，一定让他分摊。我攒了几年的私房钱，就这么见了底。

歪叔得的是胃穿孔和尿结石，但他坚称自己得的是家族遗传病。逢人他就说，哎不是吓唬你，我爹就是得这病走的，现在轮到我了。跑不掉的，我知道跑不掉。起初我反复纠正，把病历单摆在他面前说，看到了吗？胃穿孔、尿结石，不是遗传病。他根本听不进去。说的次数多了，同病房的人问他，家族遗传病，你说个名字啊，到底什么病？歪叔说，嗐，遗传病都不知道，让我怎么说你呢。对方只好缄口。虽然歪叔把病情说得很严重，但我能感觉到他并不害怕。

手术还算成功，前后住了八天院，报销后自付费用接近两万。我问歪叔，你攒下些钱没？歪叔靠在床上，一个劲儿摇头。你办了那么多场酒，一点钱没有？歪叔还是摇头。他是吃定我了。

送歪叔回松烟镇，一路无话。快到镇上，他突然开口，哎我得在搬迁房里住两天。你不是喜欢住黄草坝吗？我说。歪叔犹豫半晌，结结巴巴说，明天，明天我得办场酒。你又要办什么酒，这几年办得还不够吗？歪叔把脸别向窗外，不再看我。你要办什么酒？大难不死，该庆祝庆祝，出院酒得办。我恍然大悟，原来他把病情说得那么严重，是为这事做铺垫，原来他早想好了。我冷声说，随你吧，反正我没空。说完觉得不痛快，又补了一句，你说一个侄子半个儿，我做的已经够多了，即便我爹在世，我也不会做得更好。歪叔推开车门，拿上行李，头也不回地走了。我心一横，掉转车头往县城驶去。后视镜中，歪叔的背影越来越小，很快消失不见。我长长舒了口气。

歪叔的出院酒我没去，甚至都不敢和妻子说。我不知道有多少人去了，歪叔一年一场酒席，早把人吃烦了。多事之秋，歪叔出院不到一个月，岳父不小心摔了一跤，腿骨骨折，又住进了医院。老岳父虽然有职工医保，可需要自费的部分也不少。正是用钱关头，妻子问起了让四平分摊的那部分钱。我只好硬着头皮去松烟镇。

到镇上，我先去了搬迁社区，敲了会儿门，没人应。给歪叔打电话，他没接。我只好去黄草坝。见面，我问歪叔为什么不接电话。他扭头说，哎没听见嘛。你是不想接我电话吧，办酒席收了多少钱？歪叔冷哼一声，哎别提了，来气。我已猜到七八分，故意问他，为什么来气？歪叔掰着手指头，数了一串名字，说这些孙子都没来。我顺着歪叔话往下说，你去年八月刚办过寿酒，这么密集谁吃得过来，这次我也没来呢。歪叔想了会儿说，你不一样。

来的路上我就想好了，为歪叔花点钱，不说理所应当，至少也有责任。可眼下我碰到了困难，歪叔刚办酒席收过钱，应该把住院费算一算，哪怕跟我均摊呢。说明来意，歪叔脸色一变，哎不是说了吗？好多人没来吃酒，我没钱嘛。我问他，你真没钱？歪叔摆出一脸无辜相，咬死说没钱。我愤愤起身，冷冷道，我算是摊上了。歪叔愣愣的，两手交叉抱在胸前，一个劲儿眨眼睛。抱着试试看的心态，我去找四平，说情况你是知道的，未必你不是歪叔侄儿？四平眼珠子转了几圈，说你有话快说有屁快放，我还得出门干活呢。住院费，我说，你也是歪叔侄子，应该跟我平摊。啊呀，四平说，那从现在开始我不当他侄子了。你要无赖，我愤愤道。四平别过脸说，你就是当他儿子我也没意见，别扯上我。

回城路上，我问朋友借了一万块钱，微信给妻子转过去。我说，以后歪叔是死是活我不会再管。妻子很快收下钱，回我一个胜利的表情。

清明节，我独自上山，上完坟，在路边吃了碗面就回了县城。以往都是跟歪叔、四平他们一块儿上坟，晚上通常要炖只羊，或是杀几只鸡，放开喝顿酒才回家。这样的活动，我不会再参与了。

断了与老家人的联系，烦心事少了很多。夏天，我在妻子的鼓动下办了张游泳卡，每天下班就去锻炼身体。努力了一个夏季，我的肚腩明显缩小，体重减下来整整八斤，精神和体力都比以前好得多。一切都在有条不紊进行着，连孩子都说，感觉我跟妻子的笑容变多了。我以为，歪叔，包括四平，再也不会出现在我的生活中，不会跟我再有联系，哪知道入冬后，歪叔的电话还是打了进来。

那是个中午，我正准备午睡，歪叔连着打了三通电话，心里烦躁，索性把手机关了。下午，四平来电话说，歪叔要给奶奶迁坟，说你同意了。我一头雾水，迁什么坟，为什么要迁？没跟我说过啊。四平说，再这么折腾下去，非把大家弄疯不可。不管你怎么想，反正我不同意。还能怎么想，我说，当然不同意。

从那天起，歪叔每天至少给我打三次电话。有一天，他甚至把电话打到了妻子那里。妻子没存他号码，接通电话，歪叔气汹汹说，你们什么意思？神经病吧，妻子骂了一声。挂断电话觉得不对，那声音怎么听着有些耳熟。歪叔再拨过来，我只好把他想迁坟的事情告诉妻子。妻子这次十分满意，说，你终于学乖了。她把歪叔的号码设置成拒接状态，碎碎道，这死老头，怎么会有我电话呢，秋后的蚂蚱了，还要折腾到什么时候。我觉得妻子话说重了，但也不好反驳。

这个寒气袭人的早晨，当找上门来的歪叔吃着羊肉粉，说出那句让我尴尬至极的话时，我恨不能马上离开，再不跟疯老头多说半个字。转念一想，再躲着，指不定他会找去家里。憋着气等他吃完粉，我说，奶奶那块地当年是你选的，你说过，那是松烟镇最好的地，现在又要折腾？歪叔并不看我，只是听到"折腾"两个字时，突然站起身说，哎你以为我想吗？实话告诉你吧，我说，四平跟我商量过了，我们不同意。歪叔满脸通红，大声说，哎不要你们出钱。我顺着他的话说，你不是没钱吗？歪叔气得浑身发抖。我心里隐隐冒出种报复的快感。过了会儿，他放低声音，迟疑说，哎办个迁坟酒，我算过了，除去投入，能剩一万多。我再也抑制不住怒火，大声骂了出来。歪叔愤愤起身，抱着未喝完的酒走出粉馆，消失在冬日街头。

晌午时分，天空中飘起了雪花，路面很快冻住。妻子发来信息，让我下班去给老岳父送新棉被。我心里动了一下，寻思要不要给歪叔打个电话，问他是否回到了黄草坝。这么冷的天，他还抱着酒，要再喝几口指定醉倒。犹豫多时，还是没拨出去。

一个月后，四平告诉我，歪叔瞒着我们办了酒席。四平得到消息，连忙驾车跑到奶奶坟头。一座崭新的坟堆出现在他眼前，两边种了八棵手腕粗细的青松。歪叔把迁坟酒改成了修坟酒。

自此，我跟歪叔彻底断了联系。没想到那次他冒着寒风来找我，会是我们最后一次见面。那时，我对他的忍耐已到了极限。现在好了，现在，歪叔再也不会出现在我们的生活中，他的电话不会再打过来，所有人都不会再接到他的酒席邀请。现在好了，现在，歪叔安安静静躺在山上，折腾了一辈子，他累了，终于可以好好休息。现在，歪叔的老屋顺利拆除，那块写着"生产用房"四个字的牌子，被人们拆下放回搬迁社区库房。现在，这个世界上再也没有关于歪叔的消息。他走后，那件事轰动了整个松烟镇，但热闹劲儿很快过去了。每个人都在忙着往前赶，人们很快忘了歪叔，忘了他临终的故事。

消息是一点点传到我耳中的。起初是说，歪叔把自己的承包地全流转了，签的是长期流转。我心说他自己的地谁也管不着。过一段时间又听说，歪叔和孙子突然热络起来，有人赶场天见到歪叔带孙子赶场，还给孙子买了堆零食。我只作没听见，心想这跟我有什么关系呢。想是这么想，可我不能说出来，所以，从松烟镇来的人，还是会有意无意把消息带给我。还有个消息说，歪叔想把搬迁房卖掉，但没人敢要。政策规定安置房只能住，不能卖。我心里隐隐动了一下，歪叔不缺钱呀。可我并没细想。

歪叔的讣告是一个陌生号码发给我的，信息末尾写：孝孙钱小佑。我努力在脑海中搜索，没听过这名字。第一反应是发错了信息，或是电信诈骗，可信息上赫然写着歪叔名字。我给四平打电话，第三次才接通。四平说，歪叔真的走了，老毛病复发，他的胃已经烂掉了，他谁也没告诉，只在卫生院挂了几瓶水。卫生院老廖让他赶紧进城看，他跟老廖说已经和你通过电话，医院都联系好了，哪知道……

钱小佑是歪叔孙子，彪子改的名字。歪叔的后事，是以他孙子名义办的，实际操持者是彪子和美英。

我连夜驱车赶回松烟镇。镇上已经炸开了锅，大家都在讨论歪叔的事，我反倒是最后一个知道的。起初歪叔办酒席，只是想把送出去的钱收回来。后来的某一天，当歪叔回到家中，发现屋里一个断臂男子正在翻箱倒柜找吃的。他以为家里进了贼，一声断喝，拾棍要打。那人转身，竟是小猴。

小猴是自己逃回来的，断了只手。问美英和孩子下落，歪叔老泪纵横。哽咽着说完，歪叔劝儿子，报警吧。小猴摇头：起码得判十年，除了这只断手，我还有一身伤，进去只怕出不来。小猴的话是实情，但他只说了一半。他真正的想法是，养好伤，跟彪子把账算清楚。歪叔把小猴安顿在黄草坝后山吞口洞中，按时给他送去食物和药品。吞口洞周围林深草密，洞厅宽敞暖和，往深处走是深不见底的溶洞，溶洞内暗河奔涌，传说暗河中有异兽出没，轻易不敢有人靠近，成功瞒过了外人。

儿子回来了，歪叔却没法高兴。他整夜整夜不睡觉，思来想去，唯一能做的，是给儿子留点钱。不管在哪里，儿子都是需要钱的。小猴不关心这些。他唯一想做的，是找彪子算账。为此，他在山洞里除了吃饭睡觉，每天都在磨刀，一把从家里顺出来的砍刀。那把刀越磨越亮，越磨越锋利。他用满山疯长的杂树练刀功，手起刀落，杂树砍倒一大片。

小猴跟踪了彪子一家两个月。第一次潜到彪子家那晚，他们一家围坐在桌前吃晚饭。桌上有一条清蒸鲈鱼，一盘腊肉，一碟凉拌折耳根，一碗三鲜汤，还有钵面条，面条上卧着三只荷包蛋。那天正好是孩子生日，小猴竟然没想起来。菜是彪子做的，出狱后，他跟镇中学食堂大师傅学手艺，并接了师傅的班，靠这个养活一家人。看着桌上的菜，看着他们有说有笑的样子，小猴心软了。接下来的日子，他的心还会不断软下去。他逐渐确信，自己才是多余的人。

　　小猴在犹豫和痛苦中度过了一段漫长时光。他躲在洞中，吃了睡，睡了吃，都快忘了自己是谁。歪叔最后一次给他送食物，破例带来瓶老珍酒，交给他一个军绿色帆布包。那帆布包是小猴上初中时用的。歪叔说，能卖的我全卖了，就这些，留给你吧。小猴打开书包，鲜艳的红色晃得他两眼发直，他已经很久没见过那么多钱了。下山前，歪叔紧紧抓住小猴的手说，能不能别伤害他们？当时，小猴以为歪叔是让他逃走。可他实在不知道逃去哪儿，还能逃多久。

　　一场阴雨足足下了半个月。雨过天晴，那天傍晚，山下突然响起哀乐。迟疑了几分钟，小猴反应过来，父亲走了。

　　据在场人说，小猴来歪叔灵堂时穿着身新衣服，头发剪得齐齐整整，胡须剃得干干净净。他拎着瓶酒和一个帆布包，径直走到歪叔棺材前跪下，打开酒奠了三遍，重重磕了三个响头。那酒是歪叔此前给他的，他没喝。

　　小猴起身，朝钱小佑走去。到孩子跟前，他弯下腰，笑了笑，把帆布包塞到孩子手中。最先认出小猴的是彪子，然后是美英。美英两只眼睛鼓凸凸盯着小猴，嘴巴张得老大，一句话没说出来就晕了过去。随后，大伙儿都认出小猴来了。警车很快开进黄草坝。小猴自己报的警。

　　彪子一个劲儿催促钱小佑，叫爸爸，叫爸爸。钱小佑是个听话的孩子，他对着彪子喊道：爸爸，爸爸。不是，彪子急了，你叫爸爸啊，他说。钱小佑一连喊了很多声：爸爸，爸爸……

　　歪叔的葬礼办得非常热闹。开悼那天，彪子和美英告诉大家，葬礼不收礼金，香蜡纸烛等祭品也一概不要。后来县里开整治滥办酒席专题会多次表扬松烟镇，只是大家并不知道，松烟镇葬礼不收礼金的习俗，是从歪叔这里开始的。送歪叔上山，我在县城苗木公司订了八棵青松，在最后一次见歪叔那家羊肉粉馆买了两瓶一样的酒。新坟垒成，我把酒摆在坟前，打开其中一瓶奠出小半，剩下的埋进了坟场。群山静默，青松不语，空气中飘荡着纸烛燃烧的气味。那八棵松树，比此前歪叔种在奶奶坟前那些还要粗壮茂盛。

　　半年后，我终于见到了小猴，在鹤城城北监狱。此前，彪子和美英已带着孩子来看过他。小猴对我说的第一句话是：你怎么长这么胖？我们同时笑了。关于歪叔的后事，彪子和美英已经告诉小猴，我只是复述了一遍。小猴并没仔细问我，但我觉得，有必要说得仔细些。

分别前，我问小猴，出去以后有什么打算？

小猴想了想说，出去还早呢，目前我打算啥也不打算。

我不禁笑出声，连一旁值守的狱警也忍不住笑出声来。

临走，小猴说，哥，帮我做件事。我往前凑了凑，他说，我认真想过了，我只能算我爹半个儿子，彪子送走了他，娶了我老婆，当了我儿子的爹，所以他也算半个儿子，帮我把彪子的名字刻在我爹墓碑上吧。顿了顿，他补充说，但你记清楚，得排在我名字后面。

我认真想了会儿，回答说，这事我帮不了你，等你出来，自己做吧。

隐
疾

一

　　房子是小了些，桐桐的玩具还有两箱没拆，客厅就塞得满满当当。小舒说，打开吧，早晚都得拆。桐桐噘着嘴，气咻咻缩在沙发上，奶声奶气嘟囔，咱们家多舒服，为什么要搬家？说着，泪珠子就滚了下来。小舒拿出一袋零食，说，想吃就住嘴，不想吃继续哭。这招管用，立马止住。我给手机充上电，给薇姐回电话。

　　人们都说，每个成功男人的背后，一定有个默默支持他的女人。聚会时，朋友们也总拿这话奉承小舒。没错，结婚这么些年，为了让我安心工作，小舒默默付出，从没说过半句不是。这次搬家，联系房子、给桐桐找学校、她换工作，我都没怎么过问，就都办妥了。不过话说回来，要成点事，有个默默支持的女人还不够，得有贵人相助。贵人相助，如借东风。

对我来说，薇姐就是贵人。如果没遇到薇姐，我多半还在昭明卖保险。

接通电话，薇姐嗔怪道，这都啥时候了，电话也打不通。她总是这样，说话做事急吼吼，火烧眉毛似的。她接着说，明天穿体面些，这儿不是乡下，是省城，明白吗？明白，我的姑奶奶，我答。掐掉电话，小舒笑得岔气，揶揄我，李总，初来省城，多关照啊。

省城开会是常事，片区经理我干了四年，每年少说也有十来次。但这次不一样，作为董事会新任命的营销部长，明天会上，我将做就职发言，正式开始履职。薇姐好像比我还紧张，之前她已叮嘱过多次，眼下又火急火燎来一通。烦是烦了点，不过，薇姐这人，典型的刀子嘴豆腐心，虽然总叫我"乡下人"，可当初她就是看上我的乡下人品质，才带我入行做暖阳电器，帮衬提携走到今天。

来省城生活一直是小舒的愿望，她不喜欢昭明。昭明夏天虽然凉爽，但秋冬两季阴雨绵绵，寒凉湿冷，时间长了，人也会变得郁郁的。小舒说，你们昭明见天毛风细雨，能烦死个人。她从小生活在春城昆明，昭明的天气让她深恶痛绝。没办法的事，虽然两个地方仅一字之差，相隔不过三百里，但大西南十里不同天，气候天差地别。我对小舒说，气候是差了点，但有工作的地方就是好地方。小舒嘴巴一噘，说，就算在北上广深我找工作也不难。她有执业医师资格证，底气足。

恋爱一年后，小舒辞掉昆明的工作，义无反顾嫁到昭明。我一直觉得亏欠她。她鼓励我说，好好干，你当上部长咱们就可以搬去贵阳了。她说这话时，我才入行不久，别说部长，连昭明的片区经理都不敢想。现在好了，如她所愿。午夜梦回，我觉得这一切简直像个梦。

小舒新入职的医院规模挺大，桐桐的学校就是院领导帮忙找的，宇航一小，老牌名校，紧挨着医院，上下学接送也方便。小舒说，虽然房子小了些，但一切都在往好的方向发展，只要顺利，不用多久就可以换大房子啦。桐桐从沙发上跳起来，高兴地说，妈妈，比昭明的房子还大吗？小舒说，前提是你好好学习，冲进班级前五。

一切收拾停当，已是十一点多。正要睡觉，电话响了，是父亲。我心头一紧，这么晚，怎么会来电话？

二

父亲声音涩涩的，都收拾好了吧？他说。

正要睡呢，我说。

桐桐呢？

刚来，有些不习惯，过几天就会好的。

那睡吧，父亲说。

我心头疑惑，父亲从不会这么晚来电话。问他，爸，你有事要说吧？

没事，他说，睡不着，问问。

两个多月前，我专门回老家黑石，和父亲详细说了我们的打算。他怏怏的，问我，不搬不行吗？我耐着性子解释说，就算不为自己考虑，也得为桐桐考虑，省城教育条件好。父亲不耐烦地说，你们看着办，反正我哪儿也不去。我顺势劝他，不如和我们一起搬，守在这儿有什么意思？父亲阴阳怪气地问我，你觉得我会去？

五年前母亲过世，安排完后事，我和小舒劝父亲进城，亲戚们也轮番帮忙劝，没用。自始至终，他就那句话，不去。劝到后头，小舒动了气，问我，黑石到底有啥好，爹非要守在这儿？我也恼，赌气道，黑石有金山银山呢。父亲说，金窝银窝不如自家狗窝，不去。

那之后，父亲一直独住乡下。偶有他认识的亲戚办酒席，我们就通知他进城吃酒，顺便来看看桐桐。那时候，我成天往乡下跑，给乡镇分销户送货，发展新的分销点，一个月下来，得把昭明的乡镇转上两遍。每次到黑石我都要去看父亲，陪他聊聊天，喝喝茶。逢着饭点，父亲就弄上几碟小菜，有滋有味吃顿饭。碰上周末，我经常带小舒和桐桐一起去，父亲乐呵呵的，进进出出，忙里忙外，弄的菜要丰盛许多。他年轻时是村里的大厨，红白喜事都请他掌勺，上了年纪，请的人少了，但手艺可没落下。我打趣说，爸，还是孙子亲啊。父亲只是笑，抱着桐桐咿咿呀呀说个没完。

这段日子，我们省城昭明两头跑，两个多月没回老家，倒把父亲给冷落了。我对小舒说，近期咱们还是回去看看吧。累了一天，小舒哈欠连连，心不在焉地说，你还是先想想工作吧，公司看重你，可不能掉链子。

偌大的会议室坐得满满当当，集团老大吴董主持会议，董事会成员坐圆桌，我和另外几个部长坐中间，后头是各片区经理和总部各部门员工。先是薇姐宣读董事会任命通知并致辞，当了这么些年副总，她早已驾轻就熟，热情得体，又不失风趣。可能是空调太热，我额头上渗出层细汗。薇姐致辞结束，会议室掌声雷动。接下来该我做就职发言。

站到发言席前，我手心直冒汗。会议发言本是常事，但这次主角是自己，难免有些紧张。我努力舒展笑容，按事先准备的腹稿开始发言。临近尾声，悬着的心终于慢慢放下。我瞟了眼薇姐，她露出了满意的笑容。她推荐我当营销部长时，甫一提议就有人反对，她向吴董担保，吴董才力排众议，把这事定下来。恰在这时，兜里手机震响。会前我已把手机调成震动模式，手机震动别人听不到，但我能感觉到，嗡嗡、嗡嗡，一分神，糟糕，忘词了。我只好强行作结，悻悻离席。

回到座位上，我瞄了眼薇姐，她一脸严肃，边听吴董讲话边做记录。我点开手机，竟是父亲。怎么是他？我努力猜测发生了什么事，吴董的讲话听得断断续续。会议快结束时，吴董说，希望小李不负众望，干出成绩。看看我，他又补充说，公司向来靠业绩说话，能者上，劣者下。听得我心头直打鼓。

散会后，我站在过道旁，和同事们握手接受祝贺。终于把大家送出会议室，我冲进卫生间给父亲回电。一种不祥的预感在心里慢慢洇开。

三

父亲声音越发低沉，说，最近老是头痛，不知怎么回事。父亲向来身体健朗，我的心瞬间沉下来。

严重不严重？我问。

也不严重，就是磨人，总睡不着。顿了顿，他又说，有空来一趟，陪我去查一查。

我打给小舒，让她询问父亲病情，便匆匆上楼吃午餐。小舒虽然学的是外科，但毕竟是医生，懂得多。

领导们都已入座，只等着我，接风宴便正式开始。一顿饭下来，我喝得晕晕乎乎，满身发烫。

不多会儿，小舒的电话进来了，她说，咱爸情况不太好。

是不是该现在回去？我问。

也没那么急，小舒说。

饭后，办公室小赵带我串门。心里想着父亲的事，我总打不起精神，木然地跟在小赵后头，和新同事们打招呼。到薇姐办公室前，小赵转过身来，笑盈盈地问，部长，薇总这儿进去吗？不待我回答，薇姐站起来，一招手，说，赶紧的。小赵自觉退开，我刚进办公室，薇姐就关上了门。

李远，你这是什么意思？

我的姑奶奶，又怎么了？

薇姐满脸酱紫，说，你就这么丧着个脸串门，知道背后人家怎么说你吗？我心头一凛，有这么明显吗？人家会说你作，说你跩，说你不知天高地厚，往后，人人不待见你，你怎么在公司立足？我赶忙解释，不是这样的，你听我说……薇姐打断我说，上午发言我就觉得不对，午饭也是，心不在焉，到底怎么了？

我父亲病了。

薇姐默然。她点了根烟，问，严重吗？

那年我在杭州出差，得知母亲病情危急，马不停蹄往回赶，可惜还是没见到她最后一面。眼下，我很想立即回家，可就职第一天，实在不好离开。思来想去，我给堂兄去电，请他先看看父亲。

好不容易挨到下班，我订好车票，急匆匆往高铁站赶。昭明出站，问朋友借了车，直奔黑石。到达黑石已是深夜。父亲收拾好行李，我们又连夜回昭明。

第二天一早，父亲结结巴巴说，感觉不太痛了，你说还查不查？听父亲这么一说，我火冒三丈，但还是耐着性子说，昨天就预约挂号了，我连夜赶来，怎么能不查？父亲没再说话。

一个胖胖的女医生给父亲诊断，她很耐心，仔细问过症状，开了沓检验单，血液、小便、头部 CT、颈动脉超声……看了单子，父亲说，现在感觉更痛了。

跑了一上午，还剩两项检查没做完。昭明市医院效率还不低，上午做的检查，下午四点就可以出结果。问题是下午的两项检查，医生说，不敢保证晚上能出结果，但最迟不超过凌晨一点。下午的检查做完，才三点十分，我提议回家睡会儿，父亲坐在放射科楼道里，一言不发。这些奇形怪状的机器，把老头子折磨坏了。在长椅上坐了半个多小时，父亲才缓缓站起来，说，出去转转吧，憋得慌。

夜里十一点多，终于拿到检查结果。那位胖胖的女医生早下班了，只剩急诊科医生，一个三十出头的小伙子。他反复察看父亲的片子，仔细比对斟酌。我心都悬到了嗓子眼，像罪犯等待最后的裁决。父亲坐在门外椅子上，反复揉着脑袋。我想，他一定很紧张，害怕听到坏结果，所以故意坐在外头。仿佛过了一个世纪那么漫长，医生终于吐出三个字：没问题。

没问题？

医生看我一眼，说，都正常。

我长长舒了口气，心里的石头终于落地。

转念一想，父亲头痛好几天了，怎么一点问题都没有呢？医生似看出我的疑惑，说，可以开点止痛药，如果不好，可以继续来查。我有些不耐烦，说，查了这么多，还没查完？医生睨我一眼，说，头痛诱因上百种，这才查了几项？说完，他手一挥，喊道，下一个。

走出诊室，我既觉轻松，又觉失落。一种冰凉冰凉的感觉直透脊背。我对父亲说，一切正常。父亲拍拍手说，那就好。那语气，仿佛早预料到了结果。

安顿好父亲，我赶往高铁站，乘凌晨两点四十五分的车回贵阳。临走，父亲满脸不悦，说，你们都忙。到达省城已近五点，我打车径直去了办公室。躺到沙发上，浑身酸痛，说不出的困乏，像经历了场战争。

四

用了半个多月，总算勉强理顺工作。按照公司安排，下一项任务是定点调研。所谓定点调研，就是公司给转岗或新入职的中层以上领导指定几家兄弟企业，去观摩学习，总结经验，然后带着经验开展第三阶段的工作，将全省九个片区都跑一圈，把情况摸准，最后结合岗位职责拿出自己的工作规划方案。规划方案要上董事会，水平如何，不仅关系到面子，还与前途有关。

行程定下，一圈下来，得半个月。如果中途耽搁，半个月还拿不下。有这些年和一线客户打交道的经验做底子，我自信方案不是问题，但刚搬过来就出差，还是很不乐意。我给小舒说了这事，她虎着脸说，桐桐怎么办？每天都要等你回家才肯睡觉，我受不了他闹。我说，找个阿姨吧，让阿姨接送桐桐，给他做饭。小舒一口回绝，反问我，你不上网吗？网上那么多阿姨虐待孩子的报道，你放心？再说，哪有自己带的好？她态度很坚决，必须自己带。

桐桐终于做完作业，窝到沙发上，津津有味地看动画片。给桐桐装好作业，检查完书包，拿出第二天穿的衣服，小舒叮嘱我掐时间便先睡下了。她规定桐桐做完作业可以看半小时电视。才几分钟，我钻进卧室找打火机，小舒就睡着了，打起轻微的呼噜。她太累了。回到客厅，桐桐抢过烟盒，凑到我耳朵边说，爸爸，我真希望每天只有半个小时。为什么呢？我问。那样的话，我就不用上学，每天都可以看电视啦。我哭笑不得。

调研首站是广州。出发前一晚，小舒委屈巴巴地说，看来省城也没有想象的那么好。我想说点什么，又觉得不该说，小舒眼窝浅，桐桐刚睡着。搬到省城这么久了，还从来没在家里做过一顿饭，再也找不到昭明那种从容的感觉。那时，我们做什么都不紧不慢，日子有滋有味。现在，每天都在时间的跑道上奔命，有时连上厕所也要冲刺。

高铁需要飞机两倍时间，但我还是选择了高铁。可能是漫长的乡村生活形成的惯性依赖，如果不是迫不得已，我一般不会选择飞机出行，一旦离开地面，恐惧顿生，胆战心惊，头晕目眩。坐上火车，看着窗外一闪而过的城市和绵延的田野山林，有种紧绷的箭杆终于离弦的畅快感。我已打算好，到达广州，先去酒店放行李，然后洗个澡，支开同事，寻家僻静的餐吧，一个人安安静静吃顿晚餐，喝点啤酒，慢悠悠踱回酒店。时间早的话，还可以看看电视，然后睡个饱觉，在陌生的城市独享难得的安宁。现在看来，这次出差还不赖，至少，可以暂时从无休止的忙碌中抽离，得到一段完整的、可以和自己相处的时间。

电话响时，我已用完晚餐。

父亲应该喝了酒，兴致不错，问了桐桐的学习情况，问了我们的工作，说了好一会儿。我说，爸，是不是那药没效果？父亲支吾一会儿，说，停药好几天了。怎么能停呢？根本没用，父亲说，吃了药反而比之前还要痛。我说，我在广州，少说也要半个月。父亲又问，桐桐他们最近不回昭明吧？我说，回去干吗，小舒那么忙，桐桐也要上学，肯定回不去。父亲没再说什么，挂了电话。

回酒店的路上，晚风阵阵，凉意袭人。我给小舒说了父亲的情况。小舒说，你说怎么办？我说，早知道这样，上次就该直接到省医检查，昭明医疗条件毕竟有限。小舒叹了口气，说，我安排，你安心工作吧。

在老家，很多老人上了年纪后，不明不白就走了，得的什么病都没弄明白。父亲七十出头，还可以好好过几年，在昭明医院我就想，花多少钱也要给他治好，昭明不行就省医，省医不行往外省走。父母操劳一生，母亲还没享福就走了，只剩父亲孤零零一人，得让他清净过几年。现在最大的问题是时间，我们没法抽出时间陪他治病。

我给小舒转了钱，她没收。婚后，我们商量过家里谁管钱，小舒说，各管各的，需要用时再拿出来花。在这点上，小舒和别的女人不一样。

五

省医到底不比昭明，预约挂号就等了三天。其间，父亲住在家里，负责接送桐桐。我有些担心，从家到学校那段路好几个红绿灯，车流量大，人多，万一父亲中途晕倒就麻烦了。可小舒说，是咱爸主动要求的，和桐桐在一起他挺开心，看着都不像病人。

医生问过在昭明检查的情况，开了堆检查单。这次的检查更复杂，小舒说，其中一项叫头部血流图，就得做半天。前前后后，小舒请了四天假，做头部血流图那天，没工夫接送桐桐，干脆给他也请了一天假。

检查结果很快出来，除了轻微支气管炎，都没问题。我们傻眼了。怎么没问题呢？父亲那么坚强的人，从不轻易生病，这次反复头痛，怎么没问题呢？省医的医疗水平我们不怀疑，难道是检查环节出错了？我把想法给小舒说，小舒又把检查报告单找出来，反复对比，反复翻看。她还拍了照，传给她的同学看。大家都说，确实没问题。如果说检查环节出了错，只能是医院设备出了问题，这不可能。

定点调研第一阶段结束，我回到了贵阳。按公司安排，当晚回家休息，第二天下午开始，到各片区调查市场情况。我如实向领导说了父亲的情况，申请休整两天。领导颇为不悦。

到家时，小舒正在收拾沙发，桐桐的玩具摆得到处都是。见到我，小舒笑盈盈迎上来，她眼圈黑黑的，憔悴了不少，看样子这些天都没睡上好觉。父亲带桐桐在楼下玩滑滑梯，小舒说，咱爸和桐桐在一起时感觉不出有问题，来省城以后，也没再喊头痛。这你还不知道吗？我说，我不在家，就你和桐桐，父亲不得忍着吗？他好意思叫出来？小舒想了想，倒也是，她说。

我们去鱼水湾吃晚饭，桐桐喜欢吃鱼，这家剁椒鱼头做得好，肉嫩入味，鱼汤鲜香，适合老人。父亲说，喝点儿？正准备让服务员上酒，小舒说，爸，还是少喝点，你这病老查不出病因，弄不好与喝酒有关。父亲手一挥说，嘻，都什么事儿。我想父亲难得来省城一趟，要了瓶习酒。

喝了酒，父亲满脸红晕，人也活络起来。他慢悠悠说，活了大半辈子，就这点爱好，断不了。小舒是为你好，我说。我知道，父亲说，也不多喝，每顿二两，得喝到死。父亲给桐桐夹了块面片，悻悻说，我自己清楚，喝不了几年了。晚饭吃得沉沉闷闷，好在有桐桐，父亲看他时，眼睛里闪着晶晶亮光。

小舒先带桐桐回家写作业，我和父亲踱着回家。父亲走得很慢，我走在前头，不时要停下来等等他。赶上我，父亲说，这回是真老了，跟不上你们了。我说，爸，人都会老，得服老，是不是？父亲说，也是奇怪，闷在家里，脑袋涨痛无比，睡也不是，站也不是，早晚接送桐桐，倒也没觉得多严重。我点了根烟，深吸一口，抬头看向杳远的夜空。没有月亮，只剩点点星光闪烁，幽幽暗暗。半响，父亲说，这鬼病，太磨人了。

小时候，父亲去哪儿都要带上我。一个月光如水的夜晚，父亲带我下田抓石蚌。那晚父亲喝了不少酒，我们抓了十几只石蚌，父亲把它们刮了皮，用一束稻草穿成串给我拎着，他深一脚浅一脚，朝我们家秧田后的沼泽里走。突然一个趔趄，父亲陷进沼泽。冰冷的沼泽将他死死吸住，我扔下石蚌，朝父亲跑去。站住，父亲一声大喝。我愣住。父亲正在被沼泽慢慢吞进去。我吓得哭了出来。哭了会儿，我灵机一动，飞快朝我们家水田跑去。水田左上方有个小土丘，父亲用塑料布搭了个窝棚，他守夜放水时睡在窝棚里。我撕下塑料布，裹成团，扔到父亲身边。父亲心领神会，快速打开塑料布，铺在周围的沼泽上。往返三次，我扔完了所有塑料布，又拆下搭窝棚的竹竿，扔了两根过去。父亲将竹竿交叉搭成十字状，压在塑料布上，借助竹竿支撑，把自己一点点从沼泽中拔了出来。明晃晃的月光下，父亲和我并排躺在田埂上。喘匀了气，父亲说，儿子，你救了我一命。

转眼之间，父亲已老去，我也已和当年的父亲一般年纪。如果那个夜晚父亲没能从沼泽里挣出来，结果会怎样？我不知道。那个夜晚之后很长的时间里，我十分得意，觉得自己干了件惊天动地的大事。但是，这次，我真的没有把握。

六

早餐时，小舒主动说，爸，有个事想请你帮我们。父亲抬起头，看看小舒，又看看我，说，帮你们？是的，我说，桐桐没人接送，是个大问题。父亲把头埋进碗里，喝了口粥，说，你们是想留住我吧？小舒没忍住，先笑了出来。我给父亲夹了颗泡蒜，说，是让你留在这儿。一方面，有你接送桐桐，我们好腾开手工作；另一方面，你头痛老查不出病因，留在这边有个照应。如果回老家，你孤身一人，万一头痛严重，如何是好？父亲沉默了会儿，说，这些我都知道，再想想吧。

调研的事情很顺利，眼看行程结束，我准备闭关两天，把报告拿出来。桐桐比较闹，加上父亲在家，为了不分心，我决定住办公室。

写报告时，我一直在想，要写到什么程度，才能既不显得自己水平低，又不至于将见解和盘托出。要把握好这个度，不是件容易的事。我绞尽脑汁，反复斟酌，烟灰缸里盛满烟头，办公室熏得乌烟瘴气。第三天傍晚，终于迎来胜利的曙光，完成初稿。走在回家路上，夕晖无限，晚霞璀璨，劳碌了一天的人们缓缓而行，眉眼间尽是笑意。来贵阳这么久，第一次有这种温暖的感觉。此前，这种感觉只在昭明有。如果不发生后面的事，这简直是非常完美的一天。

一进家门，父亲马上从沙发上站起，说，总算回来了，我要回黑石。我一愣，住得好好的，怎么突然要走？父亲喉头耸动，发出咕咕的声响，说，还是住不惯，得回去。小舒和桐桐呢？我问。下楼散步去了，父亲说。我说，要走也不急于一时，现在到昭明已是深夜，一样回不了黑石，明早我送你。说着，我给父亲倒了杯茶，父亲坐回沙发上，把头别向窗外，一言不发。

一定是碰到事了，只是他不说。父亲就这样，不愿说的事，最好别问，问了不仅没用，还闹得大家不高兴。我最担心的是小舒和他发生口角，小舒虽然性格好，但倔起来认死理，万一俩人杠上就麻烦了。母亲在世时，每次父亲碰上事情她都要盯着问，问得父亲不耐烦了，俩人大吵一架。他们这对冤家，就这么吵了一辈子。送母亲上山那天，父亲坐在她坟前，有气无力地说，好了，这回不用吵了。母亲走后，碰上不愿说的事，我自觉走开，再也不问。他把自己密封成一个陈年药坛，什么东西都往里塞，时间久了，自然会漏气，想必这次就是哪里漏了气。

我打开电视，调到父亲喜欢看的法制频道，然后下楼找桐桐和小舒。小区里种了很多银杏树，树上的叶子几乎掉光了，但草坪里还有零星的叶片。桐桐喜欢玩银杏叶，入秋后，小舒有空就带他来玩。我问小舒，咋回事啊，咱爸气成那样？小舒说，我回家时就那样，问他，也不说话，还是桐桐告诉我，今天下午他在小区门口看人下棋，和人吵起来了。吵起来，怎么会呢？我说。我哪知道，小舒说，桐桐也没弄明白，这孩子就顾着玩。

小舒这么说，我倒松了口气，不觉嘿嘿一笑。你还笑得出来？小舒白我一眼，不耐烦地说。我说，小区那帮老头每天都下棋，吵吵嘴不是很正常吗？过两天就好了。小舒说，那你刚才丧着个脸，驴似的。我说，我担心是你或者桐桐惹恼了咱爸，那就不好办了。别人惹恼了他，那是外部矛盾，咱们家一致对外，好搞定，内部矛盾就没那么简单了。小舒扑哧一笑说，就你戏多。

桐桐要买干脆面，我们折到门口旺福超市。买好干脆面，我买了两瓶老习酒，准备陪父亲喝两杯，给他散散气。打开家门，没见父亲，行李也没了。咱爸准是走了，小舒说。我给父亲打电话，打了几次他才接。他说，我已到高铁站，半小时后有车，你们别管我。追是追不上了。

第二天一早，我跑到小区亭子里候那几个下棋的老头。老头们起得早，锻炼完就来这儿下棋，要到十一二点，才回家吃午饭，下午四五点，又出来下棋，天天如此。我刚到亭子里，老头们就来了，一问，原来是七栋的老陈头和老朱下棋，父亲多了句嘴，害老陈头输了一局。老陈头说话带脏字，父亲气不过，甩脸子喷火要说法。老陈头火了，骂父亲土疙瘩，跟来城里吃闲饭。老朱学给我听，挺像那么回事。老朱说，老陈头也是，骂完你父亲，把自个儿也气伤了，今儿早上没起来晨练，也不见来下棋。我哭笑不得。

<h2 style="text-align:center">七</h2>

父亲回老家后，我们全身心投入工作，桐桐也逐渐适应新环境，成绩有了起色。忙碌时，时间总是过得飞快，不知不觉，已临近年关。婚后，我和小舒约定，新年两边轮着过，一年去黑石，一年去昆明。今年该去昆明了，小舒很兴奋。她只五一回过一次娘家，对这个春节期待很久了。年货是我们一起选的，直接寄到桐桐外婆家。

我给父亲打电话，竟然停机。充上话费，通了，没人接。父亲回电话时，天已擦黑。我问父亲，怎么不带电话呢？父亲说，反正也没人打，带着干吗？我情知不对，岔开话头问，最近头还痛吗？不痛，父亲说。他说得很快。本来我想告诉父亲，今年春节得去昆明，转念一想，我说，爸，我们在网上给你买了年货，到货后我找人给你送回家。父亲说，买东西干吗？一个快入土的人，能吃多少？我假装没听到，挂掉电话，打开手机给父亲挑年货。

父亲一生要强，年轻时他种的地，养的牲口，贮的农肥，都是我们寨子里最多的。他时时留意邻居们的动静，哪家新买了头牛，哪家的小鸡孵出了仔，表面上他满不在乎，暗地里，他记得一清二楚。他悄悄攒着劲，既是和邻居们比，也是和自己比，像一场战争。好在我们寨子就十多户人家，竞争对手不多，要是人户多些，父亲准会累死。刚入行那年，得知我为钱发愁，父亲竟一次性拿出了十万，让我吃惊不小。一生靠土里刨食的父亲，拿出这么多钱，那是他的命。眼下，父亲是老了，但那股子劲儿还在，老陈头说他吃闲饭，他当然不服气，才会连夜走了。

走就走吧，不愿待，也留不住。问题是，现在父亲把矛头对准我，话里话外都是气。我问小舒，你有没有觉得咱爸在针对我？小舒说，你们父子间的事，以后我还是少掺和的好。连你也这么说话？我说。小舒斜我一眼，说，我只是不想惹麻烦。能有什么麻烦？我越想越气。小舒不再说话，转身回房间。

春节过得挺热闹，我们和桐桐外公外婆逛了不少地方。在滇池畔，看到别人拍照，桐桐突发奇想，说，爸爸妈妈，我给你们拍一张。我和小舒相视一笑，我们已经很久没有一起拍照了。我们一家站在湖畔，请路过的游客拍了张全家福，桐桐高兴得像匹小马驹，一路蹦蹦跳跳。

清点压岁钱，桐桐收了四千多，小舒这边七大姑八大姨，见到孩子，心里头高兴，都给孩子塞钱。外婆问他，准备怎么花呀？桐桐想了想，说，买玩具。大家都笑起来。外婆又问，买什么玩具呢？桐桐掰着手指头数了好半天，说，算了，不买了，钱不够。小舒说，你要买什么玩具，这么多钱还不够？桐桐嘟着嘴，一脸不高兴，说，你不懂，买玩具之前，我不得给你、爸爸、外公、外婆和爷爷买新年礼物吗？这话可把外公外婆乐坏了，直夸桐桐懂事。我走出房间，转到楼下，心里硌得慌。

在昆明待到初八才回的贵阳。元宵前夕，小舒说，春节没能回黑石，挤挤时间，回家过元宵节。年头岁尾，正是公司最忙的时候，但我还是应了下来。正盘算着，这天晚饭后，堂兄就来了电话，说，你爸头痛病又犯了，我今儿在卫生院碰到他。前两次父亲主动来电话，这回他却不说，我只好提前赶回黑石。

到家时，屋里屋外不见父亲。我径直前往镇卫生院，父亲躺在病床上，正在打点滴。他看到我，眼睛里闪过一丝亮光，嘴角翕动，想坐起来。父亲瘦了一圈，气色大不如前。我胃里直泛酸水，眼眶热烘烘的，站到他床前，说，爸，怎么不告诉我们？父亲缩缩脖子，说，你们忙，说什么？说完，一阵剧烈咳嗽。我跑到门诊室，找医生问情况。年轻的小护士心不在焉，说，小感冒，过两天就好啦。我快步回到病房，拔掉针头，搀着父亲离开。

开往昭明的中巴车上，我把头伸到窗外，冷风飕飕，如刀割脸。泪水无声滑落。

八

反复比对，我们去了华西医院。到华西第三天，薇姐来电话说，李远，我得给你提个醒，刚晋升就反复请假，开了先例。心一横，我说，谢谢薇姐，我有心理准备。薇姐沉默了一会儿，说，我尽量吧，实在顶不住，再想办法。

然而，华西检查结果和省医基本一致。

父亲无比憔悴。这些天，他没沾过一滴酒。走到高铁站旁的小菜馆，他说，喝点吧，往后想喝怕也喝不上了。我一时没忍住，没好气地说，不是没问题吗？尽管喝，爱喝多少喝多少。父亲直愣愣盯着我，好一会儿才移开眼。

到家已是夜里十点多。放下行李，父亲伸手抱桐桐，孩子一反常态，躲进小舒怀里不让抱。父亲苍老的双手僵在空中，那双手抖了抖，瑟缩着收了回去。父亲说，桐桐长大了。我一把将桐桐拎过来，小家伙吓得哇哇大哭。算了，父亲说。他折向卫生间，简单洗漱后，推开客卧，钻进房间轻轻阖上了门。

　　小舒把我拉进房间，关上门，火急火燎问，怎么办？我边换睡衣边说，能怎么办？什么都查不出来。小舒坐在床沿上，两条眉毛绞成一团，恍然大悟似的说，对了，心理问题，或是神经有问题。我气不打一处来，脱口骂道，你才神经有问题，我看你就是个神经病。小舒唰地一下站起来，你说谁是神经病，你再说一遍？这女人发起火来，九头牛都拉不回。担心父亲听到，我拿了被子到沙发上睡。她追出来，质问我说，李远，我做的还不够吗？我给你们家当牛做马，我还要怎样？我用尽所有力气才把怒气憋了回去，趁她不注意，翻身溜进书房，反锁了门。她的哭声在客厅里久久回荡。下半夜，哭声止住，客卧里传来一阵痛苦的呻吟。

　　一大早娘儿俩就出了门。到楼下吃过早餐，父亲说，我还是回吧。回什么？我说，就不信查不出来。不查了，父亲说。我说，昨晚我听到你喊疼。想了想，父亲说，先找个地方扎几针。

　　我们折向小区右侧马路对面的悬壶中医馆，老中医把过脉，问父亲，是不是总睡不着？对对，晚上干瞪眼，没有睡意，父亲说。老中医点点头，说，气血不顺，慢慢调理，一把年纪了，很多东西，不要再想了。老中医说得云里雾里，我暗骂，故弄玄虚，扎个针就收两百多，钱赚得也太容易了。

　　扎完针，老中医又让父亲做了个颈椎按摩，耗掉了一上午。父亲活动活动筋骨，说，还真有效果，舒服多了。那就好，我说。就怕晚上复发，父亲说。这病阴晴不定，反复无常，着实让人厌烦。

下午，我和父亲逛了菜市场。一路上，我反复思量，让父亲回家肯定不行，可继续检查，该去哪儿呢？虽然我知道不少医院，但隔行如隔山，也就知道个名字，看病这事上，没有小舒，我真不知道该怎么办。

买好菜，我给小舒发消息，郑重道歉。钻进厨房，我一通忙活，弄得烟雾四起。父亲关掉电视，推门进来，从我手中接过锅勺，不多时就做了满满一桌子菜。父亲说，早叫你学，你不学。天快擦黑，小舒和桐桐才回到家里，大包小包买了一堆衣服。

父亲说，李远给你们做了饭，很难得呢。桐桐显然饿了，边夹蚕豆边说，真好吃。小舒挤出一丝笑容，说，爸，你就别替他打圆场了，他做的菜我还不知道？父亲不好意思地笑了，连忙说，都一样，谁做都一样。回房后，小舒说，知道错了？我给了她一个拥抱，递上父亲按摩时我偷偷买下的那条项链。

最终，我们达成一致意见，带父亲进京，去301医院。小舒说，如果连301都没办法，那就真的没辙了。

九

回黑石那天，天空中下着蒙蒙细雨。正是春雨如油的好时节，老乡们戴着谷草编织的草帽，披着自制塑料雨衣，在地里翻地播种。蒙蒙细雨中，仿佛暗藏破土而出的力量，不久之后，那些种子就会长出玉米、南瓜、土豆、花生……父亲时睡时醒，这会儿，他把头搭在窗玻璃上，面无表情地看着地里劳作的人们。家里的土地早几年就撂荒了，父亲只留了老屋侧面的那块菜地，种些应季小菜，长势不好，病恹恹的。怕父亲无聊，前两年我建议他适当多种两块地，当作锻炼身体。父亲说，早泄气了，不种。现在想来，如果多种点地，忙起来，指不定父亲倒啥事都没有。

黑石很多年纪比父亲大的老人都还种着不少地，儿女理解不了，觉得不愁吃不愁穿，为啥还种地？种了一辈子，还种不够吗？为此，儿女们反复劝说，有的甚至跟老人吵起来。老人们种了一辈子地，土地已成为生命中的一部分，泥土的气息跟流淌在血管里的血液一样。如果突然不种地，那股气泄了，身体反倒容易垮。父亲就是那股气过早地泄了。

进京、预约、挂号、检查、等待结果，前前后后花了十来天。我说，爸，你第一次来北京，去天安门转转？父亲说，有啥好转的，电视上见过多少回了，就那样，不去。短短半年，我们辗转多个城市多家医院，父亲越来越消沉，越来越失落，现在，好像任何事情都再难提起他的兴致。我突然想，其实母亲的离世，某种程度上也是件好事，她的病来得凶，没受多少苦。她走在父亲前头，不用看父亲这日渐衰朽的样子，省去了许多痛苦。

医生很明确地说，没问题。之前几家医院，小舒一直觉得颈椎检查不权威，所以老中医做颈椎按摩父亲才觉得舒服。这次，专门等到了专家号，还是同样的结果。初春的北京很冷，从医院出来，父亲紧了紧大衣，走在我前头，到路边拦车。我紧走两步，跟上父亲，父亲眼眶红红的，见我跟上，赶紧别开脸。坐上车，他长叹道，太冷了。

回到贵阳，父亲径直回屋睡了。他逼着我买了第二天一早的票，无论如何要回黑石。小舒说，我认真思考过了，咱们还是要相信科学，医院说没事就肯定没事。我说，你的意思是咱爸装病？小舒扭头走开，说，我发现你现在也是个病人了。第二天一早，我候在那家中医馆门前，给父亲开了几服中药，让他带回家吃。现在，只能寄希望于那几服中药了。后来我才知道，这些中药，父亲压根儿就没打开过。

同意让父亲回老家，是没有办法的事。薇姐说，指不定回家待一段时间就慢慢好了。我问了很多朋友，都说没碰到过这种情况。我还专门问了因官司认识的周律师，这家伙给昭明的店打过场官司，现在跑到韩国去了。他也没给出什么意见。这次父亲一走，就等于放弃了检查治疗，这道坎，我心里过不去。小舒说，眼下就是这么个情况，这道坎，你过不去也得过，继续耗下去，只怕……我说，只怕什么？她没有回答。

到高铁站，和父亲分别时，他迟迟不愿进站。我和父亲站在杂货摊旁抽烟，风有些大，吹起他额头上花白的头发，一丝丝在空中跳动。抽完烟，他从衣服夹层里掏出张银行卡，递给我说，还有两万。我明白父亲的意思。我没接。进站前，他拉住我的手，轻轻说，远儿，这人哪，一不小心就老了。当时，我只道是父亲突发感叹，不承想，今生父子一场，这竟是我与父亲的诀别。

回到公司，我调整了岗位。职务还和原来一样，但工作职责变了。薇姐专门请我们吃饭，她担心小舒。薇姐提起话头，小舒就吧嗒吧嗒掉眼泪。薇姐说，李远，你还有机会，好好努力。会的，我说。我心烦意乱，只想赶紧结束这糟糕的局面，重新开始。见我沮丧，薇姐又说，公司也不是一杆子就把人打死的。

回黑石后，父亲变化很大，他几乎每天都给我们打电话。这是我们都没想到的。父亲来电话也没什么要紧事，听听桐桐的声音，问问我们的情况，拉拉家常。小舒说，咱爸太奇怪了，最近怎么这么爱打电话？

二月末的一个中午，我正在办公室午睡，父亲来电话，神神道道地说，李远，最近天黑后房子周围总传来咿咿呀呀的吵闹声，我打开电筒到处看，根本没人。我说，爸，你产生幻觉了吧？父亲接着说，我一回到家里，吵闹又开始了，有时整夜整夜有人叫唤我名字，弄得我彻夜睡不着。午睡被吵醒，我心里烦躁莫名，说，爸，你想多了，哪有那么邪乎的事。父亲还想说什么，我把电话往茶几上一扔，继续午睡。

三月初，父亲又来电话，让我们回趟老家。有事吗？我问。父亲吞吞吐吐，迟疑说，我想请邻村的张阿婆来做场法事，我可能撞邪了。父亲说完，我哑然失笑，说，这都什么年代了，你还信这个？父亲说，你们年轻人，不知道敬畏鬼神，一点规矩也没有。我忍住笑，耐心说，爸，咱们要相信科学，你说的那些东西，都是骗人的。父亲恼了，大声骂道，李远，你个王八蛋，白眼狼。我无奈地叹气，说，爸，你到底要怎样？别折磨我们了行不？父亲说，老子就想让你们回来，请人给我做场法事，不过现在不用了。跟你说了，那是没用的，要相信科学，我说。话没说完，父亲就挂了电话。

父亲这么一闹，我心神不宁，小舒也觉得闹心。我们没法理解，父亲怎么会相信那些东西，需要那些东西。小舒说，人上了年纪会变糊涂，很多老人都这样，你别太当回事。我说，咱爸怎么就越来越神道呢？那之后，父亲的电话断了十来天。

十来天后，他又每天来电话拉家常，要听桐桐喊爷爷。再后来，听到爷爷来电话，桐桐都不愿再接了，推说忙写作业。有时，我和小舒都在忙，我们也没接父亲的电话。

十

父亲是端午那天走的。

接到堂兄电话，我们正在望江楼吃饭。小舒预先订好的包房，她说，过节该有过节的样子，得吃点好的。薇姐带了她藏的老窖，放的时间长了，包装纸都毁了。吃到一半，堂兄的电话进来了。他的声音冷冷的，冰块一般，说，老头走了，赶紧回来。

事实上，经历之前的几次折腾，我和小舒都已经有了心理准备，我们知道，这一天迟早会来，只是，没想到这么快。更没想到的是，父亲竟然选择以这种方式离开。堂兄说，老何上门收电费，不见你爸，就进屋后橘子林找他，哪知刚进橘子林就看到你爹吊在树上。老何赶紧把他放下来，四处叫人，放下来时就已经僵了。

我们都知道这一天会来，可当这一天真正到来时，还是那么的悲痛。连夜赶到黑石，堂兄已经带领族中一帮叔伯兄弟，腾开了堂屋，擦净早些年就给父亲备好的棺材，按照老家风俗，拆下一块门板，用一块崭新的白布盖住父亲遗体，挪到堂屋左侧。

堂兄把我拉到一边，悄声说，一直不肯合眼呢。我跪在父亲身旁，轻轻揭开白布，凑到他耳边，小声说，爸，我回来了，我回来了。说完，泪涌如潮。我知道，父亲这是在等我们回来啊，可是，可是，还是晚了一步。父亲听到了我说的话，听到了我的哭泣，我把手搓热，轻轻蒙住他双眼，一点点向下移动。他合上了眼睛。

我们请来了黑石一带最有名的王老先生，王老先生带来七个徒弟，给父亲诵了七天经文。我们请了四台唢呐，四个哭灵人，四个孝歌歌师。我们置办了四套纸马、车、船、轿子、灯笼，金童玉女各有两名，连同小山似的纸钱，一并化给了父亲。人们都说，这是黑石有史以来最热闹的葬礼。就连族中最年长的李三爷也说，这回，你爹在上面就不寂寞了。李三爷当了大半辈子代课老师，说起话来文绉绉的。只有他会在这种时候用"寂寞"这个词。

父亲的吉地在西山坳，离家十来公里。这是父亲生前选好的，风水先生说，吉地藏风聚气，明堂工整，来龙雄伟绵长，前砂挺拔俊秀，主家兴旺，人财两发。送父亲上山那天，晴空万里，红日朗照。父亲入土，给父亲砌好坟墓，已临近黄昏。帮忙的亲戚和族中老幼沿着山梁下山了，我独自坐在父亲坟前，看着夕阳一点点被远山吞没。我问他，爹，要有多绝望，才会在人生的最后关头，选择以这样的方式离开？晚风吹拂，群山静默。这个问题，也许将伴随我往后半生。

世间事情，谁也难料定数。父亲走后，短短四年间，因经营理念不一，公司内部矛盾重重，薇姐撤资离职，我也被迫走人。离职后，薇姐带着我们一班人马改行，做医疗器械，血本无归。随后，她愤而南行，孤身入港。谁也不知道她在那边做什么，也许，只是为了躲避债务。

前年，在堂兄的鼓动下，我回到黑石，租了几十亩地，种起了药材。第一年大获成功，我们都后悔种少了。那年秋末，小舒带着桐桐来黑石陪我收药材。桐桐见风长，已然是个小大人了。小舒和桐桐在黑石住了一周，那是他们最后一次来黑石。

第二年，我们租了三百多亩地。有了头一年的收成，我有信心重新站起来，靠药材打个翻身仗。可命运再次给我当头重击，药材市场急剧降温，我们种的那些白及、黄精、天门冬，一株株蔫头耷脑，像没吃饱饭的恶鬼。百无聊赖，我独住老屋，饮酒度日。

乡村生活漫长得像永无尽头的河水，根本不知会把人带往何处。人们都说，父亲死得不吉利，所以他走后，我们家迅速衰败。刚回黑石时，人们背着我议论，现在，当着我的面他们也在说。我一笑置之，自此越来越不爱见人。

手机不知什么时候坏了，不过不要紧，也没什么人给我打电话。他们都说我完蛋了。前些日子，我倒是给堂兄打了几次电话，给他讲药材的长势，给他分析市场前景，告诉他我们亏大了。可他根本不听我说，直接挂了电话。后来，他干脆说，所有药材都送你，我一分钱不要。这怎么行呢？我继续给他打电话，可他竟然把我拉黑了。

这些天，我总睡不着觉，夜里干瞪眼，好不容易挨到天明，头晕脑涨，手脚冰凉。连续多日失眠，这天早上起来，我头痛难当，像被人用钝器不断敲击头骨。我翻箱倒柜，准备找点药吃，这才发现当年给父亲开的几服中药，完好无损地封在立柜里，他根本没有打开。

挨到晚上，房子周围咿咿呀呀，人声嘈杂。我以为出了什么事，拿上手电赶紧出门察看。我绕着房子走了一圈，什么也没有。可我刚回到床上，咿咿呀呀的吵闹声又开始了，不一会儿，听到有人在叫我，开始只有一个人在叫，后来变成两个，三个，很多个，他们都在叫我，李远，李远。他们的叫声里夹杂着呼呼风声，摄人心魂。

我终于明白父亲当年得了什么病。